古本屋探偵登場

紀田順一郎

探偵——何でも見つけます」という奇妙な広告を掲げる神保町の古書店主・須藤康平。半世紀近く誰も見たことがないという稀覯本を手に入れたと豪語するコレクター——果たして入手した本は本物なのか。幻の本を巡る騒動を描く「殺意の収集」、幼少期の愛読書を捜す女、古書店に戦前の本を売りに来る若い男、憑かれたように書物を集める老人の三者を結ぶ線から意外な犯罪が浮かび上がる「書鬼」、須藤が不倶戴天の同業者とオークションで競った花柳文献に隠された驚くべき秘密「無用の人」の全３編を収録する。（『古本屋探偵の事件簿』分冊版）

古本屋探偵の事件簿

古本屋探偵登場

紀田順一郎

創元推理文庫

MURDERER'S ITEMS

by

Junichiro Kida

1982, 1983

目次

『古本屋探偵の事件簿』まえがき

　ある雨の午後、神保町《じんぼうちょう》古本街の真ん中にある喫茶店で人と待ち合わせていたところ、隣の席で一人コーヒーを飲んでいた男が、私に気づいて声をかけてきました。みるとあの懐かしい須藤康平《すどうこうへい》ではありませんか。

　もう十年近くも前に神保町の一角で〝本の探偵〟の看板をかかげて、神保町雀の話題になった彼も、すでに髪には白いものが見え、心なしか往年の覇気も薄れかけているように思われました。聞けば、その後の地価高騰と顧客の減少のため営業が不振となり、助手の俚奈《りな》も商社員と結婚してニューヨークへと去ってしまい、ついには大家《おおや》の小高根《おだかね》閑一《かんいち》も脳卒中でこの世を去るということがあって、それをしおに郊外に移転したのですが、予想に反してあまり本が売れない場所とわかり、いまや開店休業の日々を送っているということです。

「あのころはよかった」康平はどこか遠いところを見るように、話を続けました。「神保町にはまだ本好きのロマンがありましたね。書物のジャングルから人間の迷路へとさ迷うことのできる余裕と楽しさがありました。現実には存在しないような本も、探す念力で実際に出現してしまうような、そんな夢がありました。人は再び同じ河水に浴することはできない……。たしかヘラクレイトスでしたね」

「いい話があるんですよ」私は康平を元気づけるようにいいました。「さる出版社から、あなたの冒険談を全部まとめて文庫版にしないかと勧められているんです。ほら、あなたがホームズばりに神保町の謎の空屋を探検したり、何千冊もの本に押しつぶされて死にかかったりした、あのころの話ですよ」

「ほう、それはありがたい」彼の顔に一瞬輝きが戻ってきたようでした。「私が必死の脱サラで中年の理想に燃えていたころの記念です。ぜひ実現してください」

そのとき待ち合わせの相手がやってきて、須藤康平との話は中断してしまいました。しばらくして隣席を見ると、彼の姿は消えていました。私は彼の住所さえ聞かなかったことを悔いて、その後いろいろ調べてみたのですが、どうしても探しあてることはできませんでした。

斯様なわけで、須藤康平さん、この本を見たらぜひご連絡ください。あなたに献呈すべく、著者特装の限定一部本を用意しておりますので……。

一九九一年四月

著　者

古本屋探偵登場

古本屋探偵の事件簿

殺意の収集

1

四階でエレベーターを降りると、左手に狭い階段がある。それを七、八段登ると、正面の茶色の扉に、「八月十四日（月）から十七日（木）まで休ませて頂きます。『書肆《しょし》・蔵書一代』主人敬白」という貼札がしてある。

須藤康平《すどうこうへい》は、その紙を剝《は》がして丸めると、合鍵で扉をあけた。五日間にわたって蓄積された古本特有の黴臭《かびくさ》さが、不快な生暖かさとともに彼の鼻孔を襲った。顔をしかめて息をこらえると、彼は書棚の間を駈け抜け、正面の窓を力いっぱい押しあけて、深々と外気を吸い込んだ。

午前十時。窓の下の靖国《やすくに》通りは、すでに車の往来がはげしくなりはじめている。真向かいのビニ本専門店も、いまシャッターを開けたところである。近ごろ少し下火になったという噂だが、神田神保町《かんだじんぼうちょう》界隈のビニ本屋は、十数軒をくだらないであろう。

「十対一かな」

須藤はつぶやいた。十というのは向かいのビニ本屋に行く客である。一というのは彼の店に来る客である。いや、とてもそんなものでは、きかないかもしれない。

眉をしかめながら汗をぬぐうと、彼はカウンターの下から雑巾をとり出し、カリカリにこわばっているのをもみほぐすと、ガラス窓の外側についた埃を、から拭きしはじめた。

「あら、わたしがしてあげるのに」

若い女の声がした。ふり返るとこのビルの大家《おおや》の孫娘で女子短大生の小高根《おだかね》俚奈《りな》が入口のところに立っていた。コップの一輪挿しを手にしている。

「やあ、おはよう」と須藤は言いかけて、二の句がつげなくなってしまった。ふだんから少し黒すぎると思っている顔や肩が、いっそう陽焼けして、切れ長の眼までが少し充血しているほどだったからである。

「そのピンクは何だね」

須藤は「焼けたねえ」という陳腐な質問のかわりに、初めて見る彼女の口紅の色を問題にしようとした。ところが彼女は、

「海へ行ったの。これ夾竹桃《きょうちくとう》よ」

と、彼の訊《たず》ねたいことに先廻りし、そのうえ一輪挿しのほうに質問を逸《そ》らしてしまった。

「俺、夾竹桃は苦手なんだけどなあ」

ふだんは花などに無関心な須藤だが、これだけは思わず口をついて出てしまった。

「あら、どうして?」

俚奈は彼の脇をすり抜け、乱暴なウエイトレスがするように、コップをカウンターの上にガツンと置くと、不満そうに睨《にら》みつけた。

「いや、その花はとにかく暑苦しいんだよ。うちのほうには、いやというほど咲いてるんだ」

須藤はレジスターの前に腰をおろしながら、一瞬、花に手をふれようとしたが、すぐに眼を逸らした。

「でも、よく見るときれいよ。ひまわりなんかより、ずっといい」

「ははは、ひまわりか。こいつはいい」

妙な比較の対象だが、両者ともたしかに夏の花にはちがいない。

「へんなの!」

俚奈はプッとふくれた。須藤は説明の必要があると思った。

「夾竹桃という花は、俺もきらいじゃなかった。名前を聞いただけで、子どものころにあった佐藤紅緑《さとうこうろく》の『夾竹桃の花咲けば』を思い出すんだ。少女小説だから読まなかったけど、いいタイトルだよね」

「それなら、いいじゃない?」

「本の題名だけならね。ところがあるときルポルタージュの中で、原爆に被災した人の肌がパックリ裂けて、ピンク色の肉がのぞいていたという話を読んだ。その著者は『夾竹桃の色に似ていた』と書いている。いらい夾竹桃を見ると、そのことばかり思い出してね。どうしようもないんだ」

俚奈は一拍間合いを置くと、

「意外とデリケートなのね」

と怒ったように言い、コップをとりあげると、さっさと出口へ向かった。須藤はあわてて声をかけた。

「今日、店番してくれるね」

「さあ、ギャラアップしてくれればね」

彼女は「キャハハ」というような、奇天烈《きてれつ》な笑いをのこして、さっと扉の外に消えた。オーデコロンの香りだけがかすかに残った。

「……花々は葉な花々は花々葉、か」

須藤はむかし覚えた回文を口にすると、かったるそうに窓を閉ざした。冷房が利《き》きはじめていた。

2

エレベーターの開く音に続いて靴音が聞こえたとき、須藤は一瞬、

「また〝風と共に去りぬ〟が来やがったのかな」

と思った。

毎週一定の日に、古本屋が開店すると同時に飛びこんで来て、店内をあわただしく一巡するや、たちまち風の如く去ってしまう客が数人いる。これは、業者が前日か前々日に開かれた市で仕入れた品を、他人にさきがけて、早いとこ掻っさらおうという魂胆の持ち主と見られているが、仕入れ本の整理はそうパンクチュアルではないので、効率はよくない。古書界の機構の上っつらを知るだけの、初級マニアではないかと見られている。

その一人は、どういう理由からか、木曜日にだけ現われるので、神田界隈では〝木曜の男〟と渾名《あだな》をつけられていた。

「しかし、今日は金曜日だ」

と須藤が気がついたとたん、扉が開いて、

「や、どうも」

白い背広を着た男が入ってきた。

「おや、津村《つむら》さん、今日はお早いですね」

須藤はちょっと意外そうに挨拶すると、

「さ、どうぞ」

と、窓ぎわにある半分こわれかけたイノベーターの椅子をすすめた。

「暑いですねえ」

津村恵三《けいぞう》はハンカチで顔をぬぐいながら、そこから視野に入る範囲の書棚をサッと見まわした。収書家特有の仕草である。

「上衣《うわぎ》をとったらいかがです？」

「いやいや、サラリーマンは慣れてますからね。脱がないのがコツなんですよ」

津村は早口で言うと、レジの傍らに五、六冊積みあげられた本を、じっと覗《のぞ》きこんだ。キビキビしているというのではないが、要領がよく、言動にムダがないという感じである。須藤は即売展などで顔を合わせたおり、よく喫茶店に誘われて収書の自慢話を聞かされることがあるが、いつも整然とした話し方に感心させられていた。本好きというものは、本の話をしはじめると際限がなくなるものだが、津村の場合は、一つの主題、一冊の本に的をしぼり、

「それでは」

と、切りあげる。三十分ぐらいしか、かからないのだった。話が脱線しても、学生時代の

思い出ぐらいのものだった。

須藤も、間のびした粘液質の人間は嫌いだったから、津村には好感をもっていた。しかし彼の職業や住所については、本人の口から聞いたことはない。ただ、同業者から耳にしたところでは、世田谷《せたがや》のマンションに住んでいて、子どもはなく、広告関係の中小企業に勤務しているということだった。ちなみに、行動的な収書家は広告会社のヒラか中堅サラリーマンが多いといわれる。ある物好きが、デパートの古書即売展に早朝から行列している収書家を調べたところ、先頭の二十人のうち、十人近くまでが広告会社勤務であった。比較的時間に融通のきく職業のためといわれる。

「今日は会社のほう、休みですか?」

須藤は探りを入れてみた。

「ええ、一週間休暇をもらいました。今日で三日目ですがね。じつは昨日もこちらへお伺いしたんですよ」

「それは申しわけない。何かお急ぎのご用でも?」

「いや、急ぎというほどでもないんだが」

津村は言い澱《よど》んで、向かいの書棚に視線を泳がせた。ちょうどそのとき、扉が開いて俚奈が片手に盆を支えながら入ってきた。コップと、麦茶の入った魔法びんが載っている。この麦茶代は、須藤が一か月分まとめて大家に払ってある。

「よお！」津村は大仰に顔をのけぞらせながら言った。「クロンボになったねえ！」

「クロンボは差別用語よ」

「クロンボ印インキ消しというのがあるからね」

「わたしはインキ消しっていうの、使いません。リキッド・ペーパーと申しますのよ」

「文具には興味ないんでね」

俚奈はそれには答えず、麦茶を入れると津村の前に置いた。

「どうも」

津村は俚奈の顔というより、ピンクの口紅から眼を離さずに言った。

「ボーイフレンドと海へ行ったのかね」

「さあ、プライバシーでございますから。本屋にいらしたら、本の顔だけ見てらしたらいいかが」

「おいおい」須藤は慌《あわ》てて遮った。「お客さんに対しては、親しき仲にも、ということを忘れちゃいけない」

津村は月に二回ぐらいのペースで来店する。馴染みではあるが、週に二、三回も立ち寄ってくれるような常連とは、やや隔りがあった。

「ごめんなサイ」

俚奈は語尾を上げて、相手を小馬鹿にしたようなニュアンスを含めると、カウンターわきの小椅子にドスンと腰をおろした。上背《うわぜい》があるので、須藤よりも大きく見える。粗いチェック模様の、ムームーに似た服を着ているのだが、センスが欠けている。美人ではないが、かなり男好きのする顔立ちのうえ、ボーイッシュな体型にも独特の魅力があったから、新宿などをぶらついていると、声をかけてくる男もないではない。

もっとも、これは俚奈自身がいうことだから、須藤も「そんなものか」と思う程度であった。ただ、幼くして病死した娘が、いま生きていたらこんな年ごろで、さぞ心配だろうなと思うことがある――。

「さて、本日のスケジュールは？」

俚奈は事務的に言った。須藤が答えようとするよりも早く、津村が、

「午前中、よろしく」

と言い、須藤のほうに向き直った。

「じつはね、ちょっとお見せしたいものがあるんですがね。それにはちょっとご足労ねがわなければならないんです」

「ほう、いったい何です？」

「これですよ」

津村は内ポケットから手帳をとり出すと、そこに挿《はさ》んであった一枚の写真を、勿体《もったい》ぶって須藤に渡した。

「エッチングかな」

それはかなりキメこまかなタッチで描いた体格のよい裸婦像であった。両膝をついて正面を向き、ちょっと浮き腰になったポーズで、左手に持った布の端がわずかに局部を覆っている。古めかしい絵で、エロチシズムは感じられなかった。

「ロシア人の絵ですか？」須藤は訊ねた。

「え？　どうしてですか？　れっきとした日本人ですよ。エッチング界の第一人者中村典彦《なかむらのりひこ》の最も油ののりきったころの作です。本が出たのが昭和八年の秋ですから、その年の春か夏の制作でしょう」

「本？」

「そうなんですよ、まさにその本が問題なんです」

と、津村は思わせぶりな笑みを浮かべながら、じっと須藤の眼を覗きこんだ。

「ふーん。これは口絵なんですか」

「そうなんですよ。正確にいうと、限定私家版の貼りこみ口絵です。──しかし、いったい何の本だと思います？」

須藤は苛々《いらいら》してきたので、突慳貪《つっけんどん》に言った。

「さあ、この手のものは沢山ありますからね」

「沢山はありませんよ。とくに中村典彦のエッチングともなるとね。──そら、高田《たかだ》書房版の……」

「わかった、『ワットオの薄暮《たそがれ》』でしょう?」

須藤は冗談を言ったつもりで、相手の眼を見たが、思わず唾《つば》を呑みこんでしまった。津村は笑っていなかった。のみならず、左右に離れすぎている両の眼に、きびしい色さえ表われていた。この眼の光には見覚えがあった。いつだったか、即売展の帰りにお茶を飲み、話が収集哲学におよんだとき、

「私は本探しの極意は熱意ではない、殺意だと思います」

と言い切って、じっと須藤の顔を覗き込んだ、あのときの眼光とまったく同じものであった。

「……ま、お茶が温まってしまいますよ」

冷房が利きはじめたのに、須藤は汗をぬぐった。津村は形ばかりコップに口をつけると、無表情にかえって、視線を書棚のあちこちに動かした。両者、腹のさぐり合いとなった。

「その、何とかのタソガレっていう本、いったいどういう本なの?」

俚奈が沈黙を破った。津村の眼に笑みが戻った。

「それはこの店主にお聞きになると、いちばんよろしいんだが」と、津村は軽く両手を広げ、肩をすくめて見せた。「要するに戦前の限定本の中でも最も稀覯《きこう》といわれるものの一つですよ。なにしろ、刊行いらい半世紀近く経っているのに、まだ誰も見たことがないというしろ

ものですからね」

「しかし、その本は現存しないといわれているが……」

須藤が言いかけたとき、津村は人さし指をグイと立てると、芝居気たっぷりに、ゆっくりと相手の鼻先へ近づけた。

「それはコレクションの鬼にとっては禁句、禁句。透谷《とうこく》の『楚囚之詩《そしゅうのうた》』だって、三十六年目に発見されたんですからね。とくにあなたのような、古本屋というより古本学者ともなれば、どんな本でも探せば必ずあるという信念を捨ててはいけませんよ」

須藤はいやな顔をした。五年前に決心して古本屋になっていらい、つとめて業者になりきろうとしていた。それ以外の受けとられ方は迷惑であった。

「十年前のニセ本とはちがうのですか」

彼は冷淡に言った。

「あら、ニセモノが出たの?」

俚奈はめずらしく話に乗ってきた。本屋の娘だが、本がきらい。したがって店番も嫌なのだが、アルバイトの目的が半分と、女房と死別した須藤への同情もあって、週に三回ほど、半日だけ店番を引受けている。須藤にはそれだけでも仕入れのスケジュールが立つので、大助かりだった。

「ニセモノが出たんですよ」と、津村は椅子ごと俚奈の方へ向き直って、当面は店主など相手にしないという態度を露《あら》わに示そうとした。「あれは正確にいうと昭和四十三年だから、俚奈ちゃんがまだ八つのときでしたね。池袋の南部《なんぶ》百貨店の入札展に、この本が出品されたんです」

「ニセモノが？」

「そうです。しかし、むろん最初からニセモノとわかったのではありませんよ。目録には著者の堀井《ほりい》辰三《たつぞう》の自筆題詞が入り、中村典彦のエッチング挿入と記されたうえ、『現存一部、極稀により底値なし』と、まるで煽《あお》り立てるような断わり書きがあったんです」

「つまり、いくらでも高くつけて、というわけね」

「その通り。感じのわるいやり方です。まあ、古書通の間ではひょっとすると七、八十万円という噂も飛びましたがね。今なら五百万円ぐらいでしょうか」

「今思い出したわ。『ワットオの薄暮』っていう本、わたし、以前に文庫で読んだことがある。少しもおもしろくなかった。軽井沢《かるいざわ》で外人の少女に出会う話でしょ。アトリエのある家に住むフランスの少女……」

「主人公の青年は、少女の家を訪れて、母親を紹介される。足が悪くて外出できない母親は、アトリエで日がな一日、絵を描いている。壁にはロココ風の絵がかかっていて、青年が作者の名を問うと、ワットオの模写だと答える。たしか『音楽のつどい』という絵でしたね。森のはずれの草原で、一人の男が粋《いき》な格好で古い型のギターを弾《ひ》いているのを、四、五人の貴婦人や召使いが耳を傾けている。優雅な絵で、シックということばはこのころの女性風俗から生まれたのだそうですね。空の青さ、真昼の草原の輝き。暮れなずむアトリエの中で、青年は過去の雅《みやび》やかな音楽を聞きつけたかのような錯覚をおぼえ、詩想にふける。この一節はすばらしいと思いますね。

——青きガウンを身にまとい、さだかならぬ面網《ベール》をつけし、
薄暮はいま、森の樹々と、女《おみな》らの顔を、粉黛《ふんたい》にいろどり染めつ。
愁いの彼方には、仮装のむれの恋の科《しぐさ》。
うたびとの気まぐれが、巧みに恋を飾りなせば、
ここに歌あり、昼餉《ひるげ》あり、はた静寂《しじま》あり、憂愁《うれい》あり——」

「まあ、むずむずするほどクラシックねえ」

「適切ですね。しかし、ポップスと愛書家とは無縁なのです。今のところはね」

「あら、マンガの愛書家もいるわよ」

「私はそういう手合とは無縁です。まあ、それはともかくとして、いま問題にしているのは『ワットオ』の内容じゃありません。その私家版についてなんです。まず、限定版が三百部ほどつくられましたが、うち二部が私家版となったといいます。一部は版画家中村典彦のエッチング入りで、もう一部は洋画界のボス、西条比佐雄《さいじょうひさお》の肉筆画入りです。エッチングは裸婦で、肉筆画は白樺《しらかば》の水彩画といいますが、見た人はほとんどいない。いや、見たという文

章があるだけで、私も長年限定本のコレクションをしているが、見たという本人に会ったことがない」

「出版されなかったんじゃないの？」

「小生も一時はそう考えました。しかし、出版されたということが、残りの二百九十八部本の方に記してあるし、なによりも現実に中村典彦版を見たという人物が現われたんです。それは、話が前後しますが、南部百貨店にニセモノが出品される四年ほど前のことでした。

……俚奈ちゃんは、杉本《すぎもと》さんをご存じですか？」

「杉本一昌《いっしょう》さんでしょ。この店でも二回ほど見かけたわ。うちの店のほうへは来ないけど」

「稀覯本を置かない店は興味がないんですよ。その一昌さんが、信頼できる筋から、岐阜県にこの本の愛蔵者がいるということをキャッチしたんです。その蔵書家は、たしか竹内《たけうち》といいました。たいへんな資産家ということでしたが、ながらく健康を損《そこ》ねていたらしく、一昌さんが知ったときは、不幸にも亡くなった直後だったそうです」

「そういう風に、めぐり合わせの悪い方へ悪い方へと話が進んでいくのは、つまり眉唾《まゆつば》ということね」

「さあ、どうでしょうか。とにかく一昌さんは忌明《いみあ》けを待って遺族に連絡をとり、やっと承諾をとると、岐阜市に奥さんを同伴して出かけて行きました。というのは、一昌さんは当時大病の直後で、看護婦がわりの人が必要だったからです」

「奥さんも大変ね」

「そんなことはどうでもよろしい。ようやく竹内宅へたどりついた一昌さんは、仏壇にお線香を供えると、さっそく家人の許しを得て本探しをはじめました」

「それは津村さん、あんたがよく使っている手だね」と、須藤は相手を皮肉っぽい眼で見つめながら注釈を入れた。「あんたは自分の狙っている本を持っている蔵書家が死ぬと、イの一番に駆けつけて線香を一本あげ、遺族から本をせしめるという噂ですよ」

「いやあ、それは単なる噂ですよ。私は死んだ人とは勝負しません。収集の極意が殺意だと言っているのは、生きている人間を対象にしているんですよ」

「まあ、何とでもいえるね。それはともかく、本題に返ったらどうです？」

「これは失礼。どこまで話しましたっけ。そうそう、線香一本でしたね。で、一昌さんは懸命に書棚から書棚へと眼を移していったけれど、お目あての本はない。故人は蔵書家だったから、たくさんの本が一階と二階に溢れていたそうですが、特徴のある赤いモロッコ革の背表紙の本は、とうとう見当らなかった。病みあがりの一昌さんは、身体じゅうからドッと汗が噴き出して、床にヘナヘナと坐りこんでしまったそうです」

「奥さんも大変だったでしょうね」

「どうして奥さんのことばかり気にするんですか？　主人公は一昌さんなんですよ。これは一愛書家の執念をテーマにした、昭和古書史のハイライトなんです。なにしろ一昌さんは、その後じつに四回にわたって竹内家を訪れ、迷惑そうな遺族に気をつかいながらも、虱《しらみ》つぶしに探索したんですからね。一度は疲労のあまり、病気がぶり返して、あぶなく死ぬところだったんです」

「で、本はあったの?」俚奈は先を促した。

「いいえ。最後に一昌さんがへばって坐りこんでしまうと、家人が突然こんなことを言いだしました。『納棺のとき、故人の身のまわりにあった本を二、三冊入れてやったのを思い出したけど、もしかしたらその中に入っていたかもしれません』……」

「ひどい。あとからそんなこと言い出すなんて」

「そう思うでしょう。私もそこらへんがおかしいと思ったんです。しかし、一昌さんはその言葉で迷いがさめて、すべてを諦《あきら》め帰京しました。そして、前後のいきさつを『日本愛書通信』に書いたんです」

「あれはかなり評判になったっけ」須藤はウンザリした表情で言った。一昌の失敗談は、古書界では有名なのである。ただ、あらためて津村の口から聞いてみると、なぜ遺族が棺に入れたという件をあとから言い出したのか、不自然に思われた。そもそも、杉本一昌は竹内宅を訪問するにあたって、『ワットオの薄暮』が見たいということと、その本の外観・特徴について記した手紙を出している。さらに前後五回の訪問（うち一回は家人が留守で目的が果せなかったという）においても、常に本の特徴を告げ、くどいくらいに念を押してから帰京している。

「考えられることは」と、須藤は声に出して言った。「遺族が面倒くさくなって、一昌さんにウソを言ったか、それとも何らかの理由で隠匿《いんとく》してしまったのか」

「そうです。いいところへ気がつきましたね。しかし、今からではもう遅い。私は一昌さんの文章を読んだとき、ただちに真相を看破しました」

「真相？」

「そうです。愛書家のカンですよ。このカンというものがなければ、本の収集など覚束《おぼつか》ないもんです」

「カンと殺意だね。しかし、その真相というのは？　やはり遺族は匿《かく》していたんですか」

「それは言えません。少なくとも今はね。とにかく肝腎なことは、私がその本を探し出したということですよ。現に私が持っているということです」

3

しばらくの間、沈黙が支配した。その気まずさから逃れるように、俚奈は津村のコップに麦茶を注ぎ足した。しかし、そのピチャピチャという音が、かえって緊張感を高めた。

須藤は津村の額にうっすらと浮かんでいる汗を見つめていた。杉本一昌が「日本愛書通信」に載せた手記は、何年か前に読んだ記憶があった。「幻の本を求めて」という表題はありふれたものだったが、病いをおして何遍も遠方へ出かけ、西陽のさす書庫内で汗びっしょりになりながら、蹌踉《そうろう》と書棚にしがみつき、一冊の本に向かってあくまで食いさがっていく描写には、一読粛然たらしむるものがあった。じつに、杉本一昌の名はこの一件で、愛書家の間に記憶されることになったのである。

しかし――、いま目の前に坐っている津村恵三も、杉本に優《まさ》るとも劣らない収集の鬼であった。いや、杉本をはるかに凌駕《りょうが》するといってよかった。年齢も十歳以上ちがうようで、若いだけに行動的かつ強引であった。顔付きは一見いかにも柔和で、見だしなみも恰幅《かっぷく》もよく、一流どころの商社マンとしか見えない雰囲気をもっているが、いったん獲物を嗅ぎつけるや、別人のような変貌をとげる。

彼の得意とする領域は近・現代の詩書であり、それに関する二、三の著書もあるほどだが、収集の方法が阿漕《あこぎ》ということで、とかくの噂が絶えなかった。高名な詩人たちの家に出入りし、本を借り出しては返却しないので、新聞ダネになってしまったこともある。

そのような不正はともかくとして、稀覯本を集める手段になると、並の収書家の到底及ばないものがあった。たとえばある詩人が戦時中に書いた絵本がある。当時高名な画家と協力しての国策的な内容であるが、戦後はあまり名誉な本ではなく、しかも子ども向けのものなので、著作年譜からも外《はず》されて、いつしか世人の記憶から薄れていた。ところが何らかの機会からこの本の存在を知った津村は、その詩人のもとへ押しかけて、「お願いですから、当時著書を配付した方々の名を思い出してくださいませんか」と、とんでもない相談をもちかけたのである。むろん、詩人は言下にことわった。

「そんなことは、きみ、もうとっくに忘れたよ。なにしろ四十年も前のことじゃないか」

しかし、津村はそこで引きさがるような人間ではない。

「お願いします。戦時中にご交際のあった方々は覚えておいででしょう？　それに絵本ですから、詩集の場合とちがって、ご記憶にあると思って伺ったんですが」

詩人は不快そうに顔をしかめていたが、

「ま、思い出せたら、思い出しときましょう」と体《てい》よく逃げをうった。

「よろしくお願いします」

と、津村は深々と頭をさげると、大きな菓子折を置いて帰った。

詩人は、むろん、その件をすぐ忘れてしまったが、十日ほどして、再び津村が現われたのにはおどろいた。

「いかがですか。思い出してくださいましたか」

「いやあ、どうも暇《ひま》がなくてね。第一、はじめから無理な話だよ。なにしろあれはぼくが二十代のころの話で、記録もとってないからね」

「そうですか。でも、お若いころの話なら、かえっていろいろな方々を覚えていらっしゃると思います。きっとお忘れになってはいらっしゃらないと確信してます。また参上しますから、くれぐれもよろしく」

津村はまた菓子折を置いて帰った。

詩人はいささか腹が立ったが、「待てよ」と考えなおした。相手は熱心な崇拝者のようでもあるし、その気になって見れば万更思い出せないことでもあるまい。戦時中のことは、今となっては不快な記憶でしかないが、少国民向けの本であるため、本業の詩集のようには各方面へ配らなかった。そうだ、十冊ほどを、子供のいる知人や親戚へ送ったような気がする。仲の良かった同級生、出征した伯父の留守家族、飲み友達の画家……。

詩人の手帳には、いつのまにか四、五人の名が並んだ。伯父はまもなく戦死した。ほかの者とも、いまは音信が途絶えてしまっている。

「だめだ。こんなことしても無駄だ」

詩人は眉をひそめて、そのページを破り棄てようとしたが、ふと懐旧の情に迫られ、そのまま手帳を閉じた。

津村が再び現われたのは、三日後であった。

「先生いかがです」

「きみもしつこいねえ。しかし、あれから久しぶりに古いことをしみじみ回想してね。ま、全部の人について思い出すのは無理だが、これだけの人には本を送ったような気がするよ」

「やあ、そうでしたか。きっと思い出してくださるとは思っていましたが、うれしいですねえ。さすがは先生」

などと、津村は書きなぐりの紙片を眺めていたが、

「ええと、合計六人で、当時の東京市内在住者ですね。それなら意外と早く片付くかもしれないな」半分呟《つぶや》くようにいうと、

「ありがとうございました。今日はこれで、いずれご挨拶にうかがいます」

と、そそくさと立ち去った。今回は菓子折は置いていかなかったし、詩人が彼に会ったのもそれが最後となった。

津村はその足で、該当者の最も多い中央区《ちゆうおう》（当時日本橋区《にほんばし》、京橋区《きようばし》）の区役所を訪れると、各人の戸籍を閲覧し、現況を確かめた。一人が故人となっていたが、三人の生存を確認しえた。

翌日は他の区役所を三個所ほど廻り、ついに全員についての情報を得た。それから、電話帳や紳士録にあたって職業、電話番号、住所、家族構成などを確かめたのち、だれから先に当たるか作戦を練った。万一詩人の気が変わって、該当者に連絡をつけるようなことがあれば、訪問も不可能になる。機敏な動きが必要だった。

このような場合、電話はかけない方がよいと彼は判断した。詩人の名を出しても、通用す

るかどうかわからない。現在の詩人に対する親密度が、もう一つ摑めないからだ。しかし、詩人がやっと思い出したというほどだから、あまり頻繁な往来があるとは思えない。

一日おいて、会社に欠勤届を出した彼は、台東区《たいとう》在住の一人を訪ねた。根岸《ねぎし》のラブホテルの多い一画の古い小さな家に住んでいたが、もう六十代半ばの老人で、津村が来意を告げるとキョトンとしていたが、

「そんな古い話をいわれても困るよ。本は貰ったかどうか。多分もらったと思うが、記憶もはっきりせんし、もう一昔以上も前のことだろう。きみはいったい何者だね」

と、うさん臭そうに津村を見た。

「いや、どうもご迷惑をかけました」

だめだとわかれば、あっさり引きさがるのがコツである。警戒されて、仲間に連絡されたら万事は水の泡だ。

つぎに訪れたのは、日本橋の問屋街のはずれにある古い酒屋であった。とにかく、津村は当時と住所が変わっていない相手を選んだのであるが、この酒屋の外見を見たとき、しめたと思った。あきらかに戦前からの建物で、どうやらこのあたりは奇跡的に戦災を免れた一画らしかった。

主人は半ば隠居のようすだったが、

「ほう、先生の紹介で？　このごろ消息を聞かんが、元気ですかい」

と津村を居間へ招じ入れた。

「あの人とは十五、六年前、酒の席でちょっとやり合ってね。いらい年賀状のやりとりもなくなって。わたしも昔は俳句などひねったもんだし、これでも若いときは詩の一つや二つは書いたもんなんですよ。だいたいあのころは……」

と、長たらしい思い出話がはじまりそうなのを津村は手で制し、用件を切り出した。老人は眉をしかめて聞いていたが、

「ずいぶん古い話だね。しかし、わたしの若い時からのいろいろな書きものが、茶箱に投げこんであるから、ひょっとしたらあるかもしれん。あそこに――」

と、彼は天袋を指さした。

「――なければ、ちょっと探しようがないな」

それからの三十分がたいへんだった。老人が使用人に持ってこさせた梯子《はしご》は低すぎたし、茶箱は重すぎた。津村は何度も梯子ごとひっくり返りそうになっては冷汗をかいた。もともと白い顔色が斑《まだら》に紅潮した。老人は、

「なあに、これしきのもの、軽い、軽い」

と言いながら、いっこうに手伝おうとしない。

津村は腕が折れそうになるのを耐え、やっとの思いでそれを畳の上におろすと、服についた埃を払って大きく溜息をついた。

老人が蓋《ふた》を開けると、古い紙のにおいが漂った。とたんに津村の眼は鋭い光を帯びた。古書収集家や古文書研究家が最も生き甲斐を感ずる瞬間である。

「物持ちはいいほうでね。もう必要ないものばかりなんだが……」

老人は弁解するように、ボロ布《きれ》に包まれた草稿のようなものを開いたり、麻紐で束ねた同人誌の埃をはらったりした。津村の猟犬のような眼が、そのひとつひとつにそそがれた。

「このへんにあるんじゃないかな」

箱の中ほどから底の部分にかけて、かなりの冊数の詩集や随筆集が乱雑に詰めこまれていた。津村はもう我慢ならなくなって、

「ちょっとよろしいですか?」

というと、相手の返事も待たず、手をのばして五、六冊を一度に摑むや、さっと背表紙を見て、

「これじゃありませんね」

というと脇へ積みあげ、また新たに五、六冊をとり出した。老人はその手ぎわのよさを怪しんで、

「あんたは古本屋かね?」

「いや、名刺にもありましたように、広告会社の社員です。あくまで詩が好きだということで……」

ここで失敗したら、それこそ九仞《きゅうじん》の功を一簣《いっき》に虧《か》くことになりかねない。津村は逸《はや》る気持を押し鎮《しず》め、両手をひざに置いてきちんと坐りなおした。

「いや、それは失礼した」

と、老人はなおも訝《いぶか》し気な表情ながら、目の前の懐しい記念物のほうにだんだん気をとられていくようだった。津村は思わず、亀の子のように首を長くして、箱をのぞきこむ。

「戦前、あの男といっしょにやっておった雑誌は四つほどあるが、こんなプロレタリア文学めいたものも書いていたんだよ」

「ほう、そうですか。なかなかご活躍なさったんですね」

いい加減にあしらいながら、だんだん少なくなる茶箱の中を覗きこんでいたが、ふと、その視線が一冊の貧弱な本の上にとまった。

タイトルは隠れて見えないが、どうも画家の筆致が沢井二郎《さわいじろう》のように思われる。もしそうなら可能性は高い。本の厚さは一センチぐらいだが、それだけのデータでは確認できなかった。

「あのう……」と、津村はとうとう我慢しきれなくなって言った。「その、灰色の森が描かれている本は何でしょうか?」

「これかね。ああ、『神州《しんしゅう》の朝』か。丸山正一郎《まるやませいいちろう》著ねえ。なんでこんなのが紛《まぎ》れこんでいたんだろう」

老人は無造作にその本を津村に渡した。プロレタリア同人時代の懐旧の情に浸っていた彼は、まさに問題の本についての記憶が、すっかりお留守になっていたのである。一つに、それが別名で書かれたものであるという理由も手伝っていた。このようなことがあるために、収集家は本探しを他人まかせにしないのである。

津村はじっと呼吸を整え、やや震える指でページを繰ってみた。鎮守《ちんじゅ》の森をバックに野良道を分団行進で登校する少国民、神社の境内を清掃する女子、一時帰省した航空隊の兄を迎える幼い弟たち……といった、いかにも軍国調の挿絵が目に入った。中質紙で印刷もあまりよくないが、保存はよい。奥付には昭和十六年十二月一日発行とあって、定価は金一円七十銭、送料十五銭……。

津村は無言でその本を閉じると、動悸をおさえて言った。

「この本は時々古本屋で見かけますね。で、そちらにある本は、やはりプロレタリア文学ですか?」

「うん、それはわたしが三十歳ぐらいのときの自費出版でね。道楽をしたもんだよ」

老人は津村の作戦にひっかかって、肝腎の本のことはすっかり忘れ、過去の華やかなりし文学生活の回想に浸りはじめた。

津村は三十分ほどつきあってから、はじめて時間が気になった様子で腕時計を見た。

「おや、もうこんな時間ですか。ほんとうにいいお話をありがとうございました。お仕事の邪魔をして申しわけありません」

「いやいや。だが、本はなかったなあ」

「そうですねえ。残念です。しかし、この本は私も子どもの時代にチラと見た記憶がありますので、ちょっと拝借ねがえませんか」

津村は相手に裏表紙を見せ、そのまま何気なく自分の膝に置いた。

「ああ、いいとも。気に入ったらもってらっしゃい。ええと、名刺は頂いておったな。はて……と」

「玄関でお渡ししましたが」

「そうそう、あのへんに置き忘れたんだろう。おーい、誰かお茶をもってこんか」

津村はポケットの中の名刺を確認して、心中ほくそ笑んだ。居間のテーブルに置き忘れたのを、さっさと取り戻しておいたのである。

「どうもお邪魔をいたしました。これはお口に合うかわかりませんが」

津村は風呂敷から小さな菓子折を出して老人に手渡し、なおも引きとめようとする相手に深々と頭を下げると、足早に立ち去った。

——奇蹟が一つ起こった。考えてみれば文献探求としては当然の方法なのだが、だれも戸籍謄本《とうほん》まで繰るようなことはしない。のちに須藤康平は津村自身の口からこの〝秘話〟を聞かされ、一本参ったと思った。

しかし、一本どころではなかった。津村が自慢気に語ったところでは、その成功に満足せず、なお粘って五人の居所に赴き、結果として世田谷区に住む老人からもう一冊入手したというのである。

「一人は群馬県の疎開先に住みついていて、もう本のことなどとっくに忘れていましたよ。旅費は丸損だったが、トータルとしては大変な黒字です。何しろ市場に現われたことのない珍本ですからね。値段は古本屋が付ければ、かなりのものになるだろうが、そうしたことを超越した本です。研究資料としての価値が大きいんですね」

津村は収集家に似合わず、著書も何点かあって、そのなかには『戦前発禁詩集』という、一部では相当高く評価された一冊が含まれていた。自らも単なる本集めの名人でないことを意識して、評価の基準としての資料的価値を強調した。聞き手は、

「ほう、なかなか見識のある書物人だな」

と思いこんでしまう。昨今では署名本を求める読者さえ現われるようになった。現に須藤の店で、昨年K書房から出版された『稀本珍本一宵話』の署名本を五冊置いたところ、即日売れてしまったほどだ。内容も、さすが原本を所有しているだけに、実証的であった。近頃、巷間にあふれている書物エッセイ本の中で、きわめて良質のもの――と、須藤は評価しはじめていた。

その矢先、津村が昭和戦前の一大稀書『ワットオの薄暮』を入手したと言ってきたのであ

る。須藤の店では、必ずしもその種の近代文学の限定本を重視する方針をもっていなかったが、何しろいわくつきの大物である。今年の古書界のトップニュースといってもいいほどである。彼は緊張した。

4

「ところで、これを見てください」

津村は背広の内ポケットから、四つに折り畳んだパンフレットを取り出して須藤に渡した。

「なんですか、これは」

「ごらんのとおり、江戸《えど》川橋《がわばし》図書館の館報ですよ。その一番最後のページの下を見てください」

須藤はそこにある新入荷図書の欄を一覧して、思わず「アッ」と声をあげた。次のような記載があったからである。

「堀井辰三『ワットオの薄暮』一九三三年刊。限定二部私家版のうち二番本、菊判一一〇ページ、中村典彦エッチング入り。津村恵三氏より寄託。注、本書は稀覯本ですので、閲覧したい方は事前に書面で許可を得てください。寄託者の意向によっては閲覧できない場合もあります」

「寄託したんですか！　これは信じがたい」

「そうでしょう」と、津村は館報を取り戻すと、ポケットにしまいながら言った。「じつはこの本を入手したのが今から二か月ほど前なんですがね。いらい、妙なことが二度ばかりありましてね。マンションの鍵をドライバーのようなものでこじあけようとした奴がいます。一度は管理人のところへ押し売りのような者が来て、私のことを探っていった形跡があるんです。そうなると、本のことが心配になって、最後は銀行の貸金庫を考えたんですが、それではまったくの死蔵になってしまうし、知恵をしぼった末、ウルトラCを考え出したんです。図書館に寄託する、という手です」

「あくまで寄贈ではなく、いつでも取り戻せる寄託というやり方ですね」須藤はやや皮肉をこめていった。

「いやいや、私のほうではこれだけのものなら文化財ですから、将来は寄贈も考えていますよ。しかし、当面のことをいえば、図書館で貴重本扱いをしてくれるのが最もよい方法だと思いあたりましてね。つまり、どうしても見たいという人には、私の許可つきで見てもらえる。それ以外は厳重に保管されるわけです」

「ふーん」と須藤はしばらく相手の顔を眺めていたが、納得しかねるという表情で言った。

「江戸川橋は、こう言っては何だが、地域の公共図書館でしょう。同じ寄託なら、もっと本格的な資料図書館があって、そちらのほうが設備もよいでしょう」

「その点についてては、私のほうがもう少し知っていますね」と、津村は胸をそらした。「江戸川橋図書館はたしか一昨年に完成したもので、最近の設備の整った公共図書館の中でも、ひときわ優秀なんです。一般書のほかに近世の教育史に関する資料を、ある学者から寄贈されていて、その保管のための設備にだいぶ金をかけたんですよ。じつは館長が私の高校の同期生なものですから、そのへんのことは以前から聞いていたわけです。かなり広い展示室や防火壁を使った書庫があること、貴重本の中でもとくに貴重なものは、一種の金庫に入れることなど、じゅうぶん調査しました。地の利も、私がふだん出て来る神保町に比較的近い。他の資料館ですと少し遠くなりますからねえ。それに、知らないところに寄託するというのは、手続もめんどうです。りっぱな図書館であることに変りはないんだからと思って、江戸川橋を選びました」

「それはごりっぱ。麦茶をもう一杯いかがです?」

須藤がそういうと、俚奈が首を横に振った。今朝の分はもう終りという合図である。

「いや、けっこうですよ」津村は気配を察して言った。「それより、ご足労ねがえませんかと言ったのは、もうおわかりでしょうが、江戸川橋図書館なんですよ。今日、いかがです。ぜひ一度見ておいていただきたいんですよ」

「それは拝見したいが……」と、須藤は窓外のビルに照りつける強い日差しを見て、逡巡した。「少し、急ですねえ」

「じつは、たいへん言いにくいんですが――、いや、みっともない話なんですが、せっかくの寄託をやめなければならない事情が起こりましてね。不見識な話ですが、しかし、こと財政問題になりますとねえ。ありていにいうと、少しばかり困っているのですよ」

「すると――」一瞬、須藤は売り込みと早合点した。津村はそれに気づいて、遮った。

「いや、そういう話じゃありません。一時、質に入れるだけですよ。それも白蘭《びゃくらん》書房のね」

「ははあ、なるほど」

須藤は筋書が読めたという顔をした。

津村と白蘭書房の店主、中野良輔《なかのりょうすけ》との奇妙な関係は、古本業界やマニアの一部によく知られていた。もともと中野は現代詩の分野には明るくないので、いい加減な値段をつけていたのを、津村がしげしげと通い出したことから親しく口をきくようになり、その方面の知識を仕入れていくうちに、一端《いっぱし》の専門店として業界に知られるようになった。津村の方でも資金に困ると重複本を売却したり、蔵書家を紹介するなどして、関係を深めていった。ろくに相場もきまっていないようなマイナー詩集の市場価値が形成されたのは、この二人に負うところが大きいという。

いわば津村は白蘭書房の顧問として、自他ともに認める存在なのだが、とかくの噂がないでもなかった。例えば白蘭書房の即売展の目録に、高価な稀覯詩集が出ることがある。それは津村が一時貸与したものにすぎず、じっさいは売り物ではない。むろん、注文者が現われるが、抽せんに当たらなかったという理由で断わられてしまう。

このやり方は、白蘭書房の箔付《はくづ》けに役立つばかりではない。古書価が活字になると、つぎの機会に市場に現われたときの、相場の目安となってしまうのである。すべての本が、そんなに巧みに操作しうるとは限らないが、刊行部数の少ない限定本などの場合は、このような手段で相場が上げられていく。

戦前の古本屋はそんな不見識なことをしなかったが、本の収集が大衆化し、業者がこれに便乗するようになった一九六〇年あたりから、このような傾向が現われてきた。

「――質草ですか。流される心配はありませんか」

須藤は相手の眼を覗き込むようにして言った。しかし、トリックは先刻見通しだった。

「流さないということで、暗黙の紳士協定ができていることぐらい、ご承知でしょう」と、津村は嘲笑《あざわら》うように言った。

「失礼ですが、どのくらいの額ですか。いや、お答えになりたくなければいいんですよ。ちょっと、その、『ワットオの薄暮』の人工相場が知りたくてねえ」

「人工相場とは、きついことをおっしゃる」と、津村は笑った。しかし眼は笑っていなかった。「まあ、あなただから、およそのことは申しあげましょう。内緒ですよ。五百万――を少し越える数字、というわけです。この本のためにかなり無理したところへ、あいにく物入りが嵩《かさ》みましてね。中野に相談したら、すごく調子がいいんですよ。『そんな珍本は、預らせてもらうだけでもしあわせだ、返済はいつでも結構、現物は来週早々にでもお預りしたい』と言い出すしまつです」

「ほう、いつでも結構といいましたか」

白蘭書房は中堅の下ぐらいのランクで、五百万円程度の金をいつまでも貸す、というような本屋ではない。さては、それをタネに何かをたくらんでいるな……。

「私が五百万円出したら、預けてくれますか」

津村は不意をつかれたように、キョトンとしたが、

「そりゃ、早くご相談するんでした。こいつは失敗した」

と、大袈裟《おおげさ》に頭をかいた。しかし、それが芝居なのはすぐわかった。須藤は眼を逸らして言った。

「それじゃあ、行きましょうか。白蘭書房の金庫におさまらないうちにね」

「やっと神輿《みこし》があがりましたね。じゃ、俚奈ちゃん、留守番頼みますよ」

「あたし、今日十一時までしかいられないんだけど」

「鍵をかけとけば出かけてもいいよ」須藤はキーを渡した。「じいちゃんに渡しといてくれよ。あとでちょっと話があると伝えてね」

「へーい……」

気のない返事をあとに、津村と須藤は四階の踊り場へ出て、折から止まっていたエレベーターに乗った。

「ボーイフレンドができたんですかね」津村が言った。

「蓋然性《がいぜんせい》は高いですね。新しい店番を探さなくちゃ。いいアルバイトいませんか」

「さあ、いなくはないが……」

それっきり津村は黙ってしまった。外へ出ると、さすがに八月の中旬だけに、車の数は少ない。本屋街は夏休みとあって、学生の姿はほとんどなく、サラリーマンの姿が目立った。

(秋になって、学生がどれだけ戻ってくるのだろうか――)

須藤はふと、そんなことを考えた。退職金を担保に金を借り、千葉のマイホームを売って墨田区《すみだ》のアパートに移り、店舗の敷金と運転資金をつくったのが五年前の秋である。しかし、それから現在までの短い期間にも、学生の数が急速に減っていることは慥《たし》かだった。

江戸川橋図書館は江戸川橋のすぐそばにあるので、神保町からは比較的近距離だが、バスや地下鉄では不便である。二人はタクシーをひろった。

「いまに神保町が貧乏町になるといっている古本屋がいますよ」

須藤が窓の外を見ながら半ばやけっぱちの口調でいうと、津村は笑いとばした。

「古本屋はビル・ラッシュじゃありませんか。みんな立派な建物を建てて。高度成長以前からの蓄積ですよ。ほかの業界とは性格がちがいます。老舗《しにせ》の息子たちはみな大学を出て、なかには外国の一流大学へ留学した者も何人かいるほどですからねえ」

「そりゃあ老舗や大店《おおだな》の場合でしょう」と、須藤は肩をすくめた。じつは車の冷房が利きすぎていたので、腕組みして、前かがみの格好になっていた。そこへ肩をすくめたので、姿勢が不安定になり、津村のほうへよろけた。津村がさっと身をひいた。

「いや、失礼」

「いいんですよ。こういう寒いとき、上衣は役に立つでしょう」と、津村はとりつくろったように言うと、ネクタイを締め直した。

しばらく沈黙が続いているうちに、車は九段下《くだんした》から飯田橋《いいだばし》を経て、江戸川橋に近づいていた。右手の川の真上には高速道路が走り、川岸には小ビルや人家がひしめき合っている。

「私は初めてだが、こういうところにいい図書館があるんですか?」須藤は、あまり文化施設などに縁がなさそうな場所だと思って、そう言った。

「いや、一歩奥へ入れば、高級住宅地ですよ。もう新宿区に近いですからね」

「そういう見当になりますかね」

「利用者も、他の地区の人が多いということですよ」

たぶん、津村は事前に綿密な調査をしたのだろう。貴重書を寄託する以上、当然であった。

タクシーは図書館の前で止まり、津村が後から降りて代金を払った。

建物は白い外壁の、とりたてて特徴のない四階建てだったが、余計な装飾のない、いかにも頑丈な造り、という印象をうけた。入口は道路と同じ高さで自動ドアとなっており、これは利用者が入りやすいくふうとして、すでに住宅街の公共図書館では常識とされている。入って左側は児童室で、十人ほどの子供たちが本を選んだり、借り出しの手続きをしたりしていた。奥にある絨毯《じゆうたん》を敷いたコーナーには、低学年の子供たちが思い思いの格好で寝そべったり、あぐらをかいたりしながら、絵本や紙芝居を見ている。総じて、女児のほうが多かった。冷房はよく利いていた。

津村は、

「こちらです」

というと、右手のエレベーターに案内した。建物にふさわしくない、十二、三人ほども乗れるような広いエレベーターで、ドアに向かって右手のちょうど腰の位置にもボタンがついている。傍らに握り手がついているので、車椅子の人々への配慮と知れた。

館長室は四階にあった。津村は形ばかりノックをすると、返事も聞かないでドアを開けた。窓ぎわの机の向こうで、中年の小肥りの男が腰をあげた。机上に「館長・長井《ながい》峯郎《みねお》」というプレートがあった。津村とは同期生ということだったが、すでに白髪が目立つだけ、五歳以上は老《ふ》けて見えた。

「お待ちしてました」

「いやあ、この須藤さんという人は、めったに図書館になんか来ない人ですからね。しかし、本の魅力には勝てません」津村はからかうように言った。

「須藤です」

　名刺を出すと、館長は老眼らしく、それを少し離して読んだ。

「ほう、『書肆・蔵書一代』、ですか。なかなか変った、しかし、いい屋号ですなあ。個人の蔵書はまず一代限りですからな」

「いや、昔、そういう題で文章を書いたことがあるものですから。そのころは自分の蔵書の運命が気になってしようがなかったものですが、商売をはじめてからやむなく手放したものもあり、そうなると憑《つ》きものが落ちるというのか、本への愛着もさほどのものではなくなってしまいましてね。まあ、年とともに薄れてきているというのが実状です」

「趣味を商売にしてはいけないといいますからな」館長はしたり顔でいった。「私などは学生時代から、あまり本を読んだ記憶がありません。まあ、四年間かけて、コツコツとギボンの『ローマ帝国衰亡史』を読破したくらいですかな。それでも、実社会へ出てみると、あれを読んだという人にはあまり出会わないので、いざという時の切札にはなりますな」

「一書の人を怖れよ、とはよくいったものだね」津村は冷笑をうかべると、傍らの真新しいソファのアームのところによりかかった。

「ま、お坐りなさい」館長がすすめたが、

「いや、あまりゆっくりもしていられないんで」と津村はことわった。

「例の件ですか」と館長は少し表情を硬くした。「寄託してもらったばかりなのに残念なんだが」

「なあに、一時的に入れるだけのことですよ。また寄託させてもらいます」

「せっかく館の目玉商品にしようと思っていたのに。今月の館報にも載せてしまったしねえ。あれからさほど日数が経っていないというのに、もう十五、六人も閲覧願いが送られてきている。さすが幻の本ですな」

「何人が実際に見ました？」津村はさりげなく訊ねた。

「三人――だね。ちょっと休暇をとっていたので、館長決裁が遅れているんだよ」

「三人、ね」津村はちょっと視線を天井に向けて考えていたが、「年輩の人でしょう？」と、再びさりげなく訊ねた。

「いやいや、それはあんたも知っての通り、閲覧者の秘密に属する事項だからねえ。――そんなことより、写真を撮《と》りたいという件、いまならマイクロの部屋が空いてるよ」

「すみません。それじゃあ拝借しましょうか」

「私どもで写しますよ」

「いや、電話でも言ったように、私でも写真ぐらい撮れるから。それより、須藤さんに、私が今月の館報に書いた文章を見せてやってください。例の〝『ワットオの薄暮』について〟というやつですよ」

「ああ、そうでしたな。さすがに限定本の権威らしい立派なエッセイだった。――さて、閲覧部に余分があったかな」

館長は書類の山の中を、あちこち探しはじめた。津村はそれを無視するように、

「じゃ、お先にマイクロ室に行ってますよ。須藤さん、こちらへどうぞ」

と、須藤の肩を軽く押し、さっさと室外へ出ると、正面エレベーターのボタンを押した。

事務室は二階の資料室の隣り、点字図書室に近いところにあった。津村は例の馴れ馴れしい態度で入っていくと、カウンターごしに、

「原《はら》さん」

と呼んだ。部屋の中央に近く、書類の山の上から痩せた青白い顔が覗いて、

「やあ、どうも」

無表情に軽く会釈をすると、小柄な男がこちらへ近づいて来た。

「原さんはベテラン司書です。この図書館のブループリントは、この人がつくったも同然なんですよ」

津村は、やや相手におもねるように言った。須藤は黙って一礼した。

「例の、あれですか」原は右手の奥の方を指さした。そこには金庫のような、大きな灰色のロッカーがあった。

「そうです。すぐ出してもらえますか」

「はい。館長から言われてますから。——でも、残念ですねえ」

原はジーパンのポケットから合鍵をとり出すと、ロッカーの前へ行き、ちょっとの間ガチャガチャ、ノブを回していたが、やがて目的のものをとり出すと、右の脇にかかえてカウンターに近づいてきた。桐箱らしく思われた。

原はカウンターを隔てて津村と向き合うと、左手で箱の蓋をあけて脇に置いたが、傍らに置いてあった一輪挿しのコップを、危うく倒しそうになった。

彼があわててコップをおさえるよりも早く、津村が桐箱をひったくるようにして、持ち上げた。

「おっと、こういうことがあるから、本からは眼が離せません」

「すみません」

原は心持蒼ざめていた。津村は何も言わず箱の中の帙《ちつ》をあらためた。古いもので、爪が一つなくなっていた。それを開くと、紫色の風呂敷にしっかり包んだ本が見えた。

「マイクロ室の鍵はもう開いてますか?」と、津村は事務的な口調で訊ねた。

「開けときました。カメラにフィルムもセットしてありますよ」

「では、拝借します」

津村は箱を大切そうに胸のあたりにかかえこむと、須藤を促して廊下へ出た。隣りが点字図書室、そこを右に折れたところがマイクロ室のようであった。

二、三歩行ったところで、津村は急に立ちどまると、すぐ脇にあるトイレを指して言った。
「すいませんけどね、これから資料用としてマイクロを撮っておこうというわけです。貴重本にさわることにもなるし、申しわけありませんが手を洗ってきて頂けませんか。私は例によってこれです」

ポケットから白い手袋をとり出した。その真新しい白さを、須藤は不本意にも眩《まぶ》しいと思った。

「いや、気がつかなくって申しわけない」

彼はトイレの扉を押した。水道の蛇口をひねりながら、念頭にうかんだのは、書物へのマニアぶりにおいて、自分は津村の足もとにも寄れないということであった。古本屋は埃だらけ、虫だらけの雑本を整理する時に、薄汚れた軍手をはめるだけである。

苦笑しながら、しわだらけのハンカチで手を拭《ぬぐ》うと、廊下へ出た。津村の姿はなく、右の角を曲ると、マイクロ室と書いてあるドアが開いていた。

入ると、津村がカメラの具合をたしかめていた。

「この器械は一度借りたことがあるんですよ。稀本研究会という復刻版屋が、どうしても私の本を借りたいというんです。ところが、その本屋は借りた本を粗末にするという噂がありましてね。当方もいちいち撮影現場までついていくわけにはいかない。やむなく、この器械を借りてコピーしたんです。最新式のマシンですからね。なかなかきれいに写りますよ」

「今回も、どこかに提供するんですか」

須藤は頭に浮かんだことをそのまま質問した。

「いやあ、まだそんな話はありません。正直いって、いずれ舞い込んだ場合の対策ですよ。白蘭書房からはなるべく早く請け出すつもりですが、当分は無理ですから」

津村はあちこちのボタンを押して、スタンバイの状態にすると、

「さて――」

と言って、複写台の前に座り、桐箱の蓋を開けると、朱色の布を貼った拵《こしら》え帙を取りだした。題簽《だいせん》にはなかなかの達筆で『ワットオの薄暮』と墨書してある。須藤は一歩、台に近寄った。

「おかしいな」と彼は呟いた。「爪が外れている……」

たしかに上の爪が外れ、下の爪が紛失しているため、帙の表紙がすぐ開いて紫色の袱紗《ふくさ》の包みが現われた。津村はその結び目をゆっくり、芝居がかった手つきでほどいた。

とたんに彼は奇声を発した。

「やられたっ！」

そこにあったのは、『ワットオの薄暮』とは似ても似つかない、菊判の「犯罪世界」という古雑誌にすぎなかった。

5

「どうしたんです？」

須藤も狼狽のあまり、わかりきった質問を発してしまった。

「すり替えられたんです」

津村は、息をはずませながら、こわばった顔で古雑誌を睨みつけていたが、いきなりそれを摑むと丸めて台の上に二、三度叩きつけ、

「畜生！」

呻《うめ》くように叫ぶと室外へとび出した。須藤もあとに続いた。

「原さん！　原さん！」

事務所のカウンターのところで津村が大声を発すると、二、三の館員たちがおどろいて顔を上げた。

「どうしました？」

ただならぬ気配に、原はボールペンを左耳にはさんで、小走りにやってきた。

「どうした、なんて場合じゃありませんよ。『ワットオの薄暮』が、つまらん古雑誌にすり

替えられてるんです。もしかしたら、これはあなた方の冗談ですか？　私をからかっているのか、それならいいんだが——」

「すり替えられた……古雑誌に？」

「これですよ、これ。いったいどういうことです？」

原はみるみる蒼白になった。

「箱はどこにあるんです？」

「マイクロ室ですよ」

原はカウンターを回りこんで廊下へ走り出た。他の館員二人も血相を変えて続いた。津村と須藤も一緒になって走った。

「ごていねいに、袱紗をしっかり結んであったんですからね」

津村はハンカチで額と頬を拭いながら昂奮のあまり甲高い声を発した。須藤も汗がドッと噴き出してくるのを感じた。

「どうしました」

館長の長井が駈け込んできた。津村と原が同時に喋り出したが、怒気を含んだ津村の声が一方を圧した。

「とにかく、これはいったいどういうことですか。管理はどうなっているんですか」

「まあまあ、あわてずに」館長は及び腰になって、津村を制した。「閲覧記録を見ればわかることですから」

「それです。早く閲覧記録を見せてください」津村が館長と原を交互に睨みつけながら、叫んだ。

「それはもちろんですが……」と、このとき原は血の気の失せた唇を嚙みしめるようにして、低い声で言った。「閲覧記録は外部には見せられないことになっているんです」

「なぜですか？」

「利用者のプライバシー保護のためです」

「プライバシーも何もない。現に高価な本が盗まれたんですよ」

「ですから、当方が調査をいたします。最後に見た人が疑わしい人ですから、そんなにむずかしくありませんよ」

「さあ、どうかな。もう処分してるかもしれないし。いや、きっとそうだ。こういう場合はほとんど売却が目的ですからね。その、最後の閲覧者の名を教えてください」

「だから、それは規則で出来ないんです。図書館の自由とも関わりがあることなんで、こればかりは津村さんのご要求にこたえるわけにはいきません」

原は視線を伏せたままであったが、梃子《てこ》でも動かない決意を示した。

須藤は何も言えなかった。警察が犯罪調査などで図書館の閲覧記録を見せろと要求することがあり、その場合、断わるのが常識となっているということを、須藤は図書館関係の本で読んだことがあった。数年前、あるテレビドラマで、館員が刑事に閲覧記録を気軽に見せてしまうシチュエーションがつくられていて、それを事前に知った図書館関係者がシナリオを書き改めさせるよう動いたというエピソードすらあるほどだ。

とにかく、閲覧記録が外部に洩れれば、誰が何を読んでいるか、何を考えているかが筒抜けになってしまう。これでは図書館は利用者に不信感を持たれてしまうし、意識の管理化という点からも問題である。

これはまずい状況になってしまった――と須藤は思ったが、とりあえず出来ることといえば、津村をなだめることしかないようだった。

「ここは館長さんや原さんにお任せして、あとで連絡をとったらどうです。なあに、売却されても、右から左へ動くようなものじゃありません。それにこうした世界は狭いから、あなたも落ちついてよく考えてみれば、意外に見当がつくかもしれませんよ」

「そうですよ」と、館長は津村に阿《おもね》るように言った。「さ、こんなところではどうしようもない。応接室へいらっしゃいませんか」

それから一時間ばかり、一同は応接室であれこれ議論し合った。席上で問題となったのは、当然のことながら、最後に現物を確認したのは何日か、だれが行なったかということだった。

だれもが閲覧記録を見たいという思いでは一致していたが、言い出す者はなかった。原はつとめて冷静を装いながら説明した。

「一週間ほど前ですから、十日頃でしたか、津村さんのご紹介だと言って、三十前後の方が見えられました。あのう、これだけは申しあげてもいいと思うんですが、その頃あなたの紹介という人が三人、続けていらっしゃいましたよ。事前にあなたから連絡をうけていましたから、すぐお見せしました」

「それはどういうことですか」須藤が尋ねた。

「いや、例の愛書クラブの連中ですよ」と、津村は言った。「七月の末に東北のほうの収書会と親睦の集まりがあって、メンバーの中から七人ほど、連れ立って出かけました。帰途に山寺に泊まったんです。仙山《せんざん》線の沿線にある、立石寺《りつしやくじ》ですよ。その晩、たがいに各自の収書についての短いスピーチをやりましてね。私が『ワットオの薄暮』について一席ぶったというわけです。むろん、入手経路など詳しいことは話しません。ただ、私が所蔵していることと、この館に寄託したことを話しました。見たかったら、担当者の原さんという人に話しておくから、いつでもどうぞということもね。元来、私は公開主義なんです。十年ほどまえ、名著復刻会の『復刻現代詩集』という企画にも、貴重な原本を提供しているくらいですからね。あのときは印刷所に立ち会わなかったんで、ケースをバラバラにされましてね。まったくひどい目にあった」

「ということは」館長が遮った。「その愛書クラブの方々は、全員知っていたというわけですな?」

「そうでしょう。旅行に出かけたのは七人だが、こういう話はすぐ広がりますから。全部と言ったって、十二、三人ほどの集まりにすぎませんがね。古書即売展に早朝から行列する常連で、だんだん顔見知りになって、親睦会を作ろうということになったんですよ。結成は五年前でしたかね。いずれ劣らぬコレクターばかりで、人をだし抜くことばかり考えてる。『ワットオの薄暮』なんていうと、目の色を変える手合です。そうですか、三人来ましたか」

「いや、三人ぐらいという、私個人の記憶です」原は予防線を張った。間接的に閲覧者名がわかってしまうという不安が募ってきたからであろう。須藤がとりなすように言った。

「まあ、調べてもらえばわかることです。それよりも、閲覧をさせた場所はどこですか?」

「当館では特に場所がありませんので、事務所の奥の簡単な応接コーナーで見てもらいました。じっと監視しているわけではありませんが、妙な動きがあればすぐわかります」

「しかし、原さん、現に妙な動きがあったんですよ」

「申しわけありません。返却される都度、確認はしたつもりでしたが……」

「つもり?」津村は原の言葉尻をとらえた。

「いや、確認はしました」原はあわてて言い直した。「大丈夫です」

「すると……犯人は閲覧者以外ということになる」

津村はごく事務的な口調で言ったのだが、館長と原は仰天して立ち上がってしまった。

「閲覧者以外! 津村さんは何を言いたいんです?」原は息をはずませていた。

「いや、あたりまえのことを述べたまでですよ。外部でなければ内部というだけのことです」

「それは言いすぎじゃないですか。いろいろな可能性があることだし……」

「ほう、可能性とは？」

「それは、たとえば——」

原は意気込んで何か言いかけたが、急に顔を真赤にすると、押し黙ってしまった。しらけた雰囲気となった。

「ま、いいでしょう」須藤が再びとりなし役を買って出た。「今ここでそんなことを論じ合っても仕方がない。いちおう図書館の調査を待つことにして……」

「長くは待てません。私はいま事情あって、あの本が必要なんですからね。それに、時が経過するほど、解決はむずかしくなるでしょう」

「わかりました」と館長が結論を出した。「当館の全力をあげて調べてみます。必ずお手元に返すことをお約束します。場合によっては、司直の手を借りても——」

「また困ることをいう！」津村が強い声音で遮った。「あの本を入手した資金源などがわかると、当方は非常にまずいんですよ。そりゃあ、金銭的な被害額からいえば、本が出てこない時の方が大きいが、警察の手を借りても容易にわかるとは思えません。むしろ、私の方が調査ルートを持ってるかもしれません。本に関しては、私の方がプロというか、一枚上というか。とにかく蛇《じゃ》の道は蛇《へび》ということもいえますからね」

「それでは調査の進行はそのつど打ち合わせることにして、今日のところは……」館長は一刻も早く逃げ出したい様子だった。津村は、

「二、三日後に連絡します」と言うと、須藤を促して部屋を出た。

「ちょっと、時間ありますか？」

そう言われて須藤は時計を見た。十二時をとうに過ぎていた。

「早く店へ帰りたいんだが……」

「どうせ昼飯の時間でしょう。ちょっとご相談があるんだけど。いかがです。池袋あたりでご一緒に――」

館外へ出ると、アスファルトの照り返しがムッと襲ってきた。須藤は早く冷房のきいたレストランへでも入りたくなって、

「じゃ三十分ばかり」と答えると、表通りへ歩き出した。

それから十五分後、二人は池袋駅近くのピザ・レストランで顔をつき合わせていた。

「ねえ須藤さん、この件、どう思います？」

「どうといわれたって、まったく何が何やら、五里霧中とはこのことですよ」

「私はいちおう見当がついてます」

「ほう、だれが犯人です？」

「やはり外部ですね。内部といったのは、私も腹が立っていたからで、館員が危険を冒して

変なことをする理由《わけ》がありません。あの原という担当者は、人柄も真面目です。金庫の合鍵はだれが持っているとか、原以外にあの本を扱った者はだれかといった問題は残りますが、これはすぐわかるでしょう。閲覧記録をわれわれが見られないということはハンディーだが、少なくとも図書館内部の調査は可能なわけです。扱者の判も捺《お》してあるわけですから」

「津村さん、あなたはクラブの仲間を疑っているんですね」

「やむを得ません。たしか三人といいましたね。私には誰と誰というぐあいに、すぐ名前が浮かびましたよ。一口に愛書家といっても、われわれのクラブの場合は比較的大衆もののコレクターが多いんです。『少年倶楽部』とか、中村書店のマンガといった類《たぐい》ですね。まあ、会員の年齢を見ると五十歳前後の人が多いから、当然ともいえます。その他に、少数の文芸書や限定本のコレクターがいて、人数にして五、六人でしょうかね。しかも、私の話を聞いて、わざわざ図書館に出かけていくなどというのは、まあ二、四人というところなんですよ」

「なるほど」

スパゲッティが運ばれて来たので、話は中断した。店内はサラリーマンやOLで満員である。

「須藤さん、一つ頼まれてくれませんか」

津村は食後のコーヒーを飲みながら、小声で言った。

「何をですか?」

「とぼけてはいけませんよ。これは何ですか?」

本の探偵　▼昔の本、今の本、名簿。▼卒論参考書。何でも見つけます。▼古書も高価買入。千代田区神田神保町「書肆・蔵書一代」(291)××××

津村は定期入れから新聞の切り抜きをとり出し、須藤の鼻先へ突きつけた。

「やあ、バレたか」須藤は頭を掻いた。

「人に見せるための広告でしょ。これは中央線沿線に公称六十五万部配付されている『タウン・ショッパー』の案内広告ですよ。愛書クラブの会員が中野《なかの》に住んでましてね。ご注進、ご注進というわけです。お店を始める以前から、資料もの収集では私も一目置いてましたからね。うまいところに目をつけましたねえ」

「津村さんには知られたくなかったが……」

「中央線沿線は文化人の多いところですからね。そこのショッピング新聞とは、ねらいはまあまあでしょう。反響はありましたか」

「いや、津村さんが第一号です」

「そうですか。では、依頼人第一号にもさせてもらえますね？」

「依頼人？」

「別段、謎の依頼人というわけでもないでしょう。この通り、正体は知れてますからね。気心の知れた仲。愛書家同士。困っている時は相身互《あいみたが》いで、一つ助けてくださいよ」

「しかし、津村さんは心当りがあるんでしょう。蛇の道は蛇といってましたね。ご自分でおやりになったらどうです？」

「とんでもない。クラブの連中から敵視されて、世間が狭くなりますよ。小さな集まりでも、けっこう情報収集や本の交換で利用価値があるんですから」

「すると、津村さんの依頼ということを隠して、犯人を探せというんですか？」

「むろんです」

「それはおことわりだな。依頼人が図書館だと思われかねない」

「そんなことはありません。この件のもう一人の被害者は白蘭書房の中野ですよ。彼は欲しくてしようがなかったんだ。ウン十万円儲けるチャンスだったんだ。業界人として、関心をもつのは当然ですよ」

「しかし、——探偵といってもね、私の場合はごく一般の愛書家や読書人、学生の探求書を探しましょうといっているんだ。よく神保町の書店が地下鉄開通記念の時などにやったことのある〝探求書コーナー〟の個人版なんですよ。とても『ワットオの薄暮』のような、天下一品の大物を、しかも犯罪がらみのものを探すなんて考えられませんね」

「犯罪——というほどのことはないかもしれない。いいですか、ちょいとした出来心かもしれません。一晩でも自分のものにして、枕もとに置いて寝たい。これは愛書家の心理です。同時に彼は悔んでいるかもしれない。どうにかして返す機会がないものかと必死に考えているかもしれません。なにしろ、処分するわけにはいかない、一大珍品ですからね」

「図書館がどう出るか」

「寄託ですから、まだ私の所有物です。本質的には、私対犯人ということになります。まあ、あの原という司書は必死に探そうとするだろうが、古雑誌とスリかえたような大胆な犯人が、そう簡単に口を割ったり、物証を残しているとは考えられません。私の方で、なかったことにすればいいんです」

「成功報酬は？」

「乗ってきましたね。しかし、たいして出せません。今私は貧乏なのでね。申しわけありませんが、手付金は五万ぐらい、本を見つけた時点で二十万というのはどうです。お店の一か月分の家賃にも充たないでしょうがね。それでは少ないというのなら、白蘭書房との取引が成立したら、その一部をお渡しするというのはいかがです」

「取引額は？」

「私は現物は五百万以上と踏んでいるんですが、この場合も一種の寄託――はっきりいって入質ですからね。なに、私が当座融通してもらえるのはその五分の一ぐらいです。私も必要分があるから、手付金のほかに、あなたのほうへは二十数万さしあげられるのがやっと、という程度ですが、むずかしくはない調査ですから、いい条件だと思いますがね」

「むずかしくない、というと？」

「だからわかってるじゃありませんか。図書館では三人閲覧に来たと口をすべらせています。私のほうではその人たちの見当がついています。ギリギリ三人まで絞れますよ。その名前を言います。あなたは一人一人当ってみればいい。こんな楽な商売はないじゃありませんか。探偵のうちにも入らないほどだ」

「五百万の五分の一といえば、百万か」

と、須藤は津村の言葉には直接に答えないで、一人ごとのように呟いた。「それくらいの金額だったら、天下一の貴重本など入質しなくとも、何とか別の手段でやりくりできるでしょうに」

「あなた、今どき百万の金を、無利子で貸してくれるところがありますか？　私の会社は小さいから、社内預金や貸出しの制度がありません。二、三度借りましたがね。あまり派手にやると信用問題なんです。一度などは女房に内緒で五十万ほど借りたのがバレて、凄まじいヒステリー騒ぎとなりましてね。以来借りるのはいいが、本のためというのはよしてくださいと、釘を刺されているんですよ。そのほか、恥を申し上げるようだが、クレジットの会社にローンを申し込んだこともあります。百万円を数年間借りると、一四・五パーセントの年利ですよ」

「まあ、あなたの内証については、あまり聞かなかったことにしときましょう。ただ、当方も報酬は少しでも多いほうがいいのでね。――わかりました。手付金はいつ払ってもらえます？」

「即金です」と、津村は内ポケットから財布をとり出した。「すみませんが、今日の交通費と飯代はワリカンにしてもらえますか？　私が引っ張りまわしたようなもんだが、あなたが引き受ければ互いにビジネスですからね。ええと、千五百円ほど引かせてもらって、四万八千五百円」

「じゃあ、名刺の裏に仮領収証を書きましょう」

「資料代としてくださいよ。これでもいくらか雑文収入はあるんですから、確定申告のさい必要なんです」

領収証と引き換えに、津村は三人の名を記した手帳の切れ端を渡した。

二人が外へ出たときは、二時に近かった。日差しはいよいよ強く、須藤は気分が悪くなるほどだったが、津村はあいかわらず上衣の釦《ボタン》をきちんとはめ、平然としていた。

6

中央線沿線の駅に近く、しかも都心となると、事務所やマンションが林立している風景が思いうかぶ。しかし、四谷《よつや》あたりには戦後まもなく建てられたような木造住宅が、ビルの狭《はざ》間《ま》に押しつぶされそうになりながら、それでも洗濯物の満艦飾《まんかんしょく》などで奇妙な存在感を漂わせ、近代化に抗しているのを見ることができる。

石塚貞三《いしづかていぞう》の家はその一つだった。表札に石塚忠男《ただお》とあるのは、たぶん息子なのであろう。庭を見まわすと、もう何年も手を入れたことのないような柾《まさき》が二、三本と、雑草が生い茂っているだけ。狭い縁側には毛布が放り出されていた。須藤はガタピシの扉を開けた。

「おじいちゃんですか?」と、嫁と思われる中年の、鼻の大きな女が言った。「いま留守ですよ。あんた本屋の人?」

「まあ、そんなもんです」

「でしたら、あたしたちにはぜーんぜん関係ないのよ。おじいちゃんが勝手に、ツケで買ってきちまうんだからね。一文なしのくせに」

「ほう、よほど本がお好きなんですね」

「ヘタの横好きですよ。汚ない古雑誌かなんか買い込んできちゃあ、そのへんに積んでおくんですからね。二年前も四畳半の根太《ねだ》が抜けちゃったほどですよ。修理代は子どもの負担だから馬鹿馬鹿しい」

「文学青年だったんですか」と、須藤はカマをかけた。

「文学——っていうんでしょうかねえ。よく、漱石《そうせき》と芥川《あくたがわ》は最高で、あとは鷗外《おうがい》ぐらいしかまともなのはいない、などと口癖のようにいってますよ。もう耳にタコが出来ちまって。昨日も、芥川は約婚という字を使っている。これは漱石も使わなかったことばで、辞書にもない。しかし求婚してから約婚するんだから、語呂があってる。やはり芥川はたいしたもんだ、というようなことをね、あんた、くどくどと一時間もかかって講釈するんですよ。こっちはパートで帰ってきて、家事もしなくちゃならないし、疲れてはいるし。まったく泰平なご身分たらありゃしない。恩給もろくすっぽ入らない身で、まだ十分働けるんだから、小遣い銭ぐらい自分で稼いでもらいたいと思うんですけどね。けっきょく、ウチの人にたかるんですよ。——そういうわけで、あたしどもはあの人を禁治産者という扱いにしております。どうぞお引きとりください」

「あ、ちょっと」須藤は彼女を呼びとめた。「おじいちゃんはどこにいるんですか？」

「さあね。どこをほっつき歩いてるのか。また古本屋じゃないの？　それとも、いま昼どきだから、市ケ谷《いちがや》駅前の公園にでも行ってるかも知れませんよ。あたしは今からスーパーへ午後のパートに出なけりゃなりませんから、失礼」

彼女はさっさと奥へ入ってしまった。須藤はやむなく、無言のまま玄関の引戸を閉めた。

国電で一駅。市ケ谷の駅前に降り立った彼は、靖国通りの方角を見て、ちょっと迷ったが、すぐ線路に沿った高台の上に疎《まば》らな木立を見つけ、公衆便所の脇からそこへ入って行った。細長い空地を公園風に利用したもので、石づくりのベンチが三つ四つ置いてある。その一つに、半袖姿の老人が腰かけて、パンをもぐもぐ食べていた。傍らにはジュースの缶が一個。

「石塚さんですか?」須藤が近寄ると、老人は痩せて斑点《しみ》の目立つ顔をこちらに向け、一瞬キョトンとしたようであるが、すぐ警戒するような表情になった。

「どなたですか?」

「神田の本屋ですよ。須藤といいます。一、二回、展示会でお見かけしたことがあります」

「そうでしたか。で?」老人の眼には、いっそう猜疑《さいぎ》の色が濃くなった。

「お食事、終ってからにしましょうか?」

「いやいや。こんなものは食事の中に入りませんから。家にいると嫁がうるさいのでね。まあ、どうぞ」

老人がカレーパンの紙袋とジュースの缶を片付けたので、須藤はベンチに並んで腰をおろした。そこはちょうど木蔭になっていた。駅のアナウンスが、かなり間近から聞こえる。

「どんなご用件でしょうか。わざわざこんなところまで……」

老人がパンを無理に呑みこんだので、咽喉仏《のどぼとけ》が大きく上下した。須藤は眼をそらして、向かい側のビル群を眺めながら言った。

「『ワットオの薄暮』のことです」

一瞬、沈黙があった。

「ああ、あの珍本ですか」

「ごらんになったでしょう」

また、沈黙があった。老人はパンの残りの入った紙袋を、しわだらけの大きなハンカチに包み、ていねいに蝶結びにした。

「見た、というほど、落ちついてじっくり見たわけでもないですがね」

「落ちつけなかったんですか」

「それは――、いや、閲覧室ではいかんというんですよ。事務室で係員がチラチラと監視してる始末ですからねえ。おちおち見てられませんわ」

「ほう。そんなに監視されましたか」

「いや、係員は一人ですからね。あとの人は仕事がちがうらしくて、こっちに注意を向けたりはしません。しかし、あこがれの珍本ということなら、こっちもなでさすってみたいし、ちょっと匂いなどもかいでみたいしね。そういうことができないんです」

「でも、石塚さんは、中身はごらんになったんでしょう?」

「そりゃ、一応は見ましたよ。……しかし、あなたはなぜそんなことを私に聞くんです?」

「私が津村さんからその本を買おうと思っているからです。図書館はいま休みなので」これは単純なようで、あらかじめ考え抜いておいたウソであった。

「そうでしたか」と、老人は目に見えて警戒をゆるめたが、再び表情を硬くした。「あの本を見たのは私だけじゃありませんよ」

「ほう、そうですか。ほかにどなたがごらんになっていますか?」

「それは、いや、愛書クラブの連中が見ているにちがいないと思ったんです。なにしろ『ワットオの薄暮』が拝めるというんですからねえ」

「じゃあ、みなさんで大挙して……」

「大挙……とまではいかんでしょうがね。まあ、会にはいろいろな方面の人がいて、マンガしか集めていないような若いのもいるから。この前も漱石の『猫』を読んでないっていう若いもんがいたから、わけを聞いたら、最初の方に出てくる『薬罐《やかん》』という字が読めなくて、それでいやになっちまったというんです。世も末ですねえ」

「そういう人を除くと、ほかにどなたがいます? つまり、私が入手したら、ご案内をさしあげたいというわけです」

「ほう、いったいいくらぐらいになりますかね、相場は?」老人は歯がまばらになった口をあけて笑いかけたが、すぐにやめた。しかし、須藤はその笑いに嘲りの色があるのを見のがさなかった。

「できれば五百万の大台にのせたいが、買値は半分ぐらいですよ」と、彼は軽くいなした。

「二百五十万か。あの本がね」

老人は口を一回モゴッとやると、思い出したようにジュースを飲んだ。

「限定番号はありましたか」

「ありました。ちゃんとね」

「何番ですか」

「ご存じでしょう。二番以外にありゃしませんよ」

「エッチングはどうでした？」

「裸婦ですよ。たいしたもんじゃない」

「本の状態は？」

「美本です。とびきりの、ね」

「裸といえば、本自体はむき出しでしたか？　たとえば帙に入っていたとか……」

「そう、帙に入ってました。中にある本はご丁寧にも袱紗に包んでね」

「袱紗は結んでありましたか？」

「ええ、固結びの、変な結び方でね。しかし、返すとき私は結びませんでしたよ。あれはただ包むためのものでしょ」

「返却されたとき、係員はどうしました？　中身をあらためましたか？」

「そりゃ見ましたよ。包みをあけ、帙の爪をはずして、表紙を見て、『ハイ、けっこうです』という調子です。けっこう、けっこう」

「図書館へいらっしゃったのは、いつです？」

「……なぜ、そんなことを聞くんです？」

「いや、こういう本は競争相手がたくさんいるんですよ。私はまだ現物を見てないだけに、気がかりでしてね」

「まあ、あなたの質問にいちいちお答えする必要はないが、べつに隠しだてする理由もありませんからね。七月三十日です」

「すると、イの一番にご覧になったわけですね」須藤はあらかじめ、愛書クラブの会合が七月の二十六日であったことを津村から聞き出していた。ついでに、津村が本を入手したのが六月の十三日であり、図書館に寄託したのが三十日であることも確認していた。愛書クラブの旅行は七月二十五日から二十八日までである。石塚貞三は帰京してから一日置いただけで早速出かけたことになる。

　さらに、この本の受け入れが豆ニュースの形で館報になって出たのが八月三日である。図書館としては手廻しがよすぎるようだが、これは当日午後から映画会があるので、何とか館報の発行そのものを間に合わせようとしたのではないか、というのが津村の推測であった。印刷方式は簡易オフセットだから、二十日前後に原稿の追加も可能という計算になる。

「イの一番といえば、いやに熱心に聞こえるが、私はね、要するにヒマなんですよ。——まあ、こういうのは何だが、あなたはあなたの倍も年をとるってことがどういうことか、わからんでしょう。年をとるとね、とにかく一日が長いんですよ。それでいて、身の置き所がどこにもないんです。ほかには楽しみごともないし、本好きと本の話に興じている時が一番しあわせでね。そんなことから、つい……」

ちょうど下を国電が通りすぎて、老人の声は十分聞きとれなかったが、須藤はたしかに「おせっかい」と聞いたように思えた。

「では……」と、須藤は腰をあげた。「また、お目にかからせてください。店のほうにもお寄りください」

「いや、私はお金がないんですよ。本は目の毒です。今度のことでもつくづくそう思いました。本は毒です」

「旅行はパックかなにかですか?」須藤は話題をそらすために言った。

「みなさんは積立てているようですがね。私にはそんな金もありません。あれはね、山形の古い知り合いが、私を招《よ》んでくれたんですよ。素封家《そほうか》で蔵書家という羨しい身分でね。身体は私より弱ってるんで、どうだ、ひとつ特急券を送るから来ないか、といわれてね。それで愛書クラブの日程と合わせたというわけですよ。でも、小遣いは自分もちですからねえ、息子に頭をさげてやっとこさ、一万円恵んでもらいましたよ。おかげで嫁にドヅかれて……」

「息子さんは本がお好きですか？」

「とんでもない。大学出のくせに、本一冊まともに読んだのを見たことはありませんよ」

「すると、蔵書一代、ですね」

「うん？　蔵書一代？　そうだ、本当にその通りだ。愛書家の息子に愛書家なしだ」

「書肆・蔵書一代、というのが、当店の名です。よろしく」

「ほう。あんたは面白い人だ」

「面白いといえば、こんな詩がありますよ。

　　蔵書一代
　　人また一代
　　かくてみな共に死すべし」

「はっはっは、これはいい」と、老人は初めてうちとけたようだった。「これはいい。共に死すべしか、はっはっは」

　須藤は一礼してその場を去った。公園から出るとき振り向いてみると、老人が詩吟調で、いま須藤が教えた文句をうなっている姿が見えた。

7

「こんなところでは話もできませんから、外へ出ませんか」

昼休みで、七階のエレベーターの前は人がたてこんでいた。須藤に誘われた井田晴雄《いだはるお》は一瞬ためらいを示したが、

「それじゃ三十分だけ」

といって、閉まりかけたエレベーターに須藤を押しこんだ。

二人は日本橋室町《むろまち》の中央通りにあるビルから出ると、斜め向かい側にあるフルーツパーラーに入った。店内はＯＬで満員だった。

「軽食で済ます人が多いんですよ。ぼくは今日二日酔なので、申しわけないが……」

「いや、私もそろそろダイエットを実行せにゃならんと思ってましてね。コーヒーにトーストがちょうどいいところです」

「で、どんなご用です？」ウエイトレスに注文を出すと、井田はせっかちに言った。三十歳前後の、いかにも営業畑のサラリーマンらしく、キビキビしていると同時に事務的な雰囲気を持っている。

「『ワットオ』の件です」須藤は相手に合わせて、短兵急《たんぺいきゅう》に行くことにした。

「というと?」

「私の店で扱いたいんだが、事情があってすぐには現物が見られません。じっさいに見た方の意見を伺いたいと思って」

「見たのは、ぼくだけじゃないでしょう」

「他の人からも話は聞いています」

「何といってました?」

「『けっこう』とね」

「ほう」

「お心あたりがありますか?」

「あるといえば、ある」

「天下の珍本ですからね」

「そう」

「いつ見に行かれました?」

「ええと、うちは五日制だから、金曜日ですよ。八月の十一日」と、井田は腕時計についているカレンダーを見ながら言った。

「愛書クラブの会員としては、少し遅いですね」

「七月末、クラブの旅行もあることだし、まとめて休暇をとったもんで、あとが忙しくてね……でも、なぜそんなこと聞くんです?」

「早い人はすぐ行ってますからね」

「ぼくだって、すぐ行きたかった。とにかく、津村さんがあの本を寄託してしまったというのが残念でね。ぼくの家は目黒《めぐろ》ですから、あの人の家とはあまり離れていないんです。せめて一言声をかけてくれたらと思いましたね」

「津村さんとしては、寄託がベストの方法だったんでしょう」

「奇手妙手ですねえ。ぼくなんか、こういう場所に勤めていると、銀行ばかり目につくから、まず考えるのは個人用の貸金庫ですよ。現に山岳書の限定本を三冊ほど、取引先の銀行に預ってもらっているほどです。出張で留守することが多いもんですから」

「お一人ですか?」

「面倒なものは背負い込まないことにしてるんです。本と女房は養い難し。一つだけで沢山ですよ」井田はニコリともせず、運ばれてきたコーヒーを啜《すす》った。

「愛書クラブにはいつお入りになったんです?」

須藤はさきほどから、この男に見覚えがあるような気がしたので、トーストを頬ばりながらそれとなく尋ねた。

「四年ぐらい前かな。創立のときですよ。津村さんに誘われましてね」

「津村さんとはお親しいようですね」

「あの人は、ぼくの先生ですからね。ぼくが十年前の学生時代、古本の道に入ったというのも、あの人の『夢の本、珠玉の本』を読んでいらいです」

「なかなかいいエッセイでしたね」

「最高ですよ。見識がある。それから何といっても、収書の熱気がすごいです」

「殺意ですか」

「おや、知ってたんですか。津村さんのあの言葉は誤解している人が多いようだけど、他人の所有に帰している天下の孤本を集めようとするなら、人を圧倒するような気魄《きはく》がなければ駄目です。単に熱意程度ではね。やっぱり殺意ですよ」

隣席でコーヒーを飲みながら煙草をスパスパやっているOLたちが、こちらを見た。

「本のためなら、多少の不正は仕方がない、ということですか?」須藤は井田が調子づいてきたので、そろそろ核心へ入ろうとした。

「それはどういうことです?」井田はキッとした表情になった。

「いや、世によくある話じゃないですか。注文重複の場合は抽選と広告にあるのに、賄賂《わいろ》のウィスキーをさげていって便宜をはかってもらうとか、倍値で買うとか——」

「ああ、その程度のことなら耳にしますよ。全部がそうというわけではないんでしょうがね。本屋の方でも、抱き合わせ注文を受けつけたり、目録のページごと丸買いする人を優先するってことがありますから。まあ、仁義なき世界で、これはどの業種でも同じでしょうがね」

「それも津村さんから得た教訓ですか」

「いや、あの人は次元がちがいますよ。ウィスキーなんて、ケチなもんではありません」

「ほう、もっと高価なもので?」

「そうではなく、手段がちがうというんです。まず、目録に載る以前はどこでも融通が利きますから、ふだんに足繁く店へ通うとか、電話などで連絡をとって、めぼしいものをおさえるというのが第一方針です。でも、それだけじゃあとても全部をカバーしきれないから、目録に載ってしまったものをどう入手するかという問題になる。ここからがちがうんです」

「どうちがうんです?」

「まず、他人より一瞬でも早く目録を見る。そのために目ぼしい本屋には速達用の切手を渡しておきます。目録の送付先も会社と自宅の二個所に指定してあります。もっとも、これはぼくだって実行している方法ですがね」

「いい本を見つけたらすぐ電話するというんでしょう。しかし、私たち本屋としては、電話が早かったからといって必ずしも……」

「そうでしょう? けっきょくはまとめ買いの人とか、お顧客《とくい》さんに行ってしまうわけです。抽選などといったって、第三者が立会ってするわけじゃありませんからね。津村さんのとっている方法は、どうしても欲しい本の場合、すぐその本屋へ出かけていって、じっくり腰を据えて口説くんです」

「それは本屋にとって迷惑だな」

「かまわないでしょう？　プレミア付きで買うんだから」

「そういえば、ある雪の日に郊外の古本屋へ出かけていった話を、津村さん自身の口から聞きましたよ」

「そうですか。あれにはぼくも感心しました。殺意とはこれだと思いましたね。以後、収書に対する考え方が根本的に変わりました」

井田の蒼白い顔が紅潮してきた。彼をここまで感動させたエピソードというのは、もう十年以上も前のことである。

会社に送られてきたS庵の目録を見た津村は、そこに長年探求していた珍本を見つけた。窓の外を見ると雪が降り出していた。S庵は多摩《たま》地方の丘陵にある、店舗のない本屋である。月末で交通の状態も悪いから、いまから出かけても夜になってしまうだろう。

しかし、津村はあわてずさわがず、かねてからロッカーの中にしのばせてあるゴム長入りの紙袋をとり出すと、課長に「ちょっと得意先廻りをしてきます」と言いのこし、さっさと外へ出た。

首都圏にはめずらしい大雪だった。津村は長靴にはき替えると、徐行運転の国電と私鉄を乗りつぎ、かろうじて高幡《たかはた》というところにたどりついたが、すでに日は暮れ、雪が十センチも降りつもった駅前には、タクシーの影すらない。S庵はそこから車で三十分の距離にある。津村はやむなく寒風をついて歩き出した。

悪態をつきながら行くこと二時間。疲労困憊《こんぱい》した津村の眼に映じたのは、灯影《ほかげ》ひとつないボロ家だった。玄関の扉を叩いても返事がない。

あまり津村がわめくので、数メートル離れた裏の家から中年の女が出てきた。

「じいさんは飲みに出かけたんだろ。夜中になんねえと帰らねえよ」

「どこへ行きました?」

「さあ、飲み友達ならいくらでもいるからねえ」

女は引っ込んでしまった。軒下で途方にくれた津村は、ふと郵便受けに目をとめた。開いてみると速達が五、六通。いずれも首都圏の古書マニアとおぼしき連中からのもので、往復ハガキに津村の狙っている本の名が記してある。彼はそれをすべてコートのポケットに押しこんでしまった。

それから三時間。腹は減る、身体はしんしんと凍《こご》える。もう限界かと観念した津村の耳に、酔漢のダミ声が聞こえた。門のところにとび出して行くと、畑の一本道をS庵の主人が蹣跚《まんさん》とおぼつかない足どりで帰ってくるのが見えた。

——津村が目的の本を譲ってもらったのはいうまでもない。帰途、彼は速達を川の中へ投げ棄ててしまった……。

「あの話のすごいところは」と須藤は言った。「速達を川にぶちこんだというところですね」

「いや、ぼくは長靴だと思いますよ。とにかく長靴をふだんから会社のロッカーに入れとく用意のよさ。都心部はもうぬかるみなんかありませんからね。これはもう生半可な古書マニアの到底及ぶところじゃありません」

「感心してるところを見ると、あなたも一足ぐらい持ってるんじゃありませんか」

「それはご想像にまかせます。ところで、もう用は済んだんですか？」井田はコーヒーの残りをグッと飲み干した。

「忙しいところをすみませんでしたね。もう一つだけ伺いたいことがあるんですが」

「なんです？」

「本が袱紗に包んであったと思うんですが、結んでありましたか？」

「え？　そんなこまかいこと忘れましたよ。帙箱には入ってましたけどねえ。いや、まてよ、その中に紫色のキレに包まれて、それから帙に入ってました。思い出しました」

「で、そのキレは結んでありましたか」

「それも今思い出しました。固く結んでありましたよ。返したときも、司書が結び直していました」

「本は何番本でした？」

井田の顔にはみるみる困惑の色が拡がった。

「何番本……て、じつは、ほんとのことを言いますとね、見るのを忘れちゃったんですよ」

「忘れた！　それが目的で図書館に行ったのではありませんか？」

「そりゃそうですけどね。なにしろ津村さんの珍本を手にとれると思ったらあがってしまって。というのは正確じゃないかもしれないが、とにかく冷静じゃなかったことは確かです。図書館の係員がみんないっせいにこちらを監視しているような気がして、ろくすっぽ活字も目に入らず、ただボーッと図書館を出てしまったというわけなんです」

「すると、絵も見ていないわけですね」

「絵って？」

「問題の中村典彦の絵ですよ」

「ああ、そのことですか」井田は煙草にライターで火をつけようとしたが、なかなかつかなかった。須藤が店のマッチで手を貸してやった。

「すみません。その絵はスッと見ただけで、あまり印象がのこってないんですよ。やはり、ぼくはあがっていたんでしょうかね」

「へえ、今さらながら『ワットオ』の威力にはおどろかされますねえ」

「ええ、それもそうだが、あとから考えてみると、そうした本を手に入れた津村さんもすごいですね。さすが、といってよい収書力です」

「収書の〝収〟は執念の〝執〟じゃありませんか？」

「そうかもしれません。しかし、あそこまでいけば立派ですよ」

「どうもありがとう。またお電話するかもしれませんが、よろしく」

二人分の勘定を払って外へ出た途端、須藤は十数年前に見た光景を思い出した。それはまだ坊主頭の高校生が、古書展で初版本を漁《あさ》っている姿だった。人気作家の単行本を一冊ずつ手にとり、奥付を調べては「チェッ」と舌打ちして棚へ戻している。当時まだ二十歳台であった須藤は、古書展のたびにその高校生を見かけて、「まだ早すぎるよ」と苦々しく呟いたものだった。――そのときの高校生が、いま目の前にいる井田だったのである。

8

「さあ、島崎《しまざき》って人の顔は知ってるが、わしはあまりつき合いがないからねえ。うちには時どき来る程度だし」

小高根書店の店主、小高根閑一《かんいち》は、しわだらけの細い目をいっそう細くすると、シャツ一枚の巨体を大儀そうにずらして、うしろの壁に寄りかかった。

「そうですか」と、須藤は考えこみながら、手酌でビールを注ぎ、一口苦《にが》そうに飲んだ。

「とにかく、島崎進《すすむ》が第三の男なんですよ。津村がメモに書いてくれた……。ところが当人は、たしかに津村から本の話を聞いたが、図書館に見に行ったことはないと強く否定するんです」

「うーん」小高根は禿げた頭を二、三度横に振ると、耳のうしろにわずかに残った頭髪を、モソモソと搔きあげた。すでに七十歳に近いが、身体は衰えていない。数年前まで、毎朝ジョギングで皇居の周囲を一めぐりしていたほどである。それが妻に先立たれ、おまけに息子夫婦が離婚してから、少し元気をなくした。不精になって、あまり動かなくなったので、もともと巨漢タイプだったのが、いよいよ体重を増し、九十キロにもなってしまった。この歳でそんなに肥るのは珍しいと医者にいわれるのが、当人にはむしろ自慢である。

息子は四十歳過ぎ。自分と同様、叩きあげて古本屋をつがせるつもりだったが、理工系の大学に入れたのが運のつき。エレクトロニクス企業の中堅社員となってしまい、子どもの世話はもっぱら祖父《じい》さん任せ。その子どもというのが、俚奈である。

俚奈という名は、閑一がつけた。いや、息子が「里奈」という名をつけたのだが、区役所に出生届を出しに行った閑一が、ふと思いついて「里」の字を勝手に「俚」と書きなおしてしまったのである。江戸時代の辞書『俚言集覧』からヒントを得たという、いかにも古本屋らしい発想であった。俚奈はこの名前が「田舎くさい」と、祖父をうらんでいる。

その彼女は今、テレビの前にべったり坐り込んで、近ごろ人気の歌謡トリオの番組に夢中である。さきほどから閑一に「うるさい」とどなりつけられても、いっこう気にかける様子がない。テレビの音はいよいよ大きくなるばかりだが、さいわいこの部屋は店舗の五階、つまり書肆・蔵書一代のすぐ上にあって、狭いながらマンション風になっているので、音が外に漏れる気づかいはない。

「うーん」と閑一はもう一度首を振ると、せり出した腹の上で腕をくんだ。「それはやっぱり、津村のほうが間違っているか、島崎がウソをついているかだな」

「そんなことはとっくに考えました。けっきょく、どうしても図書館の係の証言が必要になったわけで、今日の午後、やっと話を聞き出してきました」

「原という人かね」

「そうです。むろん、いい顔はしませんでした。あれから津村が電話で、本探しは私に頼んだから、図書館は静観していてくれと強く要請したらしいんです。原さんはプライドのためにも、ぜひ真相を究明したかったようですが、なにしろ本が寄託扱いですから、図書館の財産が盗まれたわけではなく、所有者たる津村が『こっちに任せとけ』と言ってるので、手が下しにくいわけです。それに、館長も事態がこうなってくると、さわらぬ神に、という考えに落ちついたようで、一人昂奮している原さんをなだめにかかったというわけです」

「あんたは、だいぶ津村に信用されたようだね」

「この事件の一つのナゾはそれですよ。もともと私は一介の新米業者で——いや、業界歴四十数年という小高根さんから見れば、という意味ですよ。要するに、たいした収書力があるわけじゃありません。広告を出したのは、こうやって黙って店を出していても、けっこう探求書の依頼があるので、十冊探すより、百冊探すほうが、市場に行ったとき本の名が目に入る確率が大きくなるという、単純な考え方からなんです。現に広告を出しはじめてから、もう二週間になりますが、津村が依頼人の第一号というのはウソで、もう三点ほど見つけましたよ。手数料は俚奈ちゃんのアルバイト料にまわせるし……」

俚奈がテレビを見ながら「エヘン」と咳払いした。耳がうしろにもついているらしい。

「津村の動機はあとまわしにして、原という人の話は具体的にどうだった?」

「それが妙なんです」須藤はビールを飲み干すと、タバコに火をつけた。

——閲覧者の名を特定できるような情報は提供できませんという、原の切口上に対して、あらかじめ覚悟していた須藤は、

「では、それとは無関係な点についてお伺いしたいんですが」と、外濠を埋める作戦に出た。

「無関係なことなら、なおさら話す必要はないでしょう」

「まあまあ、そう言わずに。まず、風呂敷の件から伺います。あなたは、あの本の上から包んであった、紫色の風呂敷をゆわえたでしょう」

「……」

「それは正確には風呂敷ではなく、それより小さな袱紗です。本を包んでゆわえるには小さすぎる。それを無理に、しかも左利きのあなたがキッチリゆわえたものだから、最初の閲覧

希望者が、ほどくのに手間をとったといっているほどです」

「私はああいうものの取扱いは慣れていないので。だいたい、この図書館は——」

「いや、先にこちらの話を聞いてください。その最初の閲覧者は、返すときに袱紗ほんらいの使い方、つまり、結ばないでそのまま返したといってます。いかがです？」

「さあ、そんなこまかいことは……。しかし、強《し》いて申しあげれば、私は当時金庫に入れるとき、全体をあらため、大切なものだから風呂敷——いや袱紗をきちんと結んだ覚えはあります。たしかに小さくて結びにくかった。しかし、それからあとは返却のたびに本を検《あらた》めはしましたが、袱紗はくるんだだけで、結びはしませんでしたね」

「そうでしょう。そこまで必要なしと判断されたからでしょうね。ところが、ここにおかしなことがあります。私は自力で八月十一日に閲覧した人をつきとめましたが、その人の証言では、閲覧前に本は紫の風呂敷で結んであったということになっているんです」

「それは記憶ちがいでしょう」

「とも思えないんですがね。原さん以外にあの本を手にした係員がいらっしゃいますか？」

「いいえ、私だけです。係は私です」

「そうすると、最初の閲覧者が七月の三十日に来館していますから、その日から、八月の十一日までの間に、何者かがやってきて、その本を閲覧し、返すときに風呂敷を結んだことになります。この三人目の人物……、閲覧の順序からいうと二人目ですが、だれだかわからないんです」

「誘導訊問で来ましたね」

「いいえ、とんでもない。論理ですよ、単なる論理です」

「しかし、論理というなら、最後の閲覧者が怪しいんじゃありませんか。その前に何人来ようが、関係ないでしょう」

「ははあ、すると、もし図書館が目星をつけるなら、三人目の閲覧者ということになるわけですね」

「いや、そうとは言いません」

「言ってるも同然ですよ。私も三人目が最も疑わしいとは思います。しかし、頭のどこかで警戒警報が鳴っているんです。どうもこの件は、全部納得がいくまでつぶしていかないと危ない、とね」

「それはあなたのご勝手だが、私はいちおう返却された本をその場で見ているんですよ」

「そこです。どの程度見ていらしたんですか?」

「閲覧者にはこの場所で本を見て頂いて、私はそこの机にいました」

「五メートルと離れていませんね。しかも正面向きだ」

「ほかの係員もいますよ。私の右横の机は沢柳《さわやなぎ》といって、やはり閲覧係です」

「いつもいらっしゃるわけですか」

「それは一階のカウンターに出ることもあります。私とは交代制です。閲覧係はほかに三人います」

「これは事務机の余ってるやつですね」

「余ってるというか、まあ抽出しに書類を入れたり、来客の応接をかねたりしているわけです」

「返された本を検めるというのは、その場ですぐになさるんですか」

「返却者の目の前でやります」

「今度の場合は帙をあけ、袱紗を開き、本をとり出してご覧になったわけですね」

「そうです。パラパラッとページを繰《く》って見てます」

「これでやって見せてください」須藤は手に持っていた週刊誌を差し出した。原はそれを机上に置くと、左手でパラパラとページを開き、すぐ閉じた。

「わかりました。最後にぜひご協力願いたいことがあります。閲覧者はみな津村さんの紹介で来たということですが、その都度、津村さんの電話か紹介状があったんですか？」

「そうです。いや、最初の人は津村さんから『明日行かせるから』という、電話連絡がありました。しかし、二番目の方は、自分の名刺に『この方を紹介します。クラブのメンバーですから、ワットオを見せてやってください、津村』という意味のことが書かれていたのを差し出しました。今から考えると、津村さんの名刺でないとおかしいわけですが、そのときは別に疑う気持も起きませんでした。というのも、あらかじめ津村さんから、『愛書クラブ』の会員には、紹介あるかぎりどんどん見せてやって欲しいといわれていたもんですからね」

「三番目の人の場合は……」

「ええと、それは電話の紹介でした」

「すると二番目の閲覧者だけが例外というわけですね。名刺は保管なさっていますか?」

「ある筈ですよ」

原は自分の席に行くと、名刺箱の中を探していたが、まもなく戻ってきた。

「これですが、閲覧者の名が明記されているのでお見せできません」

「その部分をとばして読んで頂けませんか」

「いいでしょう。〝原様。愛書クラブ会員○○氏をご紹介しますので『ワットオの薄暮』を閲覧させてやってください。八月二日、津村恵三〟」

「それだけですか」と、須藤は日付が判明したので、小躍りしたい衝動を抑え、白っぱくれて言った。「筆跡は津村さんのにまちがいありませんか?」

「さあ、別に特徴のある字でもないようですからねえ。いずれ調べればわかることです」

「当面はクエスチョン・マークということにしときましょう。で、その二日に○○氏は来館したんですか?」

「いや、一日あとの三日でした。映画会のあった日で、私は沢柳といっしょに来館者に整理券を渡す仕事で忙しかったところ、たしか午前十時ごろでしたがその人がいきなり名刺を差し出してきたんです」

「若い人でしょう?」

「いや、四十代半ばぐらいの人でしたね。すごく日焼けして……」

「服装とか持物は?」

「もう勘弁してくださいよ。あまりくわしくいうと……」

「しかし、『ワットオ』が戻るチャンスはあなたが握ってるんですよ。もう一言でいいんです。戻れば、今度は私から津村さんに頼んで、この館に半永久的に寄託させます」

「……そうですか。ありがたいが、半分迷惑でもありますね。元来、私はこの手の本にはあまり興味がないし、愛書マニアという人たちにしても、どうも……」

「まあまあ、それはともかく、差しつかえない範囲でその人のことを教えてください」

「こまかいことは覚えていませんが、スポーツシャツを着てましたね。しかし、何だか会社から来たというような印象も受けましたねえ。チグハグなんです。カバンを持っていたし、白い背広も手にこうやってかけていました。そうそう、サングラスをつけていましたよ」

「また白い背広か」

「え?」

「いや、こっちのことで。その人は名前を言いましたか」

「むろんです。その場で閲覧願書《ねがいしょ》にサインをしてもらい、印鑑までもらっております」

「島崎といいませんでしたか？」

「いいえ。それも本来はお答えしないんだが、その島崎とかいう人が疑われていると気の毒ですからね」

「さて、ここが肝腎のところですけどね。さきほどあなたは袱紗を結んだのは最初だけで、あとはそうしなかったといっていますが、もう一度よく思い出してください。いいですか。その〇〇氏が返却してきたとき、袱紗は結んでありましたか？」

「ええと」原はしばらく鉛筆の先で頭をコッコツ突つきながら考えこんでいたが、「たしか検査しようとしたとき、固く結んであったのをほどいた記憶があります」と言った。

「その中身を検査して、どうしました？」

「忘れましたねえ。そこまでは思い出せませんよ」

「三番目の閲覧者は、袱紗が結んであったといっています。原さんは二番目の人が返却したとき、きっちり結んであったのにつられて、検査後結び直したんでしょう？」

「そういわれると自信ないなあ。可能性ありとだけお答えしときましょう。もういいでしょう？」

「一つだけ。あなたの席にちょっと坐らせてください」

須藤は原の席に腰かけると、その前に並べられたバインダーの列と、向こう側の『ワットオ』が閲覧された空き机とを、かわるがわる見較べていたが、やがて礼を言ってその場を立ち去った。

「……という次第ですが」須藤は閑一に言った。「図書館側のデータが十分得られなかったというハンディーはあるけど、さしあたり出発点とすべきことは、七月三十日に石塚貞三、八月三日に○○氏、十一日に井田という順がまず間違いなかろうということです」

「仮説だな。仮説」閑一は、シャツをめくると太鼓腹をボリボリ掻いた。「そういえば『仮説の森』という本があったな」

「『化石の森』でしょう？　しかし、森という表現はあたっていないこともない。すでに会った石塚、井田の両人にしても、どうも全てを語っているようには思えないんです。なにかを隠している。とくに井田は愛書家でありながら、肝腎かなめのポイントを見てこなかったという。彼はウソをついていますね」

「しかし、いつの間にだれがスリかえたのかな。内部、つまり図書館は考えられないんだね？」

「私も本に熱い関心をもつ人、というのか、関心のもち方が特殊の人たちについては、すぐ見分けがつきます。原をはじめ、図書館の人とはタイプがちがうんです。表面上、外部の者に犯行の証拠がないので、彼らも疑われる立場にありますが、そんなことをしたらすぐ露見しますよ。津村も、すぐ仲間の仕事と、ピンと来たくらいです。こういう種類の犯罪は、執念か敵意から生ずるものです。本がよほど欲しいとか、津村に対しひそかに敵意をもつ者とか」

「その点を津村にたしかめたのかね？」

「むろんです。彼は、『心当りはないが、いくら考えても、愛書クラブでこの手の本に関心をもち、わざわざ図書館まですぐ出向いていくのは、以上の三人しか考えられず、そのうち時間が経てば行きそうな人間がもう二人ぐらいいるだけだ』というのです。そこのメンバーを一人一人チェックしてみると、他の人たちは収書の関心が少年ものとか、浮世絵、花柳文献、近世風俗資料、大衆もの、釣や山の本というぐあいで、近代文学の初版本、限定本というジャンルとは全然一致しないんです。つまり、一般にこれらの分野に興味をもつ人は、初版・限定本の方向にはいかないという性格があるわけです。むろん、例外はありえますから、津村も念のため、もう二人ほど候補をあげたのでしょうが、古書マニアと長年つき合ってきた私には、このへんの事情がわりあいによくわかるつもりです」

「愛書クラブ以外の人間は？　図書館のチラシに載ったからには、来た可能性もあるだろう」

「原さんの様子では……また当初からの発言ではクラブの人間だけのようです。図書館の平常の利用者と、愛書家とは別のカテゴリーに属するから、当然でしょう」

「どうも、そのあたりがモヤモヤしとるんだが、閃《ひらめ》いてこないね。とにかく、二番目の閲覧者は島崎に半分きまったも同然だが、とぼけておるわけだな」

「そこで俚奈ちゃんの助けを借りました」

テレビを見ていた俚奈が、ほんの少し音量を下げて、どなるようにいった。

「わたし、いやだったのよ。スパイみたいじゃん。でもね、スリルはあったわ。島崎っていう人にはわたしと同じ学校の一年下だけど、娘がいるのよ。それでね、中学の同窓会幹事だと名乗って、住所を確認してるんだって、電話したの」

「いいアイデアでしょう。私は教材の売り込みにでも化けようと思ってたんだが」

「学生には学生どうしのほうがいいの。むこうはまるっきり警戒しなかったわよ。三日にもお電話したけどお留守でしたねって言ったら、その日は家じゅうで海へ行きましたっていうの」

彼女は言い終ると、さっさとテレビのほうに向き直り、音量をあげた。

「すると、海がアリバイか」閑一が唸《うな》った。

「そんなにいきなり結論は出せないと思いましたが、ともあれ島崎進にぶつかってみるのが先決と思って、昨日会ってきました」

――都営地下鉄線の宝町駅を降りて、昭和通りの方に向かうと、高速道路の入口にまるで大正時代に建てられたかのような、古めかしい二階建の大きな木造の店舗がある。一階のドアのガラスには、剝げかけた金文字で「サンライト」と書いてあり、ショーウインドーとおぼしき所には懐中電灯が二、三本ころがっているが、もう何年もそのままとみえ、埃をかぶっている。周囲の近代的なオフィスとは好対照だ。

人が一人やっと通れるような狭い階段をゴトゴトあがっていくと、廊下に面して二つの事務所がある。手前のほうは「中村事務所」という木の札がさがっているきりで、実質的には営業活動もしていない休眠会社のようだが、その奥に目をやった人は、必ずや奇異の念にうたれざるを得ないだろう。

古い廊下の向こう半分、つまり自分たちの領分には緋色の絨毯が敷きつめられ、ドアはこまかな花の浮き出し模様に渋い色合いのニスを塗り込んだエンボス・ドアの逸品。看板の「近代企画」と「東洋調査株式会社」という二枚も、金属板のりっぱなものである。

ドアを排して中に入った者は二度びっくり。薄汚れた建物の外観とはおよそ似ても似つかない、モダンなオフィスが目の前にある。広さは六、七十平方メートル。奥まったところに中国風の彫刻をほどこしたブラック・ウォルナットの社長机があり、右側に最新型のファイル・キャビネットやコピー・マシン、ビデオデッキ、ビデオディスク、システム・コンポが並び、左側に現代の三種の神器パソコンとワードプロセッサーとファックスが鎮座ましましている。

おそらく大改造したにちがいない天井は、二段の高低をつけ、しゃれた照明を埋め込んである。汚らしい窓はすべてライトグリーンのカーテンで覆いかくし、床は毛足の長いグレーのカーペットを敷きつめてある。机の位置はゆったりスペースをとって、十ほど。須藤が入っていったときは、男の社員が二人ほどしかいなかった。

「や、どうもどうもどうも」

長身でスポーツマンタイプの島崎進は大仰に一礼すると、せわしなく片手で社長机の一隅を示した。椅子が一脚あった。

「すごいテクノ・オフィスですね」

須藤は汗をぬぐうと、傍らのパソコンをふりかえってみた。標準フロッピー・ディスクが三個も接続してある。いったい、こんな大容量のデータを処理するほど、複雑な仕事をしているのだろうか。

「いや、たいしたもんじゃありませんよ。いまCP／Mを走らせようとしているんですよ。ディスクもハードに替えたいと思うんですがねえ。パソコンもここまでくると、湯水のように金がかかります」

「しかし、企業の事務処理代行のデータを入れるにはいいでしょう」

「こんなに必要ないんですな。担当している社はせいぜい八十社ですから。一年に一回というのも含まれてですよ。また、データを全部入力しておくのはムダだし、手が足りません」

「すると、お宅の売り上げ計算とか、顧客管理とか……」

「そういうことですな。なに、うちなんか大福帳でもいいんだけど、要するに趣味なんですな。好きこそもののあわれなり、ですよ」

島崎にはじめて会ったのは、須藤が店を持った直後であるから、もう五年前になる。限定本なら、多少高くても黙って買ってくれた。すぐ名刺を交換する間柄になったが、そのころの肩書は、「情報開発室長」となっていた。やがてポツリポツリと自分の仕事の話をするようになったが、それによると中小の商社に嫌気がさして脱サラを試みたが失敗し、ちょうどそのころ亡くなった叔父の仕事を継いで中小企業の事務処理代行業をはじめたのだという。

六〇年代の半ばごろより、いわゆる高度成長の波に乗って中小企業も収益をのばし、さらにそのころより急増した医者、病院、各種学校といったところが〝節税対策〟にやっきとなって、適切なアドバイスをしてくれる税理士やコンサルタントと暗黙の関係を結ぶようになった。

もともと島崎が行なっている事務処理代行というのは、いまだコンピュータその他のOA機器をもたない中小企業のために、近代的な経理あるいは管理業務を代行し、たとえばコンピュータの使用料を一秒あたり六十円、データファイル用のディスク使用料一トラックあたり二十五円を請求するといった、こまかい仕事なのだが、ふとしたことから医者の裏帳簿作成を引き受けたのが発端で、もっぱら裏口の調査代行を引き受けるようになった。むろん特別料金である。リスクは大きいが、島崎は慎重に顧客を選び、あまり剣呑な相手は断るという方針で、少しずつ顧客をふやしていった。

現在はOA機器が安くなり、中小企業にも普及しはじめたが、へたにコンピュータを導入すればするほど、かえってごまかしが利かなくなる。そのことを知っている自営業者、中小業者は、けっして島崎のような存在と縁を切ろうとしないばかりか、むしろ同病相憐れむ連中を紹介してくれるので、事業は拡大の一途である。近年は高利の金を貸すサイドビジネスまではじめたという噂だった。須藤は古本屋を開くまえに即売展で島崎と顔見知りとなり、店ができてからも上顧客としてつき合ってきた。月に二度くらいやってきて、限定本を一、二冊買っていく。ある程度値段が高くなったものばかりを狙って買うというタイプだった。年に一度の明治大正古典会といった入札市になると、金に糸目をつけずに、「とにかく落札してくれ」という依頼がくる。

津村の場合は、資金をかせぐために蔵書を売っているのが明らかだったが、島崎については、いったい何が財源であるのか、須藤は最初のあいだ理解しかねていた。そのうち何となく噂が立って、なるほどと合点したのである。

「いやあ、すごい機種ですね。商売繁昌の証拠だ」

「見かけ倒しですよ。業者の言うなりになっていたら九百万も散財させられちまった。新しいボートを買う足しにしたほうがよかったな」

モーターボートは島崎の趣味の一つで、アメリカまで買付けに行く。現在十二人乗りの外洋クルーザーを持っているということを須藤は聞いたことがあった。

「最近はレースがあったんですか」

「ありましたよ。私の持ってる大型のではなく、レイシング・タイプの船ですがね。えーと、八月の一日に油壺《あぶらつぼ》、三日に江《え》の島《しま》というぐあいで今どきになるとほうぼうでやってますよ。それはともかく、いっぺん私の大型ボートに乗りませんか」

「以前もお誘いをうけましたね。しかし、私は船酔いするもので。国民学校の当時、疎開先ではじめて漁船に乗ったはいいが、ゲーゲーもどしてしまった。『海の民《たみ》なら男なら』という歌を聞くたびに、子どもながら恥ずかしい思いをしましたよ」

「そうですか。あんなにおもしろいものはありませんよ。思ったほど揺れるもんではないし。船上パーティーなんて、楽しいですよ」

「この三日も家族でパーティーをなさった?」

「三日?　ああ、それが今日の用件でしたね」

「そうです」須藤は無造作にいうと、煙草に火をつけた。細い目の社員がパソコンの横に貝殻製の灰皿を置いた。「油壺レース参加記念」という文字が入っている。

「三日は早朝から家族サービスで、葉山《はやま》へ行きました。女房と二人の娘とね。それに知り合いの医者の家族四人と一緒にクルーザーに乗りました」

「何時ごろ家を出られました?」

「五時起きの六時出発ですかな。車の中で朝めしですよ。しかし、なぜそんな質問に答えなきゃあならないんです?」

「津村さんの話などから、あなたが三日に図書館へ行ったと推定しているんですよ」

「そんなバカな。さっきから聞こうと思っていたんだけど、あなたはどういう資格でそんなプライベートなことに頭をつっこんでるんですか？」

「本が失くなったからです。他の方々には内緒ですよ」

「失くなった！　あの『ワットオ』が？」

「そうですよ。そしてあなたが有力な容疑者の一人なんです」

「……溜息が出るな。じっさいどこを押したらそんな話が出てくるんです？　津村の駄ボラに乗せられてるんじゃありませんか？」

「あなたと津村さんの間に、何か感情的な問題があるんじゃありませんか」須藤はカマをかけた。

「何もありませんよ、当然。単なるライバルですよ。おたがい本の好きな、好ましきライバル。つきあいはありませんがね。君子の交り淡きこと水のごとしですよ。あちらもそう思ってるんじゃないですか」

「それはそうと、六時に出て、葉山へは何時ごろつきました？」

「どうもしつこいねえ、須藤さんも。いいでしょう。隠しだてすることはないんだから。七時半をまわっていましたがね。それからマリーナで一休みして、八時ちょっとすぎからクルーザーに乗りこんで、それからずっと海です。キッチンとリビング付きだから、昼も海で、千葉の館山《たてやま》を廻ってころがしたがね。私の船は四百馬力あるから、六百キロから七百キロは軽く走るんですよ。その日はできるなら大島《おおしま》へ行きたかったんだが、ちょっと私の身体が不調でねえ。二日酔ですよ。出発して一時間ぐらいで、少し気分が悪くなったもんだから、ハーバーへ戻って、逗子《ずし》マリーナで私だけ一時間半ほど休みました。他の連中は、ボートに残りました。一緒に行った医者が運転できるんでね。しかし、海辺は気分がいいですね。天気もよかったし。マリーナの部屋で一眠りするとすっかり元気が出て、また無線でボートを呼んで乗りました」

「そのあいだが一時間半というのは正確ですか?」

「むろんです。友人の医者も覚えているだろうし、マリーナにチェックインとアウトの記録もあるでしょう。そうそう、部屋にレモンの輪切りを持ってきてもらいましたよ。二日酔の妙薬ですから」

須藤は黙った。巧妙なアリバイ工作のにおいがあるが、三浦半島の突端から東京都心まで車で往復したら、真夏の交通がスムーズな午前中でも四時間以上はかかるだろう。

「その日はどちらへ一泊されました?」

「逗子マリーナ近くの、行きつけのホテルですよ。翌日は波が荒かったので、午後早く出て帰ってきました。……さあ、もういいでしょう」

「最後に一つ。そのクルーザーはどのくらいの速度が出るんです?」

「最高十四ノットだが、当日は人数が多かったから十一ノットがせいぜいでしょうね」

「そうですか。いや、失礼しました」

須藤は相手の顔も見ずに、軽く一礼すると外へ出た。ドアのノブに金メッキがしてあったが、古い廊下の板は彼の足の下でギーギーと軋《きし》んだ。

「……というわけですが、いちおう鎌倉《かまくら》方面にいる友人に連絡をとって、マリーナの記録は調べてもらいました。ハーバーマスターとは顔見知りなんですよ。島崎の証言通りで、表面上は何も問題はありませんでした」

「一時間半のアリバイか」閑一は唸ると、うしろの汚い書棚の抽出しから、紙片を幾重にも丸めたものをとり出した。「ええと、これが東京湾を中心とした地図だがね」

「いやあっ、時代物だなあ。地名もろくに入ってませんねえ。いったい、いつごろのものですか」

「幕末かな。まあ、それは冗談にしても、これはいいヒントになる。地形と川が出てるからね」

「なぜ川が必要なんです?」須藤が怪訝《けげん》な表情をしたとき、俚奈が手元にあった「時刻表」を投げてよこした。

「ここにも地図があるわよ」

「まいったなあ。縮尺がめちゃめちゃな地図ではだめなんだよ」

それでも須藤はしばらく二つの地図を見較べていたが、とつぜん顔色を変えると、

「小高根さん、東京都の区分地図はありませんか」と言った。

「はい、古本屋には何でもありますよ」閑一は、抽出しの底から二、三冊の古い地図帖をとり出した。須藤はそれをひったくるようにして、文京区《ぶんきょう》の個所を開き、それから台東、墨田、江東《こうとう》、中央の各区をせわしなく開いて見た。

「なにかわかったかね」閑一が眠そうな声でいった。「しかし、それは問題の主流ではないよ」

「支流ですね」須藤は一瞬、相手と眼を見合わせ、ニヤリと笑った。(このおっさん、もうわかってるな)と思った。

「しかし、支流を調べると本流にたどりつく」

「もちろんです」

「準窃盗ということだろうな」

「ジュン?」

「準備の準だよ。こういう商売を長年やっていると妙な経験や知識が身につくものだ。世間には常識では考えられないことをするやつがいる。問題は動機だな。狂った動機が連鎖的にもう一つの狂気を生み出した。それが全体の筋だと思うね。わしの直感だが」

「直感では私もそう思っていました。しかし、証拠がない。当方には捜査権も何もないんで

すからねえ。しかも、真実を明らかにしたところで、結局ソンになるばかりだ」

「依頼人の利益を損《そこな》うという意味か。それなら、手付金を貰ってしまったことだし、ここで手を引くんだね。〝本の探偵〟というのは商売だろう」

「その通りですが、本は人に結びついているんですね。本の背後には人がいるんです。ふだん手がけるような、簡単な探求書の場合は別としても、こういう大物で因縁・故事来歴がからんだものになってくると、どうしても人間のドロドロしたものがまとわりついてくるんです。つくづく思い知らされましたよ」

「ということがわかっただけでも、今回は収穫だったということだね」

「私にも意地があります。それと商売っ気もね。気分的な収穫だけでなく、お金も欲しいです。真夏の暇な時期とはいえ、これだけ手間暇がかかったんですからねえ。津村には約束以上の報酬を請求しますよ」

「あまりきついことをいうなよ。相手は客だからねえ」

「いやあ、手加減はしませんよ。客はほかにもいるから。……ところで俚奈ちゃん、きみの友達に、もう一仕事頼むわけにはいかないかなあ」

「……」

俚奈は聞こえぬふりをした。閑一はしわだらけの目で須藤にウインクをすると、気の抜けたビールの残りを飲み干し、ゴロリと横になった。

9

「や、今日は。涼しいですねえ」

開襟シャツ姿の津村が須藤の店へやってきたのは、九月に入って最初の金曜日の夕方であった。

「お呼び立てして申しわけありません」と須藤は手近の椅子をすすめた。

「スプリングがとび出しそうな椅子ですね。古本屋って、ビルはつくっても椅子は汚いんだなあ」

津村は用心しながら腰をおろすと、手に持っていた小さな紙袋をレジの上に置いた。「エリザベス」と印刷してあった。

「写真ですか」

「ええ、機材から用品まで、新宿なみの安値で買えますよ。しかし、エリザベスという店も、スキー屋から間口をひろげて、レコード屋とカメラ屋にまで手をのばしてるんだからねえ。このへんの同業者はショックでしょう」

「古本屋は、いくら多角経営しようと思ったって、ほかに骨董品ぐらいしかないからなあ」

「あるじゃありませんか。金融というやつが」

「冗談じゃない。……しかし、金融といえば島崎さんも今日来ることになってますよ」

「えっ？　会いたくないなあ。今日は困るなあ」

「いや、そういわず、会ってくださいよ。井田さんも見えることになってます」

「ほう……」津村は鋭い目付きで須藤を見た。「すると、解決篇ですか？」

「まあね」須藤はニヤリと笑うと、机上に『日本国語大辞典』元版の第十巻を置いた。

「だいぶ陽に焼けていますね」津村は探りを入れるように言った。

「焼けましたよ。炎天下、犯人を追い廻していたんですから」

「追い廻した？　ずいぶん派手に動きまわる奴だったんですね」

「そう、だいぶ派手でしたね。当方はこう見えても書斎の人間ですからねえ。不慣れなことをやらされて、アゴを出しましたよ。もっとも、それなりに楽しかったですがね。報酬がたんまり入ると思うと、いよいよ楽しくてね」

「なんだか、いやな予感がしてきたなあ。私は犯人はどうでもいいんですよ。本が返ってくれば、もうそれで、約束しただけの報酬は払います」

「わかってます、よくわかってます。しかし、本が一人歩きするのではなくて、ちゃんと持主がいるわけですからね。どうしても犯人を追及していく必要があるんです」

「しかし、私は犯人を非難する気はまったくないんですよ。ただ本さえ返ってくれば、あとは穏便にと願うだけです」

津村は「まったく」ということばに不自然なほど力をこめて言った。

「穏便ねえ。津村さんらしくない、妥協的な表現ですね」

「何だか、どうも今日は調子がおかしいな。出なおしてこようかなあ」

「まあまあ、少しの辛抱ですよ。それ、お客さんだ」

エレベーターの開く音がして、すぐに島崎が、続いて井田が入ってきた。

「やあ、先日はどうも」と島崎が津村に挨拶したのは、愛書クラブの旅行の件らしかった。井田は黙って頭を下げただけであった。

「さて、そのへんの椅子に坐ってください。踏台がわりのものしかありませんがね」

須藤は「本日閉店」の札をドアの外側にかけると、カウンターに戻って、ブザーを押した。

「コーヒーでいいですか?」

「ホットで頼みます」と島崎が言い、他の二人が頷いた。暫《しばら》く沈黙が続いた。

「石塚さんは?」島崎が取ってつけたように訊ねた。

「身体のぐあいが悪いということです。ご存知ですか? お親しいと思っていましたが」

「いいえ。また狭心症でしょう。ふだんは意外に丈夫な人だが、もう年齢《とし》ですからね」

「それに……」と須藤は書棚を眺めながら言った。「このところ、昂奮するような事態がありましたからね」

一同はまた黙りこんだ。須藤は立ち上がると、窓の下の車の列を眺めながら言った。

「狭心症というのは、むろん私には経験がないが、胸骨の裏側あたりをぐーっとしめつけられるような、あるいは火箸を突き刺されるような、じつにいやなものだそうですね。良心の苦痛に似た……とでも言いますか」

「なんか奥歯にもののはさまった言い方だねえ」島崎が煙草に火をつけながら言った。「今晩はちょっと予定があるし、早くしてもらいたいなあ」

「ちょうどコーヒーが来たようです。ブザーを鳴らせば、わが探偵社の助手が用意をするという手筈だったんですよ。インスタントじゃありませんよ。代金は頂きますがね」

俚奈が五人分のコーヒーを捧げ持って入ってきた。半月前よりさらに日に焼けていた。

「この助手のお嬢さんも、犯人を追い廻していたっていうわけ？」津村がからかうように言ったが、俚奈は無視し、隣りの島崎から先にカップを渡した。

「テーブルがありませんので」と須藤は言った。「そのへんの雑誌の上にでも置いてください。但し、安いとはいえ商品ですからね。こぼさないようにしてください」

俚奈は全員にコーヒーを配り終えると、自分は書棚の脇にころがしてあった、復刻本の入ったダンボール箱の上に腰をおろした。井田は落ち着かなさそうに、カップを膝の上に置いたままである。

「井田さん、気を楽にしてくださいよ。本屋にいらっしゃってるだけじゃありませんか。コーヒーはこのビルの下の喫茶店からとったものです。毒なんか入ってませんよ」

井田は黙ってコーヒーに口をつけた。

「そうだ、あなたにはちょっと気の毒だから、先にすませてしまいましょう」須藤はカウンターの抽出しを鍵で開けると、メモなどをはさんで厚ぼったくなった黒い手帳をとり出した。

「……八月十一日に、あなたは江戸川橋図書館へ行って、『ワットオの薄暮』を閲覧した。この十一日という日は、図書館からの裏付けがとれませんが、たぶん本当のことと思います。つまり、あなたは石塚さんについで二番目に図書館へ行った。次が十八日の津村さんというわけです。私も一緒に行きました。この順番が正しいものとして話を進めます。それには証拠もあります。

そもそも私は図書館員が金庫の中から本を出して、その目の前で津村さんが外箱と帙をとったとき、本が紫色の風呂敷で結んであるのを見て、ちょっと奇妙な感じを受けました。それは風呂敷というより、縮緬《ちりめん》の小袱紗、ふつうは紙で包むように簡単に折るだけのものです。わざわざ、しっかりと結ぶものではありません。

いったい、貴重本はそのままぴったり入る帙をつくるのが当たり前で、袱紗に包んでから帙に入れるというのは妙な話です。しかし、この場合はおそらく間に合わせの帙――別の菊判の本が入っていたものを流用したのでしょう。このためブカブカになったので、パッキングがわりに袱紗に包んだのです。そうでしょう？　津村さん。

あなたともあろう愛書家が、どうしてそのような間に合わせの方法をとったのか、理由はあとで申しあげます。とにかく、今はそれを受けとった図書館の原司書の立場になって考えてみましょう。彼はこの手の本にはあまり関心はないが、とにかく大切な預りものというので、無意識に袱紗を結んでしまったと考えられます。ところが、袱紗というものは本来小さいもので、茶道に用いるものなどは縦の長さが八寸八分（約二十六・六センチ）しかありません。帙に入っていたのはそれより大きいが、結び目をつくるには無理がありました。つい固結びになり、しかもあの人は左利きですから、最初の閲覧者だった石塚さんが、ほどきにくかったと証言するようなことになったのです。

しかし、石塚さんは年の功で、あのようなものの本来の扱い方を知っていて、ただ包んだままで、結ばず、返却しました。原さんもそうしたようです。ところが、井田さんが借りたときには、しっかり結んであったといっています。私はこの間のいつかに原司書が結びなおしたのかとも思いましたが、わざわざ金庫からとり出してそんなことをしたとはどうしても思えません。つまり、石塚さんと井田さんの間に、Xという閲覧者がいて、その人が袱紗を無理にきちんと結んで返し、そのため原司書もつられて、検査後に結び直してから帙におさめたと考えるほうが自然でしょう」

「そんなこまかいことは、記憶ちがいということもある」島崎が激しく抗議した。「Xなどと言っているが、私を指しとることは明白じゃないか」

「むろん、あなたと断定するには、いま申しあげた証拠だけでは無理です。しかし、これから挙げるいろいろな証拠で、Xをあなたと確定してみせます」

須藤は立ちあがって、一同に背を向けると窓の外を見た。暗くなりかかっていて、真向かいのビニ本屋のあるビルに灯がともった。俚奈が左側から窓のカーテンを引いていった。

「八月三日に、一人の閲覧者があった。原司書は立場上、閲覧者の具体的な特徴は言えないと言っている。しかし、『ワットオの薄暮』の記事が掲載された館報の出たのは八月三日の午後だから、午前中に来たXがそれを見て来たということはあり得ません。七月二十六日の愛書クラブにおける津村さんの話を聞いてやってきた人——つまり同クラブの会員である可能性が強いわけです。ここにX氏の第一の誤算があったといえます。

しかし、じつはX氏にとって、そんなことはどうでもよかったかもしれません。X氏にはいくつかの防禦《プロテクト》の手段があった。たとえ八月三日に現われたことが露見しても、それは少しあとのことになるだろうから、その間に次の閲覧者が何人か来て、犯人を特定することがむずかしくなるだろうということです。……おっと、井田さん、ちょっと黙ってください。津村さんも、ここが肝腎のところなので、しばらくご辛抱ください。

八月三日、たぶんまだ午前十時を廻らないころ、X氏は白い上衣とカバンを手に江戸川橋図書館を訪れ、ニセの名刺を出して『ワットオ』の閲覧を求めました。司書は名刺に書きこまれた文言を信じて、事務所のコーナーで閲覧を許しました。ところが、私がその机を見たところ、原司書らの事務机と高さが同じなのです。本の前にちょっと遮蔽物を置けば、少々怪しい動きは見えないと思えるのです。私の推測では、X氏は前に上衣を置いて目かくしがわりにし、カバンの口が手前に来るようにして、さっと現物とすりかえたのでしょう。そのとき、袱紗がめくれないよう、結んでおく必要があったのです。帙ごとすりかえるのは、似たものがないので危険ですからね」

「ほう」と島崎がバカにしたように言った。「ずいぶん大胆な怪盗ですねえ。図書館員が鵜《う》の目鷹の目で見張っているのに、そんなことができるもんかなあ」

「原司書も二人目の閲覧者ということで、多少の慣れと油断はあったでしょう。始終、じっと見つめているわけにもいかないし、その日は館報の発行や映画会などの事務で、原司書の直接の仕事でないまでも、交代に出たりして注意力をそがれるということはあったと思います。

　私も本屋をやっていますが、上衣というやつは用心しないといけませんね。先日も片手に上衣かコートをさげた男が、神保町を荒らしまわって、五十件以上の盗みを働きました。棚から本をとり出すと、ケースだけ戻し、中身は上衣のかげにかくしてしまうんですね。昔は二重マントというのが万引に使われたそうで、店によっては『二重マントおことわり』の掲示がしてあったというほどです」

「そんな話はどうでもいい。そうそう、ほかに用があるんだが」

「ではスピードアップしましょう。X氏は隙を窺って帙の中身をすりかえると、何食わぬ顔で司書に返した。司書はそれをざっと見て、『ハイ、結構』というわけです」

「ということは、なにも問題はないということじゃないか」島崎が怒鳴った。

「まあまあ、ご冷静に。司書がざっと見て、問題はないと思った。但し肝腎の口絵や限定番号は確認していません。もう一つあります。次の閲覧者である井田さんのときも、司書は一応検品してOKしているのです。ということは、X氏がすりかえたのは『ワットオ』の別のナンバー本であったということになります。ねえ、井田さん、そう思うでしょう？」

井田は蒼ざめて、うつむいていた。

「私ははじめて井田さんに話を聞いたときから、おかしいと思いました。せっかくの私家版を見に行きながら、絵柄もナンバーも確認していないといったのはなぜでしょう。じつは真先に見たんですよね。そして、それが中村典彦のエッチングとは似ても似つかぬ別物で、ナンバーも限定二百九十八部のうちの何番かにすぎなかったというわけです。私家版ではなく、その変造本です。それをなぜ私にいわなかったかといえば、津村さんに対する遠慮からとしか考えられません。あなたは高校時代から初版本を集めていたようですが、津村さんの著書や、その収集哲学に強い共鳴を懐《いだ》いていたと思いますね。私淑というやつです。

『ワットオ』を図書館で見たとき、あなたは自分の目が信じられなかった。なぜこんなものを津村さんが……と思った。私は見ていませんが、たぶんへたな絵が貼りこんである、典型的な〝つくり本〟だったんでしょう。番号も細工してあったのでしょうが、よく見ればニセ物であることは明らかの筈です。しかし、そのことを言おうとして、あなたは考えた。津村には何かの意図があるにちがいない、とね。愛書クラブの会合で話をし、図書館に寄託するという異例の行動をとったのには、何か理由がある筈だ。たとえば本物を市に出すとか――。とにかく、もっとくわしいことがわかるまで、やたらなことは言えない。そこであなたは私にあんないい加減な話をしたんです。

図書館から調べに来れば、あなたも被疑者になってはつまらないから、本当のことを言ったでしょうが、それは実現しなかった。背後に別の力が動いていたからです」

「ちょっと！」島崎と津村が同時に発言を求めたが、島崎の方が迫力があった。

「それじゃ、なんだい。井田君が無実ということは、Xが犯人ということじゃないか。どうしても八月三日のX氏を犯人にしたいんだね。それはなぜかね」

「証拠の問題ですよ。私が後日調べたところでは、井田さんは当日の午前中、会社の営業会議にずっと出ていた。アリバイがあります。心情的にも、津村さんの利益を損うようなことをするとは考えにくい。そうなると、X氏が疑われるのは当然ではありませんか。ニセの名刺を作ったか、それともあり合わせの他人の名刺を使ったか知りませんが、そのことじたいが、綿密な犯行スケジュールをもっていたということですよ」

「ああ、そうでしょうね。しかし私とXはどう結びつくんです？　この津村さんが何か言ったのかもしれないが、いい迷惑だ」

「それはこっちがいいたいことだ」津村が応酬した。「古雑誌なんかにすりかえやがって」

「なに？　古雑誌？　それはどういうことだ？」

「ちょっと待ってください」須藤はあわてて遮った。「いまの島崎さんの反応は一つの間接的な証拠になるもので、甚《はなは》だ興味ぶかいが、先を急がせてもらいます。島崎さんがXであるという蓋然性は、愛書クラブのメンバーの傾向から見ても、非常に高いものです。そこで、いまかりにXイコール島崎さんという仮説をつくって不明な個所を埋めていくことにします。

動機その他はあと廻しにして、第一にアリバイです。あなたは先月の三日には家族で湘南《しようなん》から千葉方面の海上を、自家用の大型クルーザーで航海していた。そして朝の一時間半ほどは、マリーナのホテルで休んだといっていますね。しかし、一時間半では、とても都心部までは往復はできません。まずりっぱなアリバイです」

「それならいいじゃないか」

「ところがよくないんです。盲点がありました。ふとしたことで、私は古い地図を見る機会がありました。都市化の進行を反映した最近の地図では、まったく目立たないものが一つあります。それは川です。昔の大都市は、どこも河川の交通によって支えられてきた。したがって、要所へは舟で行った。今でもある程度は可能なんです。このことに気がつかなかったのが第一点。

もう一つは東京湾の地図です。私はたまたま時刻表の地図を見て、そこにフェリーや沿岸航路のルートが赤い線で描かれているのを見ました。それがヒントになって、東京湾を高速のボートで縦断したら、何分ぐらいかかるかということを調べてみたんです。

そうしたら、おどろきました。三浦半島をひと廻りして東京湾へ入ると、東京湾の最も奥まった隅田川《すみだがわ》や荒川《あらかわ》の河口まで、六十キロもないんですね。ところが、レイシング・ボートには、なんと時速百五十キロも出るのがあるんです。条件さえよければ、三十分かからないわけです。

私は伝手《つて》を求めて、つい先日、アメリカ輸入の最新式のレイシング・タイプのボートに乗せてもらいました。シガレットという六百馬力のやつです。いや速いの何のって。計算通り三十分かかりませんでしたよ。しかも隅田川へ入って、浅草《あさくさ》まで何と十分間で行ってしまうんですよ。頭の上を勝鬨橋《かちどきばし》、佃大橋《つくだおおはし》、永代橋《えいたいばし》、清洲橋《きよすばし》などがぐんぐんうしろへ流れ去っていく快感といったらありませんね。

もっとも、私は途中、両国《りょうごく》のあたりから支流の神田川《かんだがわ》へ入り、さらに江戸川橋方面へと遡ったんです。もうおわかりでしょう。江戸川橋図書館はその沿岸にあるんですよ。変な連想だが、私は江戸時代に林子平《はやししへい》が『江戸の日本橋より唐、阿蘭陀《おらんだ》迄境なしの水路也』といったのを思い出しました。やはり河川が重要な交通手段だった時代の人は、そういう感覚が発達していたんですね。いま東京の主な川は、上に高速道路がかかったりして、川はすっかり邪魔者扱い、だれも注目する者はありませんが、一度みなさんもボートでとばしてごらんなさい。なにしろ信号がないんですからねえ。〝境なし〟ですよ。

川幅が細くなってくると、中央を通らなくてはなりません。橋桁《はしげた》の中央に『通路』と書いてあるのを見た人もいるでしょう。あれは真中を通れということです。しかし、今のいいボートはエンジンが船外についているので、十センチも水があれば動くといいます。とにかく、江戸川まで、多少スピードは落ちたが、難なく行けたのにはおどろきました。計ってみたら、油壺から五十分でした。熟練者ならもっと早く行けたでしょうね。これは大盲点です」

「それがどうした？　私の船は大型クルーザーだよ。せいぜい十三ノットぐらいしか出ないんだよ」

「そうでしたね。では少々お待ちを」

須藤がブザーを押すと、ちょっとしてからエレベーターのドアの開く音がし、ついでノックが聞こえた。陽にやけた大柄の若者が顔をのぞかせた。

「やあ、俚奈ちゃん」と、彼は言った。

10

「紹介しましょう」と須藤は言った。「この人は当探偵事務所の助手、小高根俚奈の、ええ、知人でありまして、塩田《しおた》君といいます。今回は船のことでだいぶ助けになってくれました。マリーナで島崎さんのチェックインの記録を調べたり、レイシング・ボートを借り出して、私を乗せてくれたのもこの人です」

「やあ、どうも」と塩田は何か言おうとしたが、その場の空気が妙な具合なので、もじもじしながら俚奈の横に立った。座が白けかかった。

「ほう、とうとう正体を現わしたな」と津村が言った。「お嬢さんの恋人というわけで」

「ウッソォ！　この人なんでもないわよ。わたしのね、友だちの友だち。誤解しないでよ。顔みて言ってちょうだい」

「どっちの顔かね」

俚奈はキャーッというような声でこれに応じ、座が混乱しかかったので、須藤は大声で言った。

「それじゃ塩田君。あなたが一週間前、葉山から十キロほど離れた油壺のシーガル・マリーナで調べたことを話してください」

「ええと、アロー・ジェットというレイシング・タイプのボートが、その日の朝、出航して、昼ごろ帰ってきました」

「だれから聞きましたか」

「ハーバーマスターの山本《やまもと》という人で、先輩なんです」

「そのボートは、五日ほど前、私と二人で乗って江戸川橋方面へ行ったものと同じタイプですか」

「そりゃアロー・ジェットの方がずっとすごいですよ。もう六百馬力のガソリン・エンジンが二基ついて、七、八千万円もするしろもんだからね。おじさんと乗ったのは、まあその三分の二ぐらい下のクラスかなあ」

「そのボートの中を見ましたか?」

「私有権の侵害だ!」島崎は叫んだ。「とんでもない奴だ。訴えてやる!」

「なあに」と須藤はニヤニヤ笑いながら言った。「いいボートなので、ちょっと覆いをあけて見学させてもらっただけですよ。ほら、道端にいい車があれば覗きこみたくなるのが人情でしょう? 塩田君、それで、ボートの中に何があったかね?」

「計器盤とか無線とか」

「アワーメーターは?」

「ありません」

「ほかには？」

「座席の隅に白い破片のようなものが落ちていました」

「これかね？」と、須藤はポケットの中から小さな紙包みを出して、開いてみせた。二センチほどの長さの白い芯のようなものがあった。

「これはどうやら帙の爪のようですねえ。島崎さん、こんなものがどうしてあなたのボートの中にあったんです？　私はそもそもの最初から、あの帙から爪が一つとれているのが気になっていました。今から思うと、あなたが帙を開いたとき、爪がとれて、すりかえた本の間に入りこんだ。それがボートの中に落ちたんじゃありませんか？」

「そんな筈はないっ！」島崎が大声を発した。

――一瞬、沈黙が支配した。それは一瞬だったが、須藤にはずいぶん長いように感じられた。また、彼はそれだけの間合いを測っていたのだった。

「そんな筈はないとおっしゃいましたね？　それでは、どんな筈だったんです？」

「いや、そんな爪のことなんか全くあずかり知らぬことだ。私のボートにそんなものがどうして入りこむんだ。これはワナだ」

「私の推理を申しあげましょう。アロー・ジェットを早朝に油壺から出航させたのは、たぶんあなたの会社の社員でしょう。ほら、目の細い人がいましたね。たぶん、あの人でしょう。

いっしょに本を見たこともある。ただ、あの人は運び役ですがね。今回もあの社員は、油壺から葉山へボートを廻してひそかにマリーナであなたと入れ替った。レモンの輪切りを注文したのは社員でしょう。ベッドかカウチに寝て背を向けていれば、シーズンで忙しいボーイは気にしませんからね。その間、あなたは快速船で、ちょいと一飛び江戸川橋方面へ、という次第です」

「冗談じゃない。狂気の沙汰だ。かりに私がそんなことをしようとしても、すり替え用の本を持っていない。それが紫色の風呂敷だか袱紗だか、なにやらわけのわからんものに包んであったということも知らない。上衣とカバンを持っていけば、隙を見てすりかえられ、あとはろくに検査もされない、なんてことも知らない。どうだい、名探偵殿?」

「もうじたばたするのはおよしなさい。あなたはすべてを石塚さんから聞き出したんですよ。今日の午前中、私は石塚さんに会いました。すべて吐いてしまいましたよ。共犯だが、出来心だって、泣いていました。

あらためて枕元を見させてもらいましたが、愛着のある本を三、四十冊積みあげて、細いしわだらけの手で愛撫しているさまは、鬼気迫るようでしたよ。キャリアが長いだけに、いいものを持ってますね。ずいぶん小遣いに困って売ったようだけど、残っているのは一騎当千のものばかりで、失礼ながらすっかり見損っていましたよ。

『ワットオ』のすり替え用の本、つまり限定版の一冊は石塚さんから出たものです。私家版を入手することは、あの人の一生の夢だったんですね。それがとうとう出現したのはいいが、仲間の津村さんの手に落ちてしまった。最初から諦めていたことが、身近な人の所有になると嫉妬心も湧いてこようというもんです。

そこで思いついたのが島崎さんです。あなたという金のあるコレクターが、少々の犠牲をはらっても欲しがる珍品ということです。事実、あなたは津村さんから入手の自慢話を聞いて、こん畜生と思ったにちがいありません。

しかし、石塚さんの煽動というか示唆がなければ、あなたは欲心を起こさなかったかもしれない。石塚さんは図書館で本を見た三十日の晩、早速あなたに電話を入れた。『津村さんがどんな理由であの本を寄託したのか、本当のところはわからないが、どうも自分には見せびらかしているように思えてならない。本気で寄託するなら、もっと大きな図書館を選ぶ筈だが、たまたま自分と同期の人間がいる図書館を、気安く利用して、寄託などという方法で箔をつけようとしたんだろう。仲間に直接見せびらかすより、図書館で見せた方が畏《おそ》れいるとでも思っているのか。そう考えると腹の中が煮えくり返るようだ』とね。

島崎さんもこういうことになると、激しやすい。『生意気なやつだ』ということで意見が一致したわけです。頃合を見はからって、石塚さんが、『じつは秘蔵の「ワットオ」を持っているんだが……』と持ちかけた。

結論をいうと、石塚さんが古い版画をはさみこんでその本を変造し、一見わからないようにしてすり替えてしまうというプランを考えたんです。あの人は老人だが、なかなかやりますよ。

島崎さんは、三日に予定していたレジャーを利用して、アリバイをつくることを考え、石塚さんから風呂敷に包んだ本を受けとると、大胆なすり替え作戦を実行したわけです。それにしても、プランの半分以上は石塚さんでしょうね。原司書が、あまりこまかく検査をしないということがわからなければ、この計画は成立しないんですからね。しかし、いわば館向きでない本を預った担当者の心理を逆手にとった、奇襲戦法でした……」

「あのじじいめ、いい加減なことを言いやがって」島崎は立ちあがった。「おれはおまえなんぞにナメられて黙っている人間じゃない。チェッ、ボートの中に爪が落ちていたなんて、しらじらしいことをよくも言えたもんだ」

「まあ、爪の件は当方のトリックですが、それに対するあなたの反応は、他の方々の心証を決定的に損いましたよ。もうじたばたしないことです。——ところで塩田君、もう帰っていいよ。俚奈ちゃん、送っていって」

二人が出ていくと、残った者たちは居心地悪そうにもじもじしていたが、

「一件落着だね。帰るか」津村が腕時計を見ていった。

「おっと」須藤はそれを制した。「本番はこれからです」

「なに？　まだ言い足りないのか」島崎が気色ばんだ。

「私も忙しいんだがねえ」津村が腰を浮かした。

「まあまあ、もうちょっとです。今までのは傍《わき》の筋。コンピュータでいうサブルーチンです」

「コンピュータにしちゃ、ずいぶん結果がでるのが遅いね」津村が嫌味を言った。

「それでは津村さん、あなたの番です。お待たせしました」

「じょ、冗談でしょ。私は被害者ですよ。ああ、報酬を払えという意味ですか？　今日はあまり持ち合わせがないけどね、二、三日中には工面しますよ」

「いいえ、約束の金額では到底足りませんね。あなたがすべての元凶なんだから」

「おや、キツいことを言いますね。どういう意味です」

「ここにある辞典の『準窃盗』の項目を読んでごらんなさい。ふだん耳なれないことばですがね。――私が読みましょうか？『準窃盗。自分の所有物ではあるが他人の占有に属している物、あるいは公務所の命令により他人の管理している物を盗むこと。窃盗として処罰される』――わかりましたか？」

「法律には弱いんでね」

「弱くてもこのくらいはわかるでしょう。井田さん、あなたの見た本は何番でしたか？」

「あの、……『ワットオの薄暮』の三番本です。巧妙に『三』を『二』に偽造してあって、下手な風景画がはめこんでありました。紙は古いが、大方古本屋のどこかにころがっているカレンダーか古雑誌などの口絵でしょう」

「そうですか。いずれにしても『ワットオ』の限定版の方ですね」

「はい」

「つまり、それが石塚さんの〝作品〟です」

「ぼくもそう思います。それがどうかしたんですか？」

「私が津村さんと一緒に見たのは、単なる古雑誌でした。まがりなりにも『ワットオ』だったものが、再び古雑誌に化けてしまったんです。そして、その犯人が、——津村さん、あなたでした」

「な、なにをいう！　黙って聞いていれば……」

「そう、黙って聞いてください。そもそもの始めから、私は勘づいていました。あなたが口絵の写真を見せたとき、私は『ロシア人ですか？』と聞きましたね。それは『ИИ』というサインが写っていたからですよ。ところが作者は中村典彦だという。とすれば『NN』ですね。つまり、あの写真は裏焼きだったんです。ほとんど左右対称の裸婦だけに、アマチュア写真家であるあなたが暗室でミスを犯したのも無理はないといえますが、それにしても、本当に愛着のある絵なら、そんなミスは犯すはずがありません」

「ケアレスですよ」

「しかし、そのケアレスがこわい。私は最初気づかなかったが、図書館へ行って原司書が左利きと気づいてから、左右の対称感覚が鋭くなって、写真がおかしいということに気づいたんです。

そうなると、あなたが写真をとるために、わざわざマイクロ室を借りるというのも、変に思えてならなくなったんです。持ち帰って、自分の複写台で撮ればいいのにと思いました。

何もかも変でした。あの暑い日にあなたは背広姿で来た。会社員だったら慣れているにせよ、今日はこんなに涼しいのに半袖のラフなスタイルです。

タクシーに乗って、私がちょっとあなたの方によろけたとき、あなたは身を硬くして、避けましたね。それも妙でした。つまり、あなたは背広のポケットに、すり替え用の雑誌をかくし持っていたんです」

「ほう、背広のポケットに大判の雑誌が入るかねえ」

「特製のポケットですね。あなたのことだから、そのくらいの工夫はするでしょう。たぶん、左の胸から下ではないかな」

「それこそ証拠がないね」

「ほかにカバンを持ってなかったし、考えられることは真夏に不似合いな背広だけです。すぐポケットから出して、すり替えられるように用意していたんでしょう。

チャンスは二度ありました。一度は私があなたの要求にしたがって、手を洗いにトイレへ入った時です。廊下でスリ替えるひまがあるわけです。しかし、袱紗が固結びにしてあったので、ほどくのに手間どり、そのままマイクロ室へ駈けこみ、撮影台の上ですり替えてから、大声を出したのです」

「……」

「しかし、あなたは袱紗包みを開いた瞬間、それがすでにすり替え本であることに気づいた。ちょっと迷いがあったでしょうね。つまりそのことを公にするか、予定通り古雑誌とすり替えるか。公にすれば、すり替え本とはいえ、『ワットオ』の限定本は珍しいから、愛書クラブの者の仕業と特定され、したがって一切の事情が全員にわかってしまう可能性がある。ありふれた古雑誌にしておけば、必ずしも愛書クラブの人間と特定はされないと思ったのでしょう。その時点では、あなたはまだ、第三者というか、一般の閲覧者が一人もいなかったということを知らなかったんですからね」

「一時にそういろいろなことが考えられるか」

「私はコンピュータはこわくないが、カンピュータはおそろしいと思ってます。そして津村さん、あなたはこうした方面にはカンの働く人です。事実、それからのあなたの処理はほとんど隙がなかった。まず図書館の動きをやめさせ、私に解決を依頼した。これでスキャンダルを最小限に防ごうとしたんです。あなたの頭の中には、すでに三人の容疑者、とくに島崎さんあたりの名が浮かんでいた。しかし、下手に島崎さんに接触しても、あなたの『ワットオ』が当初から造り本だったと暴露されるおそれが強い。そこで、私を利用しようとしたんです。相手の出方を窺おうとしたんです。

ところで島崎さん、あなたは大アリバイ工作までして盗んだ『ワットオ』が、偽物とわかった今、どういうお気持ですか？」

「いやあ、それは、しかし……」

「津村さんの側としては自分の造り本を放出して、石塚さんの造り本を入手したわけです。これが痛み分けというものですね」

津村は目をつぶって腕組みした。

「もう男らしく白状しなさい。その方が、変な言い方だが、腐っても鯛《たい》ということになるではありませんか」

七時を過ぎて、冷房が止ったので、部屋の中は生暖くなってきた。津村は暫く無言でいたが、やがてポツリポツリと語りはじめた。

「このごろはどうも怺《こら》え性がなくなってねえ。とにかく、欲しい本は一刻も早く欲しい。まごましてると年齢《とし》をとってしまう。まだ五十を過ぎたばかりと言われればそれまでだが、珍本となると持主が死ぬまで二十年も待たなければならない。そうしたら、おれも七十過ぎだ。

この間ある大学の先生に会ったら、愛蔵するなら高価なエディションの方がいい、もう先がないからねといっていた。その人はやはり五十歳だった。まあ、五十過ぎれば愛書家も読書家も、〝あとがない〟という意識に共通のものがあるんだな。

つまらんことを喋っちまったが、問題の『ワットオ』のことを話そう。杉本一昌さんの書いたものから、おれは重要なヒントを得た。あの人は信頼できる筋から、岐阜県に所蔵者がいることを聞いて行動を起こしたというんだが、その〝筋〟というのは、一昌さん本人に聞いてみると、ある雑誌の編集者だったという。おれの推理はこうだ。編集者はむろん、『ワットオ』の価値を知っていた。そして杉本さんが探求に出かけたころに、一歩先んじて遺族からゆずってもらったんだ。最初一昌さんに愛想よくしていた遺族が、だんだん嫌な顔をするようになり、とってつけたように『そういえば故人の棺に入れたかもしれない』なんて言い出したのも、そんな事情があるからなんだ、とね、

おれはその編集者にアタックした。猛烈にアタックした。限定本収集一筋で三十年近くなると、本当に欲しいものは欲しい。いらんものはいらん。金も積んだ。しかし、相手は見せもしない。

とうとう一年以上たって、編集者も根負けしたのか、自分の家でちょっとだけという条件で現物を見せてくれた。おれは文字通り震える手で本を開いてみたが、いきなり目の前が真暗になるほどの失望感に襲われた。それはたしかに私家版と記入してあるんだが、版画はどこの画家のものともわからない平凡な風景画で、どうもあとからはめこんだものとしか思えなかったんだ。

永年恋い焦れた女が、どうしようもないアバズレとわかった時でも、こんなに失望はしま

い。が、そんなことより、おれは深刻な疑問を懐《いだ》いた。あの本は結局伝説の本にすぎなかったのではなかろうか。万一、存在していたとしても、とうの昔に失われてしまったのではないだろうか。

本に対する執念では人後に落ちないつもりだが、この本だけはそれ以上探求の筋がつかめずに往生した。その結果たどりついたのは、自分がその天下の孤本の持主となればいいではないかということだった。

『ワットオ』の限定版のほうなら、十数年前に入手したのがある。それをつくり変えることだ。まあ、半分やけっぱちの遊びだね。もう一生会えないとわかっている本の、模型をつくってみるということだ。

おれはこのシミュレーションに凝った。まず口絵の用紙は当時の紙でなくてはいかん。古い画集や大判の単行本を探しに探して、なんとか理想的な、古びたコットン紙の白い部分を手に入れることができた。

つぎに中村典彦のエッチングの中から、あまり知られていない小さいものを選んで、懇意の印刷屋に模刻させた。この人の名は勘弁してもらいたい。何年か前、エクスリブリスを頼んで、なかなかの腕と思っていた。しかし、今回はどうしても原画の趣《おもむき》が出ない。何度かやり直したが、七十点ぐらいのところで満足しなければならなかった。

印刷そのものはうまくいって、高級なものができた。三十万円もかかってしまった。新しいインキの匂いを消すには、古新聞の下に入れて一週間も重しをのせておいた。

つぎにこれを挿み込むのが厄介だったが、慎重に糊づけした。このような時には木工用のボンドを薄めるか、ヤマト糊に水を加えるのが一番いい。

私家版の記入のある中扉には最も苦心した。ていねいに破りとり、例の印刷屋に印刷させた。当時の形の活字がないので、古い本から活字をひろって写真にとり、凸版をつくった。原本と同じ墨色を出すのには十日以上かかったよ。

これで一丁あがり。おれの私家版というつもりだったが、苦心したせいもあり、いたずら心がムラムラと起こってきた。白蘭書房のおやじに『見つけたよ』と言ったら、目の色をかえて売ってくれといわれた。

それはいいが、おやじが愛書クラブの一人に話をしてしまったため、取り返しがつかなくなっちまった。例会の席などへ持ってこいといわれたら、プロの眼で見破られてしまう。それはこの道で自ら恃《たの》むところのあるおれとしては、全くつらいことだった。

処分してしまったといえば、どこへと聞かれる。珍本だけに、うそをついてもルートはすべて知られてしまう。さんざん考えたすえ、少し無理だが、図書館に寄託という手を考えついた。これは地域の図書館に同期生がいて、年賀状をとり交わす程度の仲だったということがヒントとなった。

寄託して、図書館でクラブの会員に見せる。うまい手じゃないかね。図書館の雰囲気から、そんなにためつすがめつ見る余裕はあるまいと計算した。ごく短期間預けてから、さっさと閲覧禁止にすればよい、という程度の考えだった。

ところが、いざ寄託したら、非常にこわくなってきた。そこで引っこめようと思ったが、おれが所有しているという事実はのこってしまう。ひそかにとり戻して、口絵や中扉を抹殺してしまうことだ。

それには、自分の本を自分で盗み出す以外に方法はなかった。まさに準窃盗だね。あんたのカンは見事だったよ。

図書館からは信頼されているので、方法はいくらでもあった。しかし、ただ盗まれたということにすると、図書館が動き出すかもしれないので、たまたま〝本の探偵〟の広告を出していたあんたを現場証人にし、穏便におさめてしまうという手を考えた。つまり、あんたに事件を依頼する。どうせ真相はわかりっこないが、あんたの口から会員に本が紛失したという話は伝わるだろう。それで当面の目的は達することができる。

ところが、いざすり替えてみると、自分のほうが一歩先にマンマとやられていたことに気づいた。まったく、上には上がいるもんだ。おれはライバルを少し見くびりすぎていた。あの瞬間考えたことは、本そのものは惜しくないが、造り本と見破られ、嘲笑されるのが身を切られるようにつらいということだった。

こんなことをするのは、むろん愛書クラブの会員にちがいない。ふだんは〝書友〟などと呼びあっているが、本を集めるというのはじつに熾烈《しれつ》な戦争で、人を出し抜くことばかり考えるもんだ。おれも一通りのことはやったが、みんな大同小異のことはしているんだよ。

おれは方針を変え、あんたに対する報酬を少し高くして、犯人を割り出してもらうことにした。あんたとクラブの会員とは、つかず離れずの関係らしいので、丁度よいと思った。簡単な仕事だ。おれはだれが実行したのか、ほとんど見当はついていた。しかし、共犯という線もある。あれだけ思い切ったことをやるんだから、アリバイ工作をしている可能性もあると思った。

正直のところ、須藤さんの腕前は未知数だった。本探しのテクニックは、愛書家時代もAクラスだったらしいことはみとめる。そういう人が業界に入ったんだから、侮《あなど》れないものがあるだろう。しかし、今回のケースは、一癖あるしぶとい奴らが相手だからな。島崎さんよ、そう怒るな。きみは図書館が閲覧者の記録をめったに公にしないことも計算していたにちがいないんだ。

須藤さんのプライベート・アイとしての手腕は、いま未知数といったが、正直のところ本屋のアルバイトとして、どこまでやれるか、大いに疑問だった。ところが、おれが好条件を出したことや、行きがかりもあって、だんだん乗ってきた。とくに島崎さんのアリバイを破って、じっさいにモーターボートに試乗してみたとは、おどろいたよ。しかし、考えてみれば、その昔の太陽族というのは、ちょうどいま中年の、あんたたちの世代だったんだな。学生時代に、多少は湘南の海で遊んだこともあるという話を聞いたこともあったっけ。すっかり忘れていた。

要するに、今度の一件についての反省は、人を甘く見すぎたということにつきる。もう少し細工を施せばよかった。とくに石塚のじじいにはまったく一杯くわされた。自分の持っている本のことは、何でも洗いざらい喋る奴だと思っていたが、そうではなかったんだなあ。たぶん『ワットオ』の私家版はあいつの余生をかけた夢だったんだ。しかし、手に入れるのが絶望ということがわかってきた。〝あとがない〟という点では、あいつのほうがよっぽど深刻だからねえ。罪つくりなことをした。すっかり狂わせてしまったんだから」

「いや、本当に頭がおかしくなりかけているんですよ。証言をテープにとってきたんですが、ときどきあらぬことを口走るんです。聞いてやってください」

……かぼそい、不明瞭な老人の声が流れてきた。最初、それは経文のように、何を言っているのかさっぱりわからなかったが、やがて、つぎのようなことばを何度も繰り返し呟いているのがわかってきた。

「蔵書一代……人また一代……かくして皆……共に死すべし……」

11

「石塚老人は死にましたよ」

三日後、須藤は一階の店で古い全集本を番号順に揃えている閑一に、小声で告げた。朝の十時半で、すでに二、三人の客がいた。

「心筋梗塞か」

「そうです。津村に話したら、さすがに少し鼻白んでました。今晩通夜に行くそうです」

「線香をあげたあとが危ない」

「ズバリですねえ。ひとつ監視していましょう。しかし、あれから、やつの終戦処理はじつに要領のいいもんでしたよ。図書館には、本が見つかったので、八月十八日付けで寄託取り消しの手続をとり、自分の持っている本は石塚老人あてに郵便で返し、一方、島崎の持っている分をとり戻しました。むろん変造部分は修復して。ちなみに原司書は、当初から津村も容疑者の一人と思っていたようです」

「あんたは、どうも隠してることがあるね」

「なにも隠してませんよ」

「津村から本を譲ってもらったろう。それに石塚老人の本も狙っている。『ワットオ』を含めた遺産をね」

「津村の本は、限定番号をうまく元に戻してありました。あれはたいへんな男ですね。もっとも、昨今では、たとえばオビがなければ印刷して作っちまうという連中も珍しくないそうですからね。古い白紙の需要が急増しているのも道理ですよ。コピー時代の徒花《あだばな》でしょうねえ。津村も島崎も、その他の者も、愛書家のコピーにすぎないかもしれません」

「そして、あんたは本屋のコピー」

「きびしいなあ。でも、海千山千の連中を相手にするんだから、まごまごしてると食われちまいますよ」

「さしあたり、津村がもう一度ニセ本をつかませようとするかもしれんよ」

「そうはいかんでしょう。今回の〝作品〟だって、二年もかけた苦心作ですからね。それでも石塚老人は一目で見破ったそうです」

「ほう、知ってたのか」

「だてに長生きしているんではないと言ってましたよ。身体中がカッとなって、心臓が痛くなったそうです。こんなインチキは許せない。何とかして暴《あば》いて、ふだんから生意気にも上手《うわて》を行っている相手を完膚《かんぷ》なきまでに叩きつぶしてやりたい。しかし、自分はもう足元さえおぼつかない身体だ。ひとつ、島崎を煽動してやろう。それには、あくまで本物と信じこませることが必要だったわけです」

「すると、今回の件では石塚がすべてにおいて一枚上手だったわけか。それにくらべると、ほかの連中は、まあ二才客というところだな。この世界の奥行きを、知りつくしているつもりでも、全然わかっていない」

「島崎は、昔なら二重マント組ですから、今度で取引をやめさせてもらいます。あれは成金的で、異常な男です。津村も異常だが、それはどこか子供っぽいところがある。しかし、井田などはどうなんでしょうねえ。高校時代からもう初版本ばかり集めていて、内容なんかろくすっぽ読んでもいない。もう三十歳近くでしょう?」

「刷りこみという言葉を知ってるかね」

「あの本の口絵ですか?」

「いや、これは店の雑誌から仕入れた知識なんだがね。なんでも動物が生まれて最初に見た者を母親と思ってしまうって話だ」

「ああ、インプリンティングですね。それは最初に動くものにくっついていくというんで、必ずしも母親と思ってるわけじゃないらしいですよ」

「わしは学者じゃないから、くわしいことは知らん。しかし、井田は津村のような人間に刷りこまれちまったんだな。価値判断のできない時分から、こんな道に入ると、邪道というか外道《げどう》というか、そんな奴らにコロリといかれてしまう。かわいそうに、あの男は収書家としても、もうダメだよ」

「そんなことを言っていたら……」

須藤が言いかけたとき、奥から俚奈が出てきた。薄いブルーのブラウスに、黄色のクロップト・パンツというういでたち――。

「おや、どちらへ」

「学校は始まっておりません」

「早くからご苦労さまで。あれは好青年だね」

「誤解しないでよ」

「今日の店番はどうして頂けます？」

「……」

彼女は無言で、よく流行歌手がやるように、掌を上にして指を順に折り曲げる仕草をした。

「ああ、バイト料ね。もうすぐアップするから」

「俚奈。なんだ、その態度は」閑一が低い声で叱った。

彼女はツンとして、須藤の脇をすり抜けると、足早に店の外へ消えた。淡い香水の匂いがした。

「刷りこまれなきゃいいですがね」

須藤は言ったが、ちょうどダンプの轟音がして、その声は祖父の閑一には届かなかった。

書鬼

1

「風光明美《かざみつあけみ》さん、ですか。ほう……フウコウメイビですな」

「皆さんからそういわれて、もう飽き飽きしてます」

「そうでしょうね」と、須藤康平は笑いを嚙み殺すようにしながら、国民健康保険証と相手を見くらべた。「まあ、昔は〝美〟の字がちがいましたがね」

「明美というのが、また多くて。私たちの世代ではありふれた名ですから」

「そうですか」といいながら、須藤は素早く指先で保険証を裏返して彼女の年齢を読んでいた。昭和二十五年生、とあった。「しかし、名前には変ったのがありますよ。ついこの間も本を持ってこられた方の名が、何と大導寺信太郎《だいどうじしんたろう》というんです」

「聞いたこと、ありますわね」

「芥川の『大導寺信輔の半生』ですよ。ほら、そこに初版本があるでしょう」須藤は傍らの棚を指した。戦前の初版本が二、三冊並んでいるが、目録に載せたところ、発送後一日で予約済みになってしまったものばかりである。

「それでは」と、彼は身分証明書がわりに見せてもらった保険証を返すと、レジを叩いて千円札を四枚とり出した。「お調べください」

風光明美はそれを受けとると、さっと数えてから茶色のハンドバッグに投げ込んだ。

「こういう本って、安いんですね」

「安くはありませんが、べつに珍本じゃありませんからねえ。このごろ、それにフランスの詩の解説書なんて、あまり流行《はや》らないんですよ」

「古本屋さんは、流行に超然としていると思いましたけど」明美はそういうと、自信のなさそうな笑みをうかべた。「こういうお店は、別に新しい本を売らなくっても……あの、新刊屋さんとちがうんでしょう?」

笑うと、痩せた頬がいくぶん丸くなり、形のいい唇の間から糸切り歯がのぞいた。

「まあね」と、須藤は相手の地味なブラウスにチラと眼を走らせながら答えた。「古本の世界も古本なりに流行があるんです。この十五年ばかりを見ても、明治もの、戦後作家の初版もの、大衆文学、マンガといったところがブームになりました。ほかに自筆もの、地方史、古地図、戦前戦後の映画文献なども高くなっていますよ」

「みんな、私に縁のないものばかりですわね」

「そうかも知れませんね。……オーソドックスな読書家にとっては」

須藤は〝一世代前の文学少女にとっては〟と言いたいところを我慢して、あたりさわりのない表現を選んだ。

「要するに、古いということですわね」

風光明美はハンドバッグの留金をパチンと開けると、一枚の切り抜きを取り出し、声の調子を一段落として言った。「これ、おたくの広告でしょう?」

本の探偵　☆あなたは本を探していませんか?
思い出の本、研究に必要な本、コレクション、何でも探します。
千代田区神田神保町　(291)××××
「書肆・蔵書一代」

「そうですが、べつに悪いことをしているとは思いませんね」

「あら、そんな意味ではないんです。私も探してもらいたい本があるんですけど、内緒にしてもらえるんでしょうか」

「むろん、依頼人の秘密は厳守します」

「それから……あの、お高いんでしょうか？」

「本によります。探しにくくて、本の値段が高価なものほど、高いコミッションを頂きます。ありふれたものは、まあ手間賃程度で……」

「私の探してる本は、ありふれていると思いますわ。何十万円もする本ではないんです。安い本なんです」

「いや、今はわかりませんよ。何かと理由をつけて高くする傾向もありますからね。たとえばどんな本です？」

「たとえば、ええと『動物記』なんか……」

「あ、シートンのですか？」

「ええ、一例ですけど」

「まあ、お掛けください」須藤は傍らのボロ椅子から全集ものをどかした。破れ目があらわれた。風光明美は、ちょっと顔をしかめると、椅子の端の方に腰かけた。

「シートンなんて、文庫本にあるでしょう。特定の版がほしいんですか？」

「そうです。戦前、最初に出たものを探してるんです。五冊ぐらいありましたけど」

「五冊ねえ」

須藤は背後の棚から『明治・大正・昭和翻訳文学目録』をとり出した。明治初期から昭和三十年までの翻訳を見るには、重要な目録なのである。

「ええと、シートンですね。ここだ。昭和十二年から十三年にかけて六巻が出ていることになっていますね。それに『自叙伝』と『りす物語』というのが戦前に出ていて、のこり四十点ぐらいはすべて戦後の出版です」

「六冊というのは知りません。うちにあったのは五冊でした」

「ですから、それは一冊欠けていたんでしょう。よくあることですよ」

「でも……父がよく五冊だといっていました。私が子どもの時、カバーを破いたことがあるんです。そしたら、とっても叱られました。この五冊目はめったにない本なんだと。戦争中の、紙が悪い、きたない本でしたけどね。いろいろ思い出はあるし……。たしかに五冊でした」

「まあ、調べてみましょう。ほかには？」

「こんな本ですが」と、彼女は手帳から一枚をちぎって渡した。「全部でなくていいんです。一冊ぐらいで……」

「いや、料金のほうは心配いりませんよ」と、須藤は安心させるように言った。そこに書かれている書名は、動植物の図鑑やバイコフの『偉大なる王《ワン》』といった戦中刊行の動物文学ばかりで、すぐ見当がつくものが多かった。「まあ、一冊あたり千円から二千円の手数料と思ってください。たいしてむずかしいものじゃありませんから」

「すぐ見つかるんですか？」

「いや、最低二、三週間は待っていただかないと」須藤は相手が急に真剣な、きつい表情になったので、慌てて煙幕を張った。「本の探偵だから、何でもお探ししますけど、むかしの実用書や子どもの本となると、なかなかむずかしいこともあるんですよ」

「本が見つかった場合、その出どころもわかるんですか？」

「え？」

妙な質問に、須藤は耳を疑った。そのとき、扉が開いて俚奈が入ってくると、

「いらっしゃいませ」

ブスッと一言、須藤のとなりの丸椅子に腰かけた。

「五時よ」

「おっと。今日は寄り合いがあるんだったな」須藤はあわてて時計を見た。

「それではよろしくおねがいします」風光明美は立ちあがると、無表情に一礼し、小走りに店を出ていった。

「好みね」

「なにをいう」須藤は不意をつかれた。「オバンじゃないか」

「手付金もとらなかったんでしょう」俚奈は机上のメモをじろりと見ながら言った。

「余計なことだ。戦前の子どもの本なんか、すぐ見つかる」

「言いわけしてもダメ。この前はうちにある本とわかっていて、三千円もとったじゃない」

「あれは金持の収書家だよ。今日の人はお金に困っている」

「あら、どうしてわかるの」

「女性が若いときから大切にしていた愛読書を売りにくるというのは、めずらしいことだからね」

「『フランス詩の鑑賞』『若きプルースト』……へえ、うちとしては珍しい買物をしたのね」

「じゃ、行ってくるからね。アルバイトさん、六時までは勝手に店じまいしないで下さいよ」

「ハイハイ」

俚奈はやや太目の両脚を投げ出すと、カウンターの下にかくしておいた少女マンガ誌を取り出した。

2

その日は三月の第一週で、春に神保町商店街が準備している行事の打合わせ会があった。途中で幕の内弁当が出て会議が中断したとき、隣席の創文堂《そうぶんどう》が話しかけてきた。

「八戸《はちのへ》はまだ寒いかねえ。あんたはいつか十和田湖《とわだこ》へ行ったそうだね」

「あれは秋だったからねえ。四月ごろまで寒いそうですよ」

創文堂は箸を置き、茶を一服すると腕組みをした。いつものことだが、ひげが濃く、頬にカミソリの跡があった。

「何か用があるんですか？　買出し？」

「いや、これだよ」と、彼は人さし指を鉤状にしてみせた。「ついこの間リストが廻ったばかりの奴で、うっかりしてたら、ここんとこたてつづけに十万円ほどやられた。玉仙堂《ぎょくせんどう》もやられた。近頃これだけ派手なのはめずらしいねえ」

「何という奴ですか」

「小久保茂夫《こくぼしげお》と仲丸悌三《なかまるていぞう》という二つの名前を使い分けていやがる。本名はわからん。顔も見たことない」

多くの店が目録販売をやっている。申込客からは先に代金を取ってから送本するのだが、払いのよい客には、信用して、先に本を送ることになる。その中でごく少数だが、送金して来ない客がある。金に困って、という例もあるが、なかなか計画的な詐欺師もいる。二、三千円の本を五部ぐらい買い、その間はキチンと払っておいて、やおら五万円ぐらいのセットものを注文してくる。送本するとナシのつぶてというわけだ。このような相手に対しては、出かけていって強談判《こわだんぱん》するほかはない。創文堂はなかなかのやり手の本屋だが、それでも引っかかる。

「ものは何ですか」

「竹久夢二《たけひさゆめじ》の『露台薄暮』だよ。本日送金しましたというハガキをもらったもんだから、もう荷造りしてあったし、他の客の分といっしょに郵便局へ持ち込んじゃった。ミスだったなあ」

「本とキャッシュだけは、現物を見るまでは信用しない、というのが当店の方針ですがね」

「そんなこと言ったたって、いつかはやられるよ。とにかくこの前のやつは仙台《せんだい》へ出かけたら、駅へ出迎えに来ていやがって、まあまあとバーへ案内され、ビール三本飲まされてサヨナラよ。ひでえ目にあった」

「池本竜《いけもとりゅう》という男でしょう。あれは有名ですよ。ひっかかった方がわるいんです」

「まあ、結果論を言っても仕方がない。とにかく、八戸の件は何としても解決しなけりゃ。こっちも意地だ」

「八戸といえば、最近どこかで聞いたことがあるなあ」

右隣りの有文《ゆうぶん》書店が仲間に入ってきた。若いときは威勢のよい振り座をつとめた人だが、四十過ぎに大病を患っていらい、すっかり勢いをなくし、現在の店は番頭の力に頼っている。

「どこで聞きました?」創文堂は、やや耳の遠い相手に向かって大声で訊《たず》ねた。

「いやあ、それがどうも思い出せなくてね」有文書店は細く甲高い声で応じた。「とにかく、八戸というのは、だれかから聞いたよ。やはりかなりの冊数をやられたそうだ」

「とにかく臭いな。何かが匂ってくる」創文堂は楊枝《ようじ》をくわえると、天井の一点を睨《にら》んで考え込んだ……。

須藤が店に帰ってきたのは八時過ぎである。表のシャッターはすでに降りていた。裏口のエレベーターで五階へあがると、大家《おおや》の小高根閑一が独酌を楽しんでおり、孫の俚奈がテレビに見入っているところだった。ほとんど毎晩のように見慣れた光景である。もっとも、俚奈はこのところ夜遊びがふえ、週のうち半分は夜半に車で帰ることが多くなっていた。ボーイフレンドに送ってもらっているようだった。

「夕方、あれからゲイが来たわよ。家にある本を売りたいんですって。トラックで来てくれって」

「ほう、そいつはありがたいな。いつとは言ってなかった？」

「電話くださいってメモはお店にあるわ。あ、それからね、あの人、やたらにオバンのこと聞くのよ。いやらしいったらありゃしない」

「オバンって？」

「また、とぼけるゥ。あなた好みのよ。今日大サービスしちゃった、あのオバン。中年好みなのかしらねえ」

「何か聞いていたか」

「それがもう大変。この店にはよく来るのかとか、ご主人とは知り合いなのかとか。好敵手が現われたわよ」

「へえ、あいつがねえ」

「いやらしい。両刀使いなんて！」

「こらっ」さすがに祖父の閑一は大声でこの現代っ子の孫娘を叱ったが、相手は馬耳東風、テレビの方に向き直ってしまった。

ゲイというのは、書肆・蔵書一代にとって比較的初期からの顧客の一人である。名は北見《きたみ》圭司《けいじ》という。耳が大きく、顔色が変にピンク色のところから、最初孫悟空《そんごくう》という渾名《あだな》がついていたが、あるとき古本屋の一人が荻窪《おぎくぼ》の小さなゲイバーをひやかしに出かけたところ、そこの常連であることを発見し、いらい蔭で「ゲイ」といわれるようになった。年齢は三十四歳ということが、身分証明書でわかっているが、何の仕事をしているのか誰も知らない。住所はたしか世田谷であった。

いつもきまって週の前半にやってきて、雑本の山の中から、ちょっと内容が固い教養書、たとえば『ルネサンスの画家たち』『文字と絵の古代史』といったものを選んで買っていく。あるとき、青い風呂敷に四、五冊の本を包んで持参し、

「これ、お金になりますか？」

と差し出した。須藤が開いてみると、菅竹浦《すがちくほ》の『近世狂歌史』、酒井《さかい》欣《きん》の『日本遊戯史』

といった、歴史書としては定評のあるものばかりだったから、少し高目に買い、

「この手の本があるんですか？」

それとなく聞いてみた。意外にも、

「ええ、たくさんありますよ」

という答えで、それから月に一度ぐらい、同程度の本を持ち込んでくるようになったのである。あるときたまたま店にいた俚奈の大叔母（閑一の三つ下の妹だから、もう相当の年齢である）が、

「あの風呂敷は紋付きで、そこらにあるものとはちがう。どこかいいところのお坊ちゃんではないか」

と、言い出した。そういえば須藤も風呂敷の隅にある紋に気付いていたし、持ってくる本がほとんど戦前の、しかも保存のよいものばかりなのが気になりだしていた。いずれ、父親か何かの蔵書を持ち出しているのだろうが、無断とはいえ、すでに三十歳を過ぎている者のやることだから、責任は当人が負うべきである。

「お父さんの代からの蔵書ですか？」

須藤が何気なさそうに問うと、

「ええ、まあ」

と、曖昧に答えるが、受けとりようによっては半分だけ肯定しているので、構わないだろ

うと、これまで須藤はかなりの点数を買上げていた。はじめ身分証明を求めたとき、車の免許証を出したので、問題なくパスしたが、

「お勤めですか?」

それとなくさぐりをいれても、照れたように、

「ええ、まあ」

というだけなので、それ以上の追及はしなかった。うるさがられて、大切な顧客を失うことはない。

そのほか、例のゲイの噂などもあり、須藤の脳裏にはいつも北見圭司の名がひっかかっていた。一度などは階下の喫茶店からコーヒーをとって、気分をほぐして話を聞き出そうとしたのだが、肝腎の点になると話を逸《そ》らされてしまう。寡黙というに近く、自分の意見をほとんど口にしない。たとえば、何かへの興味とか、世の中の動き、流行に関する話題もない。とりたてて鈍いのではないが、知的趣味をもっている人特有の軽快さがない。

「こんな面白くもない、話相手ははじめてだ」

須藤はそう思ってから、通り一遍の相手しかしなくなったが、しかし、頭のどこかに警戒の念が働いていた。たとえばこの男、服装は目立たないが、何となく高価なものを身につけている。あるとき椅子に腰かけさせて、ふと気づいたのだが、ズボンの下から覗《のぞ》いて見える靴はどうもイタリア製の最高級品らしかった。腕時計も見るからに高価な輸入もののファッ

ション時計である。筆記具にもなかなか一家言あるとみえて、最初の買入れのとき確認票を差し出したとき、内ポケットから出したのはシェーファーのノスタルジア・バーメイルだった。こうしたものと、家紋つきの風呂敷などという奇妙なとり合わせが、須藤を悩ませるのである。

そのような男が、いよいよ正体を現わした——というのが、須藤の正直な感想であった。これまでも住所を頼りに、家の外観なりとも見ておきたいと思ったことが一再ならずあったが、まさかそこまですることもあるまいと躊《ため》らっていたのである。それが、先方から来てくれというのだ。願ってもないことだった。

店に戻り、カウンターに残されたメモを見てダイヤルを廻すと、

「はあ、もしもし」

と間延びした老女の声がした。

「北見さんですか」

「はあそうですが」

「圭司さんいらっしゃいますか」

「どちらさまですか」途端に老女の声は警戒色を帯び、一瞬ピリピリしたものが伝わってきた。

「神田の須藤という本屋ですが、圭司さんから電話をくださいといわれまして」

「はあ？　圭司さまが？　坊ちゃまはいま……」

急に老女の声が遠去かり、ボソボソ低い話し声が伝わってきた。かたわらに何者かいるらしい。それから急に大きな声で、

「あ、坊ちゃまでしたら今日はお帰りです。少々お待ちくださいませ」

今日はお帰り……というのはどういう意味なのだろう。須藤は顔をしかめて考えこみながら、電話の傍に落ちた煙草の灰を指先で払いおとした。

「もしもし」圭司の声が聞こえてきた。ことさら声を低めているようすなので、須藤も調子を合わせた。

「やあ。ちょっと用があって、申しわけありません。何か本がおありとか？」

「そうです。明後日来てくれませんか？　二時ごろがいいんですが」

「分量はどのくらいありますか」

「さあ、車いっぱいぐらいかな」

「車って、ライトバンですか、トラックですか」

「トラックがいるかなあ。それも一台じゃどうかなあ」

「そのへんがはっきりしないと、こちらも準備がありますから。ライトバンなら、うちのを使えるんですが」

「……」

「とにかく、一度伺って、現物を見せてもらいたいですね」

「それでいいです。しかし、早くしてください」

「わかりました。では明後日」

須藤は受話器を置くと、しばらく考えていたが、ふと思いついて、雑本をおさめてある抽出しから古い紳士録を取り出した。

3

その翌々日、須藤が俚奈と交代に昼食へ出ようとしていた時、電話が入った。

「オバンからよ」俚奈がとりついだ。

「ばか、聞こえるじゃないか」須藤はあわてて電話口をふさいだが、もう遅かった。

「もしもし、そりゃあ、たしかに私はオバンですよ、けどねえ…」風光明美の、中《ちゅう》っ腹《ぱら》の声が聞こえてきた。

「すいません、本当に。礼儀を知らないものですから。先日はありがとう存じました」

「まあ、本音をいってもらった方がいいわね。ところで用件ですけど、あれはなかったことにしてほしいの」

「はあ?」

「ほら、本の探偵よ。あれはもう必要なくなったの」

「見つけたんですか?」

「いいえ。気が変ったの。もう要《い》らなくなったのよ。おさわがせしました」

「本当によろしいんですか?」

「いいんです。じゃ、さようなら」

電話は有無《うむ》を言わせないという調子で、一方的に切れた。

「だいぶ悲しいお顔ね」俚奈がとぼけた顔で窓の外を見た。「雨が降るのかしら」

「バイトが口を出す分野じゃないだろう。じゃ、頼むよ」

曇って生暖い日だった。須藤は近くの中華料理屋で焼ソバを注文しながら、今の電話について考えていた。

この八か月に、もう六十件以上も探求書の依頼があった。時には、苦心して見つけても、「一足ちがいで入手したから、もういらない」と言われたこともある。しかし、いったん注文した本を、三日目に取り消して来た例はなかった。「気が変った」というが、広告を切り抜いてくるような客は、かなり強い動機をもっているといってよく、そう簡単に気が変るということは考えられなかった。それも高価な初版本や限定本なら、金の工面がつかなくなって取り消すということはありうる。しかし、戦前の動植物の本などは、探している本人にしか意味がないもので、値段といってもタカが知れている。

また、放っておいて、出物があったら引き取れば目立たないものを、わざわざことわってくるというのは、ずいぶん拙劣なやり方である。風光というのは頭のよさそうな女性であったが、そのへんの計算もできないのだろうか。

須藤は焼ソバを大急ぎで食べ終ると、財布の中のキーを確かめながら外へ出た。今日は北見の家へ仕入れに行かなければならない。

一昨夜、十年前の紳士録を開いてみたところ、北見姓は二人が登載されていたが、一人は福井県の人で、無関係のようだった。しかし、もう一人は住所が世田谷であるところから、圭司に縁のつながる人物である公算が大きいように思われた。


――北見義秀　㈱北見商事会長、㈱北見林業社長、[籍]群馬県、[生]明35 6 27、[学]群馬師範、[歴]北見商会入社のち父業の北見林業継承、[家]妻やす（明37 5 16）長男仁久（大13 3 23生北見商事社長）次男征人（大15 1 10生北見財団理事）――。


北見圭司は、この仁久《ひとひさ》と征人《まさと》のいずれかの子とすると、年齢的に仁久の子である可能性が強い。それにしても、一族でいくつもの会社や組織をがっちり固めているという感じである。

興味深いのは家長である義秀《よしひで》の経歴で、師範を出ながら父業の商会へ入社している。当時師範出身者は兵役を免除されたかわりに、よほどのことがなければ同じ府県の教師を勤めなければならなかった。逆にこれを利用して、地方の素封家《そほうか》の中には、わが子を兵隊にしたくないため、わざわざ師範へ入れるという例もないではなかった。

「これで、当時の蔵書がある理由もわかったぞ」

須藤は古本屋らしい結論を出すと、高速三号渋谷《しぶや》線を西に向かった。

世田谷は道が入りくんでいて、ドライバー泣かせである。たっぷり時間をとって行ったのに、目的の場所に着いたときは二時をまわっていた。地図で見当をつけたあたりに、大谷石《おおやいし》の高い塀が張りめぐらされていた。門前で駐車して呼鈴を鳴らすと、ややあって小柄な金壺《かなつぼ》眼《まなこ》の男が出てきた。

「何だね」

「神田の須藤ですが、圭司さんとお約束して参りました」

男は無言で須藤とライトバンとを交互に、うさん臭そうに見くらべると、

「裏へ回れ」

と言った。須藤はムッとしたが、古本屋稼業を始めてからこの種のことは多少経験があるので、黙ってライトバンを移動させた。

ところが、そこは一方通行で、すぐ裏通りへ入ることができない。いったんバス道路へ出て、迂回《うかい》して戻ってくると間違った道へ出てしまい、三十分近くもそのへんをぐるぐる廻っ

てしまった。ときおり北見家の大きな庭木が眼に入るのだが、どうしても接近できない。

ようやく、「北見家勝手口」とある裏門にたどりついてインタフォンを押したが、なかなか出てこない。須藤は溜息をついて汗をぬぐった。

アメリカのパソコン・ゲームとして有名なものに「クランストン荘《マナー》」というのがある。風変りな老人がゴシック風の家のあちこちに、宝物をのこして死ぬ。それを探しあてるというゲームだが、絵が四百枚も入っていて、適切な命令を出さないと次へ進めない。第一、広大な塀に守られたクランストン荘へ入ることじたいが容易ではない。

須藤もいま友人からそのゲームのディスクを借りて、夜半に水割りをチビチビやりながらチャレンジしているのだが、二か月もかかってまだ半分も進めないでいる。

「北見荘もなかなかのものらしいな」

彼がそう呟《つぶや》いたとき、足音がして木戸が開き、老女が顔を覗かせた。一昨日の電話の主らしかった。

黙ってついて行くと、右手に枝折戸《しおりど》があり、木立と石を巧みにあしらった大きな池がある。それを三方から廊下が囲んでいるという格好になっている。

「坊ちゃま」

老女が不快な、甲高い声で呼ぶと、障子の一つが開いて圭司が出て来た。

「やあどうも。遅れましたね」

「いやあ、道がわからなかったもんで」

「そこからあがってください」

靴脱ぎの石をさした。

「お邪魔します」

年代を経た檜《ひのき》の廊下である。一歩室内に入ると、そこは二十畳ほどの和室で、中央にトルコ風の絨毯《じゅうたん》が敷いてあり、すばらしい一枚板の和机が置いてある。

「まあ、お坐り下さい」

いわれて須藤は座蒲団を二つ重ねた籐椅子に腰かけたが、至極安定が悪い。

「すごいお宅ですね」

「いや」

「……この机は何ですか？　樫？」

「桑です。車、どのくらいの大きさですか」

「ライトバンです。手配がつかなかったもんでね。よければちょっと見せてくださいよ。案外、ライトバン一台で積めるもんですよ」

老女が茶をもって入ってくると、無表情に一礼して去った。

「静かですね」須藤はぬるい茶を飲んでから言った。「シーンとしてる感じですね」

「そうですか」

「ふだん住んでる人は気がつかないが、ぼくらのように都心にいるとね。クルマの騒音に耳が慣れてしまっているから……」

「……」

圭司は、そうした話題には関心がないようで、相槌をうつでもなく、どこか上の空の表情で桑のテーブルを指先でコツコツと叩いている。須藤はふと、遠くの方で読経の声を聞いたように思った。

「お坊さんですか？」

「え？　いや、何でもないんです。それじゃあ、本を見てもらいますか」

いかにもとってつけたようにいうと、籐椅子のうしろへまわりこみ、背後の唐紙を開けた。須藤はそこが隣室への出入口かと思っていたが、意外なことにそこは押入れになっていて、びっしりと古い本がつまっていた。背表紙がこちらを向いているものは一冊もないが、紙のようすから、すべて戦前の本という見当がついた。

「ずいぶんありますね。見せてもらいますよ」

須藤は左上の二、三冊を手にとったが、それが『日本史籍協会叢書』の中の『一条忠香日記抄』や、『古典保存会複製書』の『水言抄』だったので、しめしめと思った。

「揃ってるんですか？」

「さあ、それはちょっと……」

「いいですよ。みんな頂いていきます」須藤はジャンパーのポケットから、ビニール紐の一巻きを取り出した。

4

「いるかね?」

須藤が入っていくと、石上《いしがみ》書店の若い店員は黙って奥を指さした。

あるじの石上卓二《たくじ》は奥の窓際にある小机の横に坐って、和本に見入っていた。周囲は立錐《りっすい》の余地もない雑本の山である。

「また釣の本ですか」

「また、はないだろう。これなんざ、少々自慢してもいいもんだと思うね」

「『釣客伝』ですか。釣マニアの伝記ですね」

「と思うだろ。そこがシロトの浅ましさ。まあ見てごらん」

「江之島鰺鯖之釣方之事、金沢蛸釣之事……これは釣のハウツーものですね。『第一番には時候なり、釣人の心得は時候日並なり』。日並って何です?」

「今日は日並がよい、などというだろう? お日柄のことだよ」

「なるほど。いつごろの本ですか」

「天保時代のものだ。内閣文庫や日比谷図書館にもあって、国書刊行会本にも入っているから、内容は珍しくないが、この写本はちょっと古そうだ」

「しかし、この手の本には弱いなあ。さっぱり見当がつきませんよ」

「学者も弱いと見えて、『国書総目録』にも〝伝記〟に分類してあるよ」

「あの目録はアテになりませんからね。ところで、今日は魚の話じゃなく、狼や熊の話なんですがね」

「狼?」

「ほら、『動物記』という本があるでしょう? シートン作、内山賢次《うちやまけんじ》訳のシリーズですよ」

「ああ、うちにいくらでもあるよ。それがどうした?」

「あの本の戦前版というのがあるんですか?」

「いま店にもワンセットあるよ。おーい、高木《たかぎ》君、『動物記』の戦前のやつ、出してくれないかな」

「四冊本ですか」店員が念を押した。

「そうだ」

店員が紐でくくったものを持ってきたのを見ると、なるほど四冊である。

「これで揃いですか?」須藤は、B6判四百ページほどの厚さのものを見ながら言った。

「たしか六冊じゃなかったですか?」

「いや、四冊——まてよ、最近うちで五巻目を見つけて売ったことがあったっけ」

「ちょっと待ってください。頭が混乱してきた。整理してみましょう。ぼくが六冊というのは、『明治・大正・昭和翻訳文学目録』に出ているのを根拠としているんです」

「ああ、あれかね。それもシロトの浅ましさ。ちょっとこの本のうしろを見てごらん」

「『動物記の刊行について』というところですか。ほう。出てますね。〝既刊『動物記』六巻は数十巻に余るシートンの著作からその粋を抜いて集成された。……小社はここに全巻に亙《わた》って訳者の改訂を仰ぎ、全四巻に版を改めて、更に広く全国の読者層に見《まみ》えんとする〟——なるほど、全六巻本のあとに四巻本が出ていたわけか。ところで、その五巻目というのは何です?」

「古本屋って、本当に経験が大事ですね」

高木という若い店員が応じたので、須藤は思わずその顔を見た。若いといっても、三十は過ぎているから、高卒で十年以上のキャリアはあると思ってよい。そろそろ古本のこわさというものがわかり始めるころだ。

「つまり、五巻目が出てきたということだね?」

「そうです。一か月ほど前でしたか、戦中の本がまとまって出た中に、『動物記』の第五巻が紛《まぎ》れ込んでいたんです。正直言っておどろきました。四巻と教えられていたし、今まで五巻は見たことがなかったもんですから」

「同じ体裁でしたか」

「全く同じです。ペラペラのカバーがついて、鹿の図案も共通です。色はオレンジ色だったかな。ここにある四冊は、一巻だけカバーが残ってますが、ブルーですね。これがオレンジ色でした」

「いつの発行ですか」

「待ってください。手帳に書いてありますから。ええと、昭和十九年の二月二十日初版で、三千部、頒価三円二十銭です。ほかの巻とちょっとちがうのは、フィクションでなくて『北氷草原紀行』とサブタイトルがあることです。〝本体、扉とも他の四冊と異なる〟とメモしてあります。たしか表紙は麝香牛《じゃこううし》の図柄でした」

「他の四冊は狐のようですね」

「全くちがいます。私の考えるところ、『北氷草原紀行』は一種の増刊で、戦争の末期に刊行されたため普及しなかったのではないでしょうか。この種のものは、ご存じのように、探すつもりなら出てくる可能性もありますが、高価な限定本や初版というものでもないので、無関心のまま、正確な書誌も作られないで終ってしまうんです。訳者も、調べてみるとぼくの卒業した年、一九七一年ですかね、ちょうどその年に亡くなっているから、なおのこと、わからなくなってしまうんです」

「そういえば、石井研堂《いしいけんどう》の『増補改訂明治事物起原』だって、たしか昭和十九年の十一月、十二月などという、悪い時期に出ていたっけ。三千部よりは下りますよ。それなのに、資料ものとして大切にされるから、先ごろまでよく出回りました。翻刻されましたがね」

「要するに一部の人しか関心のない本の中には、知られざる珍本があるということですね」

「〝一部の人〟といえば、その第五巻は誰が買っていったんです?」

「矢口彰人《やぐちしょうじん》ですよ」

「というと、あの足の不自由なお爺《じい》さん、まだ元気なんですか?」

「いや、どうですか。このごろはもう外へ出られないようですね。うちの目録を見て、注文をくれたんです。年に二、三回は必ず注文をしてきますよ」

「まだ集めてるのかなあ」

矢口彰人というのは、十年前まで古書界の名物であった。真白な蓬髪《ほうはつ》をふり乱し、黒っぽい頑丈なステッキをついて、古書街を蹌踉《そうろう》とさまよう姿は、一種鬼気迫るものがあった。須藤はまだ愛書家だったころ、百貨店の即売展でこの老人と隣り合わせたことがあるが、垢《あか》じみた赤黒い上衣《うわぎ》の肩に雲脂《ふけ》がいっぱいこびりついているうえに、猛烈な体臭を発散させているのに辟易《へきえき》し、あわてて傍から離れてしまったのを覚えている。

当時すでに七十歳ぐらいだったであろうか。痩せて土気色の顔には深い縦皺が刻まれ、歯もほとんどないようで、発音もきわめて不明瞭だった。須藤はたまたまこの老人が買物しているのを遠くから見ていたが、店員になかなか言葉が通じないのに腹を立て、ステッキでなぐりかかるのを眼にして、「これは大変な人だ」と思った。

興味をもって知り合いの書店に尋ねてみると、この矢口という老人はじつに奇妙な存在であった。持っているステッキには、握りのすぐ下のところに線が引いてあって、その高さになるまで本を買わないと帰宅しないというのである。

身体が不自由だから、本は自分で持ち帰れない。すべて運送屋に届けさせる。とりあえず各店で買い入れた本の高さを白墨で記しておき、積算の合計が握りの目印のところに達すると、苦虫を嚙みつぶしたような表情にいくらか和らぎが生じる。つまり、彼としては唯一のご満足の瞬間なのである。

思うように本が集まらない時は猛烈な不機嫌になり、歩道の真中をガニ股で「そこ退《の》け、そこ退け」という調子で左手をふり回しながら歩く。体格のよいガクラン姿の学生でさえ、薄気味悪いのか、避けて通る。

こうして三日にあげず古本街へ通っていたのだが、だんだん体が衰えてきて、何軒も店を回ることが不可能になった。すると、あくまでノルマであるステッキの目印にこだわって、足りない分を新刊書で補おうとし、夕方になると三省堂《さんせいどう》あたりへとびこみ、婦人雑誌であろうが小説雑誌であろうが、とにかくツカの張るものを手当り次第に買い込む。

ビブリオメイニア（書狂）という言葉があるが、この老人の場合はどうやらビブリアラトリ（狂信的書籍崇拝者）のようであった。とにかく本の形をしていればよい。

「いったい何者だろう」

誰しも思うのは当然だが、古くからの書店主でも、その正体を知る者はいないようだった。いや、知っていても口をつぐんでいるという様子が窺われた。

須藤がある書店主から聞いたところでは、老人が現われたのは戦後数年目からで、当時ようやく人気を回復しつつあった古典籍や明治期の資料ものを少しずつ買っていた。当時はまだ四十歳台半ばの一見町の学者風の人物に見えたが、話しかけてもろくに返事もしないので、どこの何者とも知れず、そのうち本を運送屋に頼むようになって、はじめて練馬《ねりま》区S町に住んでいることがわかった。

ところが、

「当店の車でお届けしましょうか」

と、問うと、

「いや、おまえらは来んでいい」

とニベもなく断わる。一度、ある書店が気をまわしたつもりで本を届けたところ、

「ここはおまえらが来るところではない。帰れ」

と、怒鳴られた。その本屋は大ムクレで、以後老人が立ち寄ったあとは塩をまくようになった。

矢口彰人というより〝ステッキの爺い〟で通っていたが、十年ぐらい前から足腰が弱くなったのか、姿を見かけなくなった。最初のうちは、

「あの爺い、このごろどうしてるんだろう?」

と気にかける者もいたが、何しろ人間味のある接触をした者が一人もないというわけで、忘れ去られるのも早かった。古書店で働く者の世代交代も激しいし、昨今では全くその存在を知らない者の方が多くなっている。

「そうですか」と須藤は言った。「あの爺さんの執念が、この店にこびりついていましたか」

「いやなことを言わないでくださいよ。それでなくても、あの人の注文書は気味が悪いんですから」

「どんな注文書です?」

「よく盛り場なんかで、蛇《へび》の絵を一筆で書いてしまう芸人がいるでしょう。鱗《うろこ》なんかリアルに再現してね。あれと同じような筆使いで、くねくねとのたくるような字を書いてくるんですよ。ハガキ一枚に大きな字で、『動物記』五、急送——なんて書いてくる。人を小馬鹿にしているというより、無気味ですね」

「私はね」と、あるじの石上は言った。「あの人にはなるべく関わらんようにしてるんだ。釣の本の注文がくると、ハガキに一言『品切』と書いてやるんですよ」

「いやにお宅をマークしているようですね」

「うん。私も不思議に思ってるんだ。昔は歴史ものや史料など集めていた本格的な収集家が、なぜ釣や動物の本を集めるようになったのか。まあ、婦人雑誌なども手当り次第に集めていたっていうから、その延長で、要するに本なら何でもいいんだろうけどね」

「その矢口というのは、本を売るようなことはしないんですか」

「さあ、知らないね」

「三十年間といえば一世代ですよ。その間、量だけを目的に買いまくったら、膨大な蔵書というか、本の山でしょう」

「そういうことになるね。とくに昭和三十年代にはいい本をしこたま買いこんだらしいからねえ」

「古典籍なんかもあるんでしょうか」

「明治古典会などで何度か見かけたことがあるから、ある程度は持っているかも知れんね。しかし、ケチで値切り専門のようなところがあるから、いいものを競い合う段になるとどうかな。あの人のところへ善本がおさまったという話は聞かないね」

「どこから金が出るんでしょうね？」

「さあ、親の代からの隠し財産でもあるんじゃないの。それでなけりゃ、いまどき無職で本を思う存分買えるはずがないよ」

「文筆家って電話帳には書いてありますよ」店員が言った。

「え、電話帳に載ってるの」

「あたりまえでしょう。いま電話のない人を探すほうが大変ですよ」

「そうだね」

「手帳に控えてあります。これです」

「ちょっと、ここの電話借りていい？」

「どうぞ」石上が言った。「しかし、変なイタズラはしない方がいいよ。相手は奇人だからね」

須藤はダイヤルを回した。呼出音が二回、三回と鳴った。四回、五回、六回……。

彼があきらめて受話器を置こうとしたときだった。突然、呼出音が途切れた。

「もしもし」須藤は言った。

答えがない。

「もしもし、矢口さんですか」

「……」

「神田の本屋ですけど。矢口さん、いらっしゃいませんか」

「……」

「もしもし、聞こえませんか？」

須藤はそう叫んで、じっと耳をすました。明らかに電話はつながっている。のみならず、かすかな息づかいが聞こえてきた。それは、おそらく騒音の多いオフィスなどでは聞こえないほど、かすかな気配であったが、そこに何者か、あるいは〝生きもの〟がいるのはまちがいなかった。

須藤は、声なき相手が、動物のような敵意を抱いているのを感じ、反射的に電話を切った。

5

その夜、須藤は大家の小高根閑一と焼酎を酌《く》みかわしながら、にが笑いした。

「急に子どもの頃の経験を思い出しましたね」

「戦前、近所に電話のある家はほとんどなく、ましてや友だちの家にもなかった。ぼくは自分の家にある電話が鳴らないのも、使えないものと思いこんでいたようです。そのころ、ぼくは小学校の一年になったばかりで、会社員だった親父は病死して何年か経ってましたから、もう会社や友人から電話がかかることはほとんどなかったわけです。ところがあるとき、一人で留守番をしている最中に、その電話がリーン、リーンと鳴ったんですね。こわかった。何しろ電話口でしゃべったことがないんですから。ベルはいつまでも止まりません。早く止まってくれと、耳に栓をして、こんな風にちぢこまっていたんですが、いっこう止まない。

とうとう勇気を奮って、おそるおそる受話器をとりました。相手は『もしもし?』と怪訝《けげん》そうな声で呼びかけているんですね。こちらは、受話器のどちら側に耳をあてたらいいかということすら知らないんですから、とにかく離れたところから相手の声を聞いているんです。蛙《かえる》のひきつぶされたような機械音をね。そのあと、どうしたか忘れてしまったけど、何か一声叫んで受話器を置いてしまったような気がします。今の子どもには想像もできないでしょうがね」

「わしも十二のとき田舎から出てきて、商家に奉公して、電話というものを知ったんだがね。たしかに気味が悪かったね。それに、早口の標準語ということもあって、全く聞きとれんのには往生した。電話恐怖症から抜け出るのに、三年ぐらいかかったもんだよ」

「それはそうと、矢口家の電話に出たのは、絶対に爺さん本人だと思いますがね。なぜ一言も発しなかったのか」

「電話をこわがる事情があったとみるべきだろうな」

「幼児に回帰して、リーンとなると恐怖を感じるというのですか」

「さあ。考えてみると、ステッキの高さだけ本を買うようになったころから、非常におかしかったわけだ。それがこの十年、だれも姿を見てないいんだからね。どうなってるのか」

「一人暮しですか」

「わしの記憶では、奥さんはとっくに亡くなって、ずっと鰥夫《やもめ》ぐらしだということを聞いたことがある」

「そうでしょうね」須藤は、老人の強烈な体臭と雲脂を思い出した。それだけで酒がまずくなってきた。

「ふしぎな人だったな」小高根は何かを思い出そうとして眼を細めた。「この店がまだモルタル造りのころだ。杖をついてよく立ち寄ってくれたもんだ。帳場にこうやって積み上げると、ポケットに入れたチョークで杖に目印をつけるんだな。そのころ家にいた番頭が思わず笑い出したら、『こいつ、何がおかしいっ』て、いきなり杖でなぐりかかった。わしより十歳以上年上だが、こわい爺いだった」

「はじめて来たのはいつごろです？」

「さあ、昭和二十五、六年か、三十年ごろじゃなかったかな。そのころ、神田がちょっと沈滞したことがあってね。新聞などに中央線沿線にお株を奪われた、などと面白半分に書きたてられたもんだ。とにかく、揃いものを買ってくれる客はありがたかった。はじめてうちへ来たとき、『日本農民史料聚粋』の七冊揃いを、たしか三万円に値切られた。ほかの店でも買物したらしく、大きな包みをもっていたから、『持てますか。着払いで届けましょうか』といったら、『余計な心配するな』と怒鳴られたので、よく覚えているよ」

「当時の三万円というのは、ええと、サラリーマンの初任給の五倍ぐらいかな」

「わしはサラリーマンやったことないから知らん。とにかく、三万円、五万円といった高価本をどんどん買った。そのころ、学校図書館も動き出していたから、個人で資料ものを買うとなると競争になる。どこの店でもやたらに目録を出していたころだが、あの人は注文が重複して抽選になったと聞くと、『その一ページ、全部買い切るっ』と怒鳴るんだな。日本研究の外国人などがよく使った手だがね」

「どこからそんな金が出たんでしょうね」

「世の中には、自分の過去を全く語りたがらない人もいるからね。性分にもよるが、なにか後ろ暗いところがあったりすると、前歴をかくす。まあ、本屋街を歩きまわって、顔をさらすような人に悪人がいるとは思えんがね。ただ、どこかの地方で学校の先生をやっていたという話を聞いたことがある」

「先生をやっていたとすると、教え子が社会に出ている筈だから、どこかで情報が入ってくるもんでしょう?」

「そういう理屈になるがね。しかし、小・中学校の先生になると、教え子のほうは忘れるからね。とくにその先生が非常に面変《おもがわ》りしているような場合は、だ。古書界にも先生あがりの人はいるが、背広を脱いでジャンパー姿になって古本の棚を背にしちまうと、まず気付かれないというからね」

「なるほど」須藤は自分の体験から相槌をうった。脱サラ後、開店したことを特に従来からの知人に報告しなかったにしても、すでに数年が経過しているというのに、誰一人出会わなかった。異なった世界に入ってしまうということは、そういうことなのだろうか。

「最近は古書を集める人がふえているがね。しかし、学生時代から社会人になっても神田へ通ってくる人は例外だ。それはたしかに、比較的安い本をコツコツ買ってくれる一般の愛書家もいるが、ごく普通の意味で愛書趣味を持っている人、あるいはコレクターというと、どうしても限定本や珍本を収集することになる。そうすると金もかかるので、医者とか弁護士とか、どこかに家作でも持っている人とか、中小企業の社長とか、まあ範囲が限られてくるわけだ。ところが、うちのような資料ものの店になると、学校や図書館関係者が多くなる。ちょっと傾向がちがう。つまり、一階から三階までの客と、あんたのいる四階へ行く客には、一見してちがいがわかる」

「矢口彰人は個人で資料ものを集めていたんですね」

「歴史とか民俗、考古学といったところには、趣味的な研究家が多いんだね。しかし、最初のころはかなりいいものを選んで買っていたなあ。歴史の先生でもしていたんじゃないか」

「穏当なところですね」

「とにかく、小・中学の先生なら公職だから、参考資料を見ればわかるだろう」

「調べてみましょう」

「また、本の探偵かね？」

「いや、これは別口です」

「矢口彰人の本を狙っているという点では、わしも同じだよ」

閑一はコップを空にすると、背後の壁によりかかった。

「いやあ、そうだったな。考えてみりゃ、そういうことですね。もし矢口彰人が、蔵書を全然売ってなければ、仕入れた本屋は蔵が建つ筈ですから」

「大コレクターというのは、年々少なくなってるからねえ。このへんの連中だって、みんな忘れたような顔をしているが、彰人を狙い目の一つにしていることはたしかさ」

「本の探偵なんて、ちゃちなことやってる者が敵《かな》う筈はないですね。ところで、まだ居睡りしないでくださいよ……もう一つ聞きたいことがあるんです」

「何だい、早くしてくれ」

「北見義秀という名を聞いたことはありませんか」

「知らんね。……いや、それは何かの本の著者かね？」

「いいえ、その可能性もあるけど、現在はちがう方面の人です」

「さあて、戦時中の本に、そういう名の著者を見かけたような気もするなあ。わしも十年前までは、コツコツ手づくりの目録を作っていたからね。しかし、もう忘れた」

閑一はすでに禿頭まで真赤になって、面倒くさそうに眼をつぶった。須藤は独酌で瓶の残り分を片付けると、閑一の胸のところに上衣をかけてやった。俚奈は、今夜も遅くなるのだろう。

6

二週間後の水曜日、須藤は風光明美に電話を入れた。

この電話探しはちょっと手間どった。先日の買受票にうっかりして電話番号を確認しなかったし、当人も書くことを避けたふしが見られるので、まず電話帳を探したが、出ていない。

住所は中野区M町の三―四―一―一〇三となっているが、この表示は公団かマンション住いの人がよくやる方法である。

須藤は『日本住宅地図』の一冊を取り出した。これは各地域別に細分化された住宅の地図で、国会図書館の地図室には全国のものが揃っている。須藤は古書市などで入手の機会があると、東京およびその近郊の分だけは、商売道具として揃えることにしていた。ちょっと古いものなら、会社や図書館が廃棄するため、よく市場に出るのである。

目的の番地には公団住宅もマンションもなかった。しかし、小さなアパートが一軒あり、五人の名が記されていた。その五人の名を順次電話帳で引いていったが、一つも見当らなかった。どうやら、管理人の一室にだけあって、大家の名義になっているらしい。

須藤はその隣家の四、五軒の電話を片っ端から調べたところ、村田《むらた》という家があった。ためしにかけてみると、アパートの持主と知れた。子供が戦死して、いらい三十数年間一人暮しの未亡人ということだった。

遠い親戚の者だが、至急連絡をとりたいと言うと、管理人室の電話を教えてくれた。しかし、風光明美は留守だった。

「いつも何時ごろ帰りますか」

「さあ、たいていは七時ごろには帰りますけどね。帰らない日もありますよ」

「というと、夜じゅう帰らないんですか」

「そうですよ。日曜はほとんど居ません。何してるんでしょうかね」

「電話してくれと伝えてください。大切な用があるとね」

「いいですよ」

管理人はうるさそうに言った。

だが、風光明美からの電話はなかった。二日後、須藤は車で出かけていった。夜間に行くのはいろいろな点で賢明ではないので、四時ごろに着くようにした。

管理人である中年の男は須藤の顔と、手にした菓子折とを見較べていたが、

「金曜日だからね。たぶん帰るでしょう」と言った。

「ふつう金曜日だと遅くなる人が多いんじゃありませんか」

「いや、どうも五日制の会社じゃないらしくて、目いっぱい働かされているようですよ」

「会社づとめですか、どのへんの会社でしょう」

ふつうの会社なら、国民健康保険でなく、単に健康保険の筈である。よほど零細なところなのだろうか。

「出版社っていうことですがねえ。身元に関することは大家さんじゃないと」

「帰ってきたら、私はここにいるから、電話してもらえませんか」

須藤はあらかじめ調べてきた中野駅前のビル内にあるレストランの電話番号を教えた。

……駅の近くに同業者が一軒あったので、そこで一時間ほど油を売ったのち、須藤はレストランへ入り、水割りを注文した。七時をかなり廻ったころ、ボーイが「お電話です」と知らせてきた。

出てみると、意外にも明美本人であった。

「いったい何ですの」

「詰問調ですね」

「遠い親戚なんてウソを言って」

「一番ウソらしいウソを使いました」

「しつこい人はきらいです」

「それでは電話を切りなさい。ただし、ぼくがどこまで知ってるか、興味がなければね」

「何のことです?」

「まあ、おじいさんのこととか……」

反応があった。一瞬の沈黙の後、彼女は言った。

「そこで待っていてください。私、食事まだだから、おごって頂くわよ。それから、時間は九時まで。いいですわね」

同じ中野といっても、彼女の居住地は西武新宿線のほうがずっと近く、国電の中野駅にはやや距離がある。バスを乗りついで来たのか、彼女が現われたのはそれから四十分もあとだった。須藤は車に乗りつけている人間の感覚を反省した。

一目見て服装を変えずにきたことがわかった。先日よりも一層痩せていて、目尻の皺が目立った。

「どうもお呼びだしして。やっぱり悪かったかな」

正直のところ、須藤はこの時、深入りを避けようという思いが、チラと頭をかすめた。

「いいんです。それより、早く何か食べさせてちょうだい」

彼女は大きなエビとサラダをたいらげると、コーヒーにプリンを注文した。須藤は、

「脈があるな」と呟いた。

「何ですって」

「いや。……あなたは独身主義者なんですか？」

「余計な質問をすると、すぐ帰りますわよ。そんなことまで調べたの？」

「最初から、保険証の中を覗いてしまいましたからね」

「ああ、私が芥川の本を見た隙にね。あなたって、小ずるいのね」

「だれでも、そのくらいのことはしますよ。ちょっと中を見れば、年齢も家族構成もわかるんですから」

「私の祖父のことはどうしてわかったの？」

「矢口彰人さんですか。『動物記』がヒントになりました。……ちょっと、水割り飲みませんか？　いけるんでしょう」

「けっこうです。時間を守ってください」

「それじゃ、早く片付けましょう」

須藤は『動物記』を追って矢口にたどりついたいきさつを手短に語った。

「でも、どうして矢口が私の祖父だとわかったんですか。姓もちがうし」

「昨年、ちょっとしたことで、ある調査代行業の社員と知り合いましてね。その男がいま独立して、いわばもぐりの仕事をしてるんですが、こうしたことは調査のうちに入らないほど簡単なんです」

「本の探偵って、そんなことまでするんですか」

「本をたどることは、人をたどることになります。まあ、ここまで来たんだから、恨まれてもしかたがない。ただ悪気じゃないんですよ。私も商売人の一人として、矢口さんの蔵書から目が離せないんです。そのへんのことは、感情ぬきに分かってもらえないと困る」

「感情的になったら、こんなとこに居ません」

「あなたは、どうも仕合せな人ではないような気がする」

須藤は相手の眼をじっと見つめながら言った。明美は何かを言おうとしたが、思いなおしてコーヒーを口に運んだ。

「戦後間もなく、おじいさんは離婚しておられますね。あなたのおばあさんにあたる方は旧姓の風光にかえって、娘を連れて矢口家を出た。十年前に亡くなられましたね」

「六十四でした」

「娘さんは風光あきといった。その方が終戦の年に十九歳で、五年目にあなたを生んだ」

「今でいう未婚の母でした。でも、そのころだから、カッコいいところは全然なくて……」

「三橋《みつはし》という人が認知してますね」

「……」

「それから、弟さんがいますね。あなたとは八歳ちがうのかな。この方については……おや、どうかしましたか？」

明美は須藤から眼をそらして、遠くのほうを見るような表情になった。テーブルの上から手を引っこめると、膝に置いて俯《うつむ》き、低い声で言った。

「ここを出ましょう。明るすぎます」

須藤はちょっとばかり慌てて立ちあがると、明美の椅子を引き、レジへ急いだ。中野は不案内である。よそへ行くか。

しかし、外へ出ると明美はピシリと言った。

「この近所にしてください」

「ちょっと待って」

夕方立寄った本屋に電話で事情を話すと、百メートルほど先にある、落ちついたバーを紹介してくれた。

「早く連れこんじまえよ。何をもたついてるんだ」本屋は嘲笑《あざわら》うように言った。

「そういうムードじゃないんだ」

須藤は苦笑して電話を切ると、目印だという洋菓子屋の看板を探した。

「ここまではお話ししたくなかったけど」と、明美はバーの目立たない隅に腰をおろすと、ブランディーのグラスを持ちながら、しかし、それに口をつけずに、ぽつりぽつりと語り出した。

「あなたのような穿鑿好きの人には、隠し立てすると、かえって刺激することになると思うし、それに、もしかしたら力を借りたいことも出てくるかも知れない。そう思って話します」

「何でも話してください。とくにおじいさんのことを」

「祖父はもう過去の人です」明美は硬い表情で言った。「それより弟のことが心配です」

「心配というと？」

「半年ほど前に家出したんです」

「ほう。なぜです？」

「家庭内暴力とでもいうのかしら。でも、ちょっと変っているんです。彰《あきら》という名であることはご存じでしょう？　この子が大変なおじいさんっ子なんです。祖父はもともと男の子が欲しかったのに、子どもが私の母一人しか出来なかったもので、孫に男の子ができると、それこそ溺愛しました。よくご存じのとおり、祖父は変り者です。けれど、孫をかわいがっているときは、ふつうのおじいちゃんでした。厳密にいうと、法律的には孫ではないわけですね。祖父が離別したつれあいの、娘の子ですから、縁は切れてるわけです。しかし、母はおそらく生活に苦しいころ、やはり肉親ですから、父親、つまり私にとっての祖父を頼っていったのだと思います。そのとき、祖父はすっかり彰がかわいくなってしまって、やがて一緒に住むようになったんです」

「ほう、そうするとあなたは矢口彰人さんの家の中を知っているわけだ」

「本のことでしょう」明美はフンと笑った。「それはもうすごいものです。そのころだって、書斎から廊下へ、玄関へとあふれていて、靴脱ぎ場の石の横に何万円もする本が無造作に積んであったほどですからね」

「それですよ、それ」須藤は咽喉がかすれてきた。「玄関にあるなんて、本物だ」

「本なんて、興味のないものにはバイ菌のようなもんですわ。やたらにふえるし、汚いし。つまり動かさないから、埃や虫がつくんです。家の根太《ねだ》は抜けてしまうし……。とにかく、毎日思っていたことは、こんな本、一冊もない方がどれだけせいせいするかということばかりでした」

「ぼくがお役に立てますよ」

「さあ、どうかしらね。そこに至るまでが大変でしょうね。今はちょっと考えたくないの」

「では後まわしにして、弟さんのことを」

「そうでしたわね。弟は小学生のころは優等生でしたが、中学へ入ったとたん、人が変わったようになりました。悪い友達とはつき合う、先生を殴って問題になる、とうとう祖父の本を盗んでは売りとばすまでになったのです。それでも祖父は孫かわいさに目をつむって、今から八年前まで、離家《はなれ》に私たち姉弟を置いてくれていました」

「練馬のお宅ですね」

「ええ。しかし、母が交通事故で死ぬと彰はいよいよ荒《すさ》んでしまって、私でもどうにもならなくなってしまったんです」

「交通事故?」

「そうです。夜中にタクシーに乗っていて、環状七号線で衝突事故に遭い、無惨な死に方でした。さいわいというか、死顔だけはきれいで……。母は子どもの口からいうのも何ですが、美人でした」

　須藤はただ頷いた。

「私は高校を出ると働きに出て、将来は何とか弟にだけは大学を出てもらいたいと頑張ったのですが、弟にはまるで向学心がなく、学校に行くだけがやっとという状態でした。いつまでも祖父に頼ることはできません。祖父の実家はかなりの資産家でした。何でも曾祖父が明治のころ横浜へ出稼ぎに出て、貿易関係の問屋として成功し、大正年間に故郷へ帰って山林を買ったんだそうです。古くからの人といろいろあったらしいんですが、それでも息子……つまり祖父に遺産をのこしたことになります。そのうえ、戦後の地元の開発ブームが、祖父にはプラスになったらしいんです」

「億万長者ですね」

「いくらお金があっても、本を買うだけではすぐなくなってしまいます。祖父にはたった一人、梅谷《うめたに》という古い友人がいて、法律関係にくわしい人でしたから、財産運用についていろいろ働いてくれました。ある意味で、長いあいだ書物道楽ができたのも、このお友達のおかげかもしれませんわね。でも、その人も三年前に亡くなりました。いらい、お金は出ていく一方。じっさいには、もうたいしたお金は残っていないんです」

「本がすごいでしょう」

「さあ、量ばかり多いけど、二束三文でしょう。私にはよくわかりませんが、復刻版が出てしまったものも多いと言ってましたね。……それより、さしせまった問題は弟のことです」

「くわしく話してください」

「去年の秋でした。弟が祖父と大喧嘩をしてしまったんです。私は高卒後働きに出て間もなく、けじめをつける意味で祖父の家を出ましたが、弟を養っていく力はなく、恥ずかしいけど祖父から仕送りをしてもらっていました。弟はいちおう私と同じアパートに住むことになったんですが、ますます粗暴になって、五、六年後には私にまで暴力をふるうようになったんです。それどころか……」

彼女は言い澱《よど》んだ。須藤はバーテンにボトルを注文した。

「あの、つまり、私を無理にセックスしようとしたんです」

「……このごろ、よくあることですよ」須藤は相手から眼を逸《そ》らして、言った。

「でも、それは母と息子か、兄と妹の間の話でしょう？　私たちのようなケースってあるのかしら」

「専門家じゃないから、何と言っていいかわからないが、あまり深く考えないことですよ」

「とにかく、以来一緒には住めないので、もう一度弟を祖父の家に帰したんですが、祖父もこのところすっかり人が変ってしまったし、弟も始末に負えなくなっていたので、遅かれ早かれ破局が来るのはわかっていました。ある日、何かのことで大喧嘩となって、弟は祖父を足腰の立たないほどいためつけたあげく、手近の本をだれかの乗用車にいっぱい積んで、家出してしまったんです」

「捜索願を出しました?」

「祖父は放っとけといいましたが、私は届け出ました。でも消息はわかりません。ところが、二か月ほど過ぎて、今年の正月に私のところへ弟からの年賀状が舞いこんだのです」

「年賀状?」

「そっ気なく謹賀新年とだけしか書いてありませんでしたが、弟の字に間違いありません。警察に届け出たら、こういうケースはたまにあると言われました。つまり、蒸発したものの、時には淋しいことがあって、帰省者が多くなる正月などは落ちつかず、最低限の連絡をとってくるんだそうです」

「ヒヤシンスですね」

「なんですか? それ?」

「いや、ヒヤシンスのことを〝風信子〟と書くんですがね。それを〝風の便りをよこす人〟という意味にしゃれたんで、昔そういう名コラムニストがいたんです。すみません、話をそらして」

明美は思い出したようにブランディーを飲み干してしまうと、バーテンにおかわりを注文した。

「私がこんな家庭の恥を、何の目的もなくお喋りすると思って?」

「目的はあると思ってますよ。弟さんじゃないけど、淋しい時は人に頼りたくなるもんです」

「それもあるか知れないけど、弟の居場所の手がかりをつかみたいの。いろいろ方法があると思いますが、本屋さんも一つの手がかりなんです」

「どういうことです？」

「順を追って話しますと、弟のよこした年賀ハガキはお年玉つきのもので、消印はありませんが、ナンバーから調べると青森県で、それもたぶん八戸あたりで発売されたものとわかりました」

「なに？　八戸？」

「どうかしました？」

「いや。なぜそんなに遠くに？」

「ところが青森とか八戸というのは私の家とは全く無関係な土地で、弟も旅行などで行ったこともない筈なんです。飛行機で北海道を往復したことぐらいです。どうしてそんなところへ行ったのかと考えてるんですけど、わかりません。ただ……」

「ただ？」

「いえ、何でもないんです。とにかく八戸などで何をしてるのかと思うと……」

「東京あたりで蒸発した人は、ほとんど北へ行くといいますよ。南へ行く人がいないというのは、ちょっと……考えさせられますね」須藤は「ちょっと面白いですね」と言おうとして、あわてて修正した。しかし、明美は気づかず、こんなことを訊ねてきた。

「あの、本屋さんて、古本の出たルートを知ることができるんでしょうか」

「どこから出たかということですか？」

「ええ。どこの地方とか、どこの家とか」

「さあ。大きなものや、印象の強いものは本屋が記憶してますから、たどれる場合もありますよ。しかし、そういうことはあまり口外したくないんです。……例の『動物記』ですか？」

「そうです。ほかにもあのとき何冊かメモにしてさしあげましたね？　あのようなものがまとめて出た場合、どこから出たかわかりますか？」

「普通ならわからないことが多いんですが、先日こんなことがありました」と、須藤は石上書店でのいきさつを話した。「その五巻目を買ったのが、じつはあなたのおじいさんだったんですよ」

「まあ、そうでしたか」明美の表情が一度に明かるくなったので、須藤はむしろ訝《いぶか》しんだ。やはり身内が本を入手したというような話がうれしいのだろうか。しかし、須藤は彼女の態度が急に良いほうに変わったのが嬉しくて、その原因を深く考える機会を失ってしまった。

「なぜ早くおっしゃってくれなかったの？」

「あなたが、有無を言わせない口調で、ぼくを排斥するもんですからね」

「そんなことはありません」明美は、あの時の切口上をすっかり忘れたように言った。「調べていただいて、どうもありがとう。欲をいえば、その石上書店というお店が、どこから手に入れたか、わかるとうれしいんだけど」

「さっそく調べましょう」

「すぐわかるでしょうか?」

「やってみます」

「でも、あの、調査料はお高いんでしょう?」

「無料です」

「本の探偵なのに?」明美は急に警戒的な態度になった。須藤は、この女は頭の回転が速いなと思うと同時に、すぐそんな風な心の動きを見せてしまう経歴や環境というものについて考えた。三十二歳といえばまだ若いが、さぞいろいろなことがあったのだろう。

「つまり、ぼくのねらいは矢口彰人さんです。はっきり申しあげれば、死蔵していらっしゃるようなご蔵書を、ぜひ活用して頂きたいということですよ。弟さんについて、お役に立つ情報は、ぼくの立場からできる範囲で獲得してみましょう。しかし、その前に質問があります」

「なんでしょう」

「『動物記』とかその周辺の本は、弟さんがおじいさんのところから、その、持ち出されたものでしょう?」

「はい」

「警察に届けましたか?」

「いちおうは……。でも、乗用車いっぱい持っていかれると、どんな本があったのかハッキリわからなくなってしまって。祖父は、こう言うのも何ですけど、もうすっかりボケてしまって、あれもとられた、これも持っていかれたと騒ぎ立てるばかりです。けっきょく正確なリストが作れないままになっています」

「それは残念ですね。盗まれた本は、古書店に通知が廻るんです。品触《しなぶ》れといいますけどね。しかし、『動物記』などはわかっていたんでしょう」

「ええ、私たち姉と弟の思い出の本ですから。それだけに、弟も愛着があって持ち出したんだろうと思って、届けるのをためらっていたんです。そうしたら、今のお話では、もう古書店へ出て、おまけに祖父の手に戻ったというんですからね」

「いや、必ずしもその本が弟さんの持ち出したものとは限りませんよ。おじいさんは何にもおっしゃいませんでしたか?」

「ええ。でも、このごろ祖父とはあまり本の話もしないんです」

「そうですか」須藤は、きっと老人との対話が億劫《おっくう》なのだろうと推察した。「とにかく、そういう事情なら、内密に探りをいれてみます。わかるとはお約束できませんがね」

「おねがいします」

明美はしばらく黙っていた。店内にはほかに一組のカップルがいるだけで、有線放送がセミクラシックを流していた。

「もう二十年近くも前のことでしょうか。弟がまだ小学校へもあがらず、私が中学生になったばかりのころでした。祖父はそのころ元気で、夜寝る前によく本を読んでくれました。私はもう、こんなことを喜ぶ年齢ではなかったけど、母が、……その、夜遅くまで働いていて、たいてい夜中になりましたから、そのころまだ六十前の祖父が、かわりに子守唄を聞かせてくれるのが、とてもうれしく、淋しさをまぎらす唯一の時間だったんです。祖父は古い立派な装幀の児童書などを持っていましたが、そうしたものをひとわたり読んでしまったある日、『動物記』の中の〝ぎざ耳坊主〟の話を読んでくれたんです、ご存じですか?」

「さあ、ぼくは動物文学には弱いんです」

「野兎の親子の話ですわ。小さい時、蛇に嚙まれて片耳に傷あとがついた兎と、そのお母さんの物語なんです。兎だから外敵だらけでしょう? 犬や狐、猫や鷹、スカンクなんていう、にくらしい動物が、この母子の生命をおびやかすんです。そのたびに、お母さん——〝ふかふか母さん〟というんですけど——そのお母さんが、必死の勇気をふるって子どもを助けるんです。あるときなどは、よそからやってきた風来兎が、ぎざ耳坊主を殺そうとして、おまけにお母さんに恋をしかけるのね。かわいそうに、お母さんは打たれたり咬《か》まれたりして、子どもを守りきれなくなる。子どものほうもだんだん痩せていくんだけど、ある日、猟犬をうまく誘導して、風来兎を追わせるようにしむけ、とうとう嚙み殺させてしまうんです。なかなか知恵のある子兎なんです」

「ふかふか母さんか。いいキャラクターだな」

「そのお母さんが、最後は死ぬんです。狐に追いかけられ、逃げ場を失って、つめたい池の中に落ちて凍死してしまうんです。そこがとってもかわいそうなの。脚がしびれて、動かなくなってしまって、軟かい鳶色《とびいろ》の眼が閉じてしまうんです。祖父がそこまで読んでくれたとき、私たち姉弟《きょうだい》はしくしく泣き出してしまって……祖父をあわてさせた思い出があります」

「あの矢口さんがねえ」

「そんな人とは思えないでしょう？　私はいまでもときどき、夜中に眼がさめるようなとき、あのころの祖父の顔や、それから……母の顔を思いうかべるんです。〝ふかふか母さん〟からの連想でしょうか。とってもやさしい母でしたけど、何かいつもおどおどしていて、祖父にも気がねをしていたようでした。今から思うと可哀そうで……」

「現在は、弟さんに対して、あなたが〝ふかふか母さん〟の役だね」

「そう、そういうことなの」彼女は少し涙声になった。

「こんなこと聞いてはどうかと思うけど、結婚をするつもりはないんですか」須藤は話題を変えるためもあって、やや陳腐な質問を発した。

「今は考えてません」

「でも、恋人はいるんでしょう?」須藤はつとめて軽い口調で、水割りを口にしながら言った。

「いません」

「それとは全く関係ない話だけど、あなたは北見という人を知ってますか?」

「……いいえ」

須藤は、彼女の答えに一拍の間合いがあったように思えたが、すでに酔いが廻りはじめていたので、確信はなかった。

「まあ、こんな遅くなってしまって」明美は唐突に立ちあがったが、めまいを覚えたらしく、片手で椅子の背を握った。

「大丈夫ですか」

「大丈夫」独特の、ピシリときめつけるような声で言うと、須藤の手を振りはらい、ドアに向かって歩き出した。

外へ出ると、須藤は置いてある車のほうへ向かった。明美はついて来た。

「送ってくださる? ほんの少し酔ったみたい」

「それだけ酔えば十分ですよ」

須藤は一人で車に乗り、路地に停車させるとドアをロックして降りた。

「さあ、行きましょう」

「車は使えないの?」

「ぼくもちょっと酔いすぎた。以前はボトル一本ぐらい平気だったんだが……」

「いいのよ、言いわけは。女はウソも上手についてもらいたいの。……ま、いいわ。私も、今からあの安アパートに帰る気しないし」

須藤はおどろいて彼女の顔を見た。すでに灯りの消えた商店街のアーケードの前に、ぼんやりと白い横顔が浮かんでいた。ことばに詰まったとき、折よく空いたタクシーがやってきたので、彼はあわててそれを呼び止めた。

7

翌日、須藤は開店時刻を一時間も遅れ、エレベーターに駆けこんだときには十一時を過ぎていた。

「遅いぞ!」

四階でドアが開くと、破《わ》れ鐘のような声が響いた。近代史研究家の河田《かわだ》実男《さねお》が、ふだんからボサボサの頭を、逆立てるようにして怒っていた。

「やあ、申しわけありません。ちょっと仕入れがあって……」

「十時開店とあるのに、怠慢な本屋だ」

「先生、そう大きな声を出さないでくださいよ。まったく、先生の顔にツマミでもついてたら、ボリュームを調整したいところだ」

「何をいうか。この声はな、戦後の貧乏な新制大学で、マイクもない大教室で講義したとき、咽喉に穴があいて、いらい声が大きくなったんだ」

「その話はもう十回ぐらい聞かされましたよ」

須藤はドアの鍵をあけ、郵便物を拾いあげて中へ入ると、さっそく窓をあけた。

「ほう、なかなかウブいものがあるな」

河田は横に積みあげた本の山に目をつけた。北見圭司から仕入れたもので、ようやく一点ずつ整理が終ったので、来週には市へ出そうと思っていたのである。圭司への代金決済は終っていた。あれから三日後に訪れた彼に、ざっと見積った金額六十万円を渡しておいたのである。

「ほう、『東陲民権史《とうすい》』の原本があるねえ。以前にも見たことはあるが、これは保存がいい」

「高いですよ」

須藤は予防線を張った。

「いや、どうせ俺には手が出ないだろうからね。……おや、蓑田胸喜《みのだむねき》の本とはめずらしいね。『真理と戦争』だ。三井甲之《みついこうし》との共著で、矢内原忠雄《やないはらただお》への攻撃だよ。これは欲しいね」

「私の知りたいことを教えてくだされば、安くしますよ」

「おもしろい。何でも教えてやる」

「北見義秀という人について、何か知りませんか。あるいはその人の書いた本についてでも」

「さあて。それはいつごろの人？」

「頼りないな。たぶん戦時中に活躍した人ですよ」

「『大東亜戦争書誌』は見たかね？」

「一応参照しましたが、あれは雑誌記事のテーマ別分類ですのでね。もうじき著者別索引が出るようだけど、もしかしたら単行本しか書いてない人かもしれない。そうなるとむずかしいですね」

「どういう分野の本かね？」

「それがわかれば苦労はないですよ。だいたい、著書があるかどうかもわかっていないんです。経歴から見ると、教育関係の本を書いてるかもしれないし、農業・林業あるいは広く経済の本かもしれない。当時のことだから国策論かもしれない、という程度のことです」

「まあ当時の『出版年鑑』『書籍年鑑』『日本出版年鑑』を見ること。それでわからなければ研究家や地方史関係者にあたること。それから、戦時中の本を破棄しないで、のこしている図書館をさがすこと」

「そういうところがあるんですか？」

「公開していないが、別置保存という形で、案外のこしているところが多いんだよ。たとえば伝統的に図書館を大切にする八戸市の図書館などもその一つだ」

「また八戸か」

「また、とはどういうことだい」

「いや、何でもありません」

「とにかく、その時期のこまかいことは意外にむずかしいよ。しかし、教育関係者なら、公的記録がのこっている筈だ」

「表面的な経歴だけわかっても、意味ないんです」

「それはそうだろうな。……じゃ、この『真理と戦争』、いくらだね？」

河田は須藤の言った値段にやや不満そうだったが、それでも大声で冗談を一つ二つとばしながら引きあげていった。しばらく静かになり、須藤は北見圭司から仕入れた本の山を見ながら考えこんでいた。

『日本古典全集』や『日本史籍協会叢書』などの端本のほか、安藤博《あんどうひろし》の『徳川幕府県治要略』、三田村鳶魚《みたむらえんぎょ》の『御殿女中』などが目につく。全体として大正時代のものが多いのは、北見義秀の蔵書だったのだろうか。このような蔵書の内容から察するに、歴史の教師であったか、それともかなりの歴史趣味家であったのか。しかし、どうもそのことと、会社の経営者であることが、しっくり結びつかないのだった。

「おじいさんのご蔵書ですか?」という須藤の問に対して、北見圭司は「いや、それもありますけど、父のもあります。なにやかや、いろいろとね」などと、ごまかすように言った。

古本屋根性を出して、深くは追及せずに買ったが、頭のどこかで警戒信号が鳴っていた。

「盗品だろうか? いや、旧家にはこのくらいのものがよくある。非常な珍本というわけでもなし……」

須藤は迷いながら、持ち帰った本を一冊ずつ値踏みし、不揃いのものが多いのにいささか落胆しながら、手帳に控えをとった。戦中の教育書が数冊、印象にのこった。

「まあ、四月だ。本の回転が早い時期に処分してしまおう」

須藤はそう思いながら、何気なく手前に積みあげてあった本の一冊を手にとった。『不良少年の研究』という本で、鈴木賢一郎《すずきけんいちろう》という著者名がある。奥付を見ると大正十二年の発行である。

パラパラとページを繰《く》っていると、紙片が落ちた。栞《しおり》がわりに、手元のチラシか何かを破って挿《はさ》み込んだものらしい。彼はそれを機械的にひろいあげた。

古本の中には、いろいろなものが挿みこまれている。古い写真、ハガキ、押花、リーフレット、新聞の切抜き、手帳の切れっぱしなどはありふれている方で、時には大切な手紙や書類、ヘソクリのお金などが挿んであることもないではない。

この場合、須藤はありふれた方の部類と思い、屑籠に捨てようとしたが、ふと「ガス料金領収書」という文字が目に入った。

それは真新しいが、何の変哲もない領収書で、しかも下半分は千切れていたが、「基本料金、970円」という記載だけは読むことができた。そのほかの部分は、ちょうど宛先の個所と会社名のところがないので、どこのものとも知れないが、須藤の見馴れている東京のものではなかった。

古い本に新しい栞状の紙片が挿んであることは、最近読まれた可能性を示していた。とくにそれが不良少年に関する研究書であることが、彼の頭にひっかかった。本自体はさほど珍しいものではないが、一般的に興味をひかれる題名である。

それにもまして彼がおかしいと思ったのは、東京二十三区内の現在のガス料金は、基本が六百十円であることだった。青色申告をしている彼は、こうした生活費をよく記憶していた。九百七十円とはだいぶ高価だが、これはどこの地方だろうか。

彼の手はほとんど自動的に電話のダイヤルを廻していた。相手は一時間後に来るという返事だった。

須藤が北見から買った本の上に一反風呂敷をかけ、上に置いた厚紙に「整理中」とサインペンで記し終えたとき、俚奈が入ってきた。

「あら、わりかし普通の顔してるのね」

「どういう意味だい?」

「今朝は午前さまだったんでしょ。じいちゃんが言ってたわ」

「いや、早く起きたんだが、一軒仕入れがあってね」と須藤は言いかけたが、俚奈の十八番のギャハハというような嘲笑に遮られてしまった。

「カワイーじゃん。ほら、Yシャツがシワシワよ。でも、社長、なかなかやりますねえ」

「どういう意味だ？」

「それしか言うことないの？　中高年のほうが、よっぽどボキャブラリーが貧困だわ」

「ボキャブラリーって何だね」

「またとぼけるう。でも、うちの社長もなかなかやるじゃん。ハロー・グッバイってね」

俚奈はリズムをとって、帳場の椅子に腰かけると、足を組んだ。ミニである。須藤は何気なさそうに眼をそらした。頭の中に、別の脚が絡みついた。

須藤は声を荒らげていった。

「今日は当番じゃないぞ」

当番というのは、俚奈にアルバイトを頼んである日だが、このところ授業の関係で、火曜の三時からだけとなっている。それ以外は、俚奈の親しい一年上の先輩が、月、水の三時以降を手伝ってくれているが、あまりアテにならぬことが多い。正式社員を雇いたいのだが、現在の売上げではとても無理だった。四階へ上ってくるのは、一般書の客ではないので、予想以上に回転が悪い。目録販売をしようと思っても、時間のゆとりがないというしまつだった。

「今日は休講なの。臨時アルバイトです」

「臨時は安いぞ」

「経営者づらしちゃって。だんだん古本屋の顔になってきたわよ。ほんとに、どうして古本屋って、同じ顔してるのかなあ」

「嫁にいきたくないか」

「あの人、どう？　年格好もちょうどだしさあ」

「何のことだ？」

「またァ。オバンのことよ。ホラ、赤くなった。正確にいうと焦茶色になった」

「いい加減にしないか。いくら大家の孫娘だって、ぶん殴りたくなることがあるぞ」須藤は自分が赤面したとは思わなかったが、無意識のうちに言葉が荒くなっているのを覚え、そのことがいっそう気持を苛立たせた。「大人の世界の話だ。いろいろ考えることがあるんだよ」

「フーン。怒ることってあるのね。だんだん古本屋の顔になって、と言ったのは、だんだん丸くなってという意味もあったんだけど。店を開いたころは、……何てえのかなあ、ウイウイしくって、ピリピリしていて、いつもムスッとしていたわ。『毎度ありがとうございます』なんて、すらすら言えなくてね。あの頃の社長は角ばっていて、すてきだったわ。このごろは丸くなっちゃって」

「意外によく観察してるんだな」

「バイトとはいえ、上司ですからねえ。それにじいちゃんのお気に入りだし。もっとも、そっちのほうはどうでもいいけど」

「……ほかとはちがうっていう気持もあるが、やはり人間は年相応に、ぶざまになっていくものかね」

須藤は急に怒りがおさまり、かわって空しい感情がこみあげてきた。彼は立ちあがって窓をあけた。

「北見圭司という人をどう思うかね?」

「どう……って?」

「ワルかどうかということさ。女のカンで」

「ああ、あれはワルよ」俚奈は事もなげに断定した。「一番ワルの部類よ」

「どうして。両刀づかいだからか?」

「ちがうわよ。そういう人なら、いくらでもいるから。とにかく陰険なのよ」

「無口だからかい?　もともと目から鼻に抜けるタイプじゃないし。金の力でやっと学校を出たドラ息子と思えばいい」

「女がいるわね」

「どうしてわかる?」

「いい時計していたり、靴はいたりするのはよくあるけど、あの人の持ってるのは、女の世界でいいといわれている品物なのよね」

「ああ、つまり女性雑誌に載っている、男性用のアクセサリーといった記事かね」

「だいたいそういうところね。男が自分で選んだものじゃないのよ。それも、クルクル変るところを見ると……」

「複数か」

「それも取っかえひっかえよ。あの人ね、お店へ入ってくると、わたしのこと、じろっと上から下まで見るの」

「それはやっこさんに限らないだろう?」

「女にはわかるのよ。そういうことばっかりに関心のある人の目、ほかとちがうのよ。うまく説明できないけど」

「しかし、けっこうまともな本を読んでる」

須藤はどうもそのへんと、〝ゲイ〟その他の評判とが結びつかないのである。

「でも、一回の買物が千五百円を超えたことはないわよ。お店に来る日も、だいたい月曜から水曜ぐらいというのは、いったいあの人なにやっているの?」

「たぶん、同族会社の甘ったれた仕事をやらされていて、実質的には不要の社員というところだろうね」

「探ってみましょうか」

「どうやって」

「アルバイトを志願するのよ。あの人の線から頼めば簡単よ」

「学校があるだろう」

「だから夏休みに」

「いや、だめだ。急がないと何か起こりそうな気がする」

須藤は風光明美の弟が失踪している件を、かいつまんで話した。

「それなら、あのオバンを土曜から日曜に尾行してみる方法があるわ。あの二人はたしかに知ってるのよ」

「おれもそう思う」

「オバンの家、知ってるんでしょ。メモ帳に地図を描いて」

「それは……」

須藤が躊躇いを見せたとき、ドアが半開きになって、細い目の、平凡なグレーの背広姿の男が上半身を斜めにのぞかせた。

「ああ」と須藤は合図をした。「下の喫茶店で待ってて」

男が姿を消すと、須藤は俚奈に言った。

「十分ほど早く店を閉めて、石上書店に行ってもらいたいんだ。『動物記』第五巻の出所《でどころ》を調べること。これについては先日話が出たから、向こうでもおれが気にしていることは知っている。必ず聞き出してくれ。早く済んだら、鍵は喫茶店に持ってきて」

「いよいよ動き出すのね」

「ものにしてやる」須藤はパチンと指を鳴らした。

8

八戸に降り立ったときは、午前八時を過ぎていた。駅前通りを見まわす須藤の眼に、真先にとびこんできたのは「カルピス」の看板であった。

夜汽車の中でウィスキーを一瓶あけてしまったあとは、ひりひりするような咽喉のかわきを覚えたが、とりあえず売店でジュースを買って我慢した。観光案内所に聞くと、目的の場所は、そこからバスで二十分ほど行った本八戸《ほんはちのへ》に近い住宅地らしかった。

教えられた停留所名を頼りにバスを降りた。繁華街の中央らしく、地元の百貨店や中央から進出してきたと思われるホテルなどがひしめいていたが、まだ九時ちょっと前なので、商店街はシャッターが下りていた。

須藤は地図を見て、そこからさほど遠くない図書館まで歩いていった。森を見おろす景勝の地に、やや古びたコンクリートの建物があった。彼は閲覧者入口から、ひんやりとするビニールのスリッパをつっかけて入ると、係員に来意を告げた。一週間ほど前に、用件は連絡してあった。

女性の係員が、図書館の裏手にある土蔵に案内してくれた。旧幕時代のがっしりした造りのもので、内部はいっそうひんやりしていた。

「古い本はだいたい一階で、二階は古文書です」

須藤は『伊藤公全集』や『海表叢書』、『系図綜覧』、『皇学叢書』といった書名を見た。どれも保存のよい、図書館としては全く例外な美本である。

「戦時中の本はどこにあるんですか?」

「さあ、とくに戦中という分類はないんですけど」

当然である。須藤は棚の端から順に見ていくことにした。『古事類苑』とか『寛政重修諸家譜』『群書類従』といった基本書の棚をざっと見て、奥に入ると一般書の棚が目に入った。平田《ひらた》晋作《しんさく》『海軍読本』、海軍省軍事普及部『海軍少年読本』、田中義一《たなかぎいち》『壮丁読本』、協調会時局対策委員会『傷痍軍人対策』、皇道振興会『皇国の軍備と国勢』、浦路《うらじ》耕之助《こうのすけ》『噫忠魂』、文部省『列強の少年義勇団』……。

昭和十年代の前半のものが多かったが、須藤はタイムマシンで昔に戻ったような気がしてきた。かつての図書館を密封して、そのまま保存したようなものといっても過言ではなかった。

係員がそれとなく見守る中を、須藤は「ほう」とか「へえ」といった感嘆詞を発しながら、棚から棚へと目を移していった。一見して軍靴《ぐんか》の音と、銃剣のどしゃ降りを連想させられる書名のほかは、現在も史料として通用している『国史大系』のようなものばかりで、意外にバラエティーに乏しい。

「これだけですか？」

須藤が書棚の端から係員の方を向いて言うと、

「そうですねえ。あとは雑誌です。あまりたくさんはないですけど」

右手の隅を指した。そこには古い雑誌がダンボールに四、五杯分あったが、『保健衛生』とか『地理学雑誌』といった、現場教師用の参考資料にすぎなかった。

須藤は溜息をついて、二、三冊の雑誌をもとの場に戻したが、そのとき、ふとダンボールの陰になったあたりに、二十点ばかりの薄い本が並んでいるのを見つけた。しゃがんでよく見ると、古い学習参考書だった。『玉かつま新釈』、『論語全解』、『日本外史詳解』、『新制による口頭試問とその答へ方』……。

暗い書庫の中で粗悪な黒い紙クロスに、色あせた箔押《はくお》しの文字は読みづらかった。須藤は奥の方に手を突っこんで、強引に二、三冊をひっぱり出すと、裸電球の下へそれを持っていった。

つぎの瞬間、彼は息をとめた。

『国民学校錬成、読方指導形態、北見義秀著、皇学館』

機械的にページを開いた。「皇民錬成と国語教育」「国語愛護」「神話教材の指導過程」……肉太のゴシック文字が目にとびこんでくる。その中の「国家主義教育と国語教育」という章を、彼は拾い読みした。


曾ての国家は国民の外的行動を統制しても、内的思想の自由を認めることを原則としてゐたのであるが、今日の国家は国民の思想こそ最も統制を要するものとし、これを称して『国民総動員』といふ。このやうな時代には、為政家は同時に教育家であり、政治機能がそのままに教育力として働いてゐる。


「ちょっとすみませんが」と、須藤は係員に言った。「これは別段探していた本じゃありませんが、ちょっと私の研究分野に関係があるんです。二、三ページ、コピーさせてもらえませんか?」

「……それはちょっとできません」

「どうしてです?」

「図書館として現在は公開していない資料だからです。戦時中のものはいろいろ問題がありますから」

「しかし、もう三十数年経ってるんですよ」

「……それだから」

係員は、言葉をにごしてしまったが、須藤には「それだからこそ、かえって」というニュアンスに聞こえた。

彼はこの土蔵の中の本が、けっして過去から切り離されたタイムマシンにおかれているのではなく、現代の空気にまともにさらされていることを悟った。

「それならやむをえませんね」

奥付を見ると「群馬県師範付属小学校訓導、北見義秀著」、「昭和十五年九月二十五日発行」とあり、発行所は「豊島《としま》区巣鴨《すがも》五丁目」の「仲館要一郎《なかだてよういちろう》」となっている。

「どうもありがとうございました。勉強になりました。やはりたいしたご蔵書ですね」

須藤は係員に笑顔で礼をいい、土蔵を出た。

彼女の上司に礼を言って図書館を離れたときは、すでに十二時半を廻っていた。須藤は十分ほど歩いて繁華街の中央に出ると、中央資本が建てたと思われる、モダンなホテルを見つけた。二階にレストランがあるようだ。

シーズン前なので旅行者が少ないためか、レストランは空いていた。彼は窓ぎわの隅に席をとると、ランチとコーヒーを注文した。ここで二、三時間をつぶさなければならない。

しかし、午前中の収穫は大きなものがあった。北見義秀は群馬師範を卒業したあと、母校の付属小学校の教師をしていたのだ。そして、おそらくは戦後間もなく辞《や》めたのだろう。というのは、調査代行業者を使って調べた戦後の資料には、北見の名が全く発見できなかったからである。紳士録や企業人名録のたぐいを見ても、北見は前歴を抹消していた。

もと島崎（「殺意の収集」参照）の会社にいた増田《ますだ》という男は、もぐりの調査業として、かなり多忙のようであった。例の、目の細い男である。料金を値切るだけ値切って、この十日間に調べてもらったのは、つぎのようなことだった。

本籍地や学歴は紳士録に記載のとおりだったが、義秀は一年前に亡くなっていた。家業は材木問屋で、父親の名は古い紳士録にあたっても発見できないところを見ると、小企業の経営者だったようだ。それが戦後のドサクサで、業界の中堅に成長し、彼が父の跡を継いだ昭和三十年には、関連事業をいくつもかかえるまでに成長していた。三十六年には北見商事という傍系企業までつくっている。

戦中戦後のことを知る業界人はもういくらも残っていないが、その一人の証言によると、北見林業が大躍進した秘密は、戦中のカラフトに貯蔵されていたパルプ用の松材を、戦後の混乱時に、たくみに輸入し、紙饑《き》饉《きん》に乗じて儲けたことである。苫小《とまこ》牧《まい》に運んで紙にし、八戸までの定期航路を利用して本州へ持ち込んだ。このとき八戸の有力政治家と関係ができて、工業用地の造成に加わることができた。この仕事のために北見商事が創立されたようだ。現在も八戸に支社があり、正社員が十数人いるという。

「要するに戦中、ファッショ教育で鳴らした男が、戦後実業界に転進したということだろう」

須藤は国民学校時代の体験を思い出した。当時、二、三十代の教師で国家の方針に乗せられ、大日本青少年団長などをつとめて悦に入っていた教師は、戦後すぐに姿を消した。なかには居直って、終戦の一か月後から民主主義を口にしはじめた教師もいたが、「あの先生には疎開中ブン殴られた」とか、「父兄の一人から日本刀をまきあげて、そのまま返さなかった」などという陰口を言われると、だんだん居辛くなって、よその学校へ転出していった。

それでは、矢口彰人はどうだったのだろうか。

「戦時中の教育界の資料というのは、まったく少ないですねえ」と、増田はこりごりしたように言った。「文部省に聞いても、古いものはどこにあるのかもわからんというんですよ。態度は丁寧だが、戦中の件には全く関知したくないという様子がありありと見えましたねえ。いくつか教育史関係の資料をもっている機関を教えてもらったんですが、これがどこもダメ。日教組や教科書裁判の資料はやたらにあるんだけど、戦時中、どこの学校に何という先生がいたかというような資料は全然なし。むろん、群馬の学校も調べたけど、戦中の資料についてては学校の百年史を見てくれという程度。図書館で見ると、戦中のことはほとんどブランクなんですねえ。将来の参考のためと思って、他府県の学校史も見たんだけど、やはり同じでした。古傷には触れたくないんですよ」

増田は練馬の矢口の家に行ってみたという。百坪ほどの敷地いっぱいに、木造平屋建ての住居があったが、屋根のスレートも傷《いた》み、外壁のモルタルも黒ずんで、ところどころ剝離《はくり》しており、少なくともこの十数年間、手入れをした跡は見られなかった。門から覗くと、玄関の敷石の上に空の牛乳瓶が見えたので、近所の牛乳屋を探した。

「いやあ、私どもも矢口先生の顔を見てないんだよ。そういえばもう五、六年も見ていないねえ。牛乳は門のところに置いておくと、飲んだらしくて玄関口に出してある。ときどきソバの出前なんかも取るらしいよ。そうそう、お孫さんがいるねえ。きれいな娘さんだ。二年ぐらい前にうちに来てね、毎日牛乳を配達してくれ、代金は送るからっていうんだ。それからずうっと、一回に二、三か月分ずつ送金してくるよ。とにかく変った先生だねえ」

「先生っていうと、学校の先生かい？」

「いやあ、学校で教えてるようすはないね。むかしから、先生、先生で通ってるんだ。なんだかたくさん本を読んで、いつも小むずかしい顔して歩いていたからねえ。このへんの古くからの人を知ってるかって？　さあ、私も昭和四十年に、ここへ居抜きで入った人間だからね。以前は古い家もあったって話だが、このとおりアパートやマンションばかりになっちまってね。老人はあまり見かけないね。あんた、興信所の人？　都会で古い人のこと調べるのは、もうむずかしくなったね」

須藤は、同業のある若い店主が復刻本を出そうとして、昭和十三年に存命であった著者の消息がどうしてもわからないと嘆いていた話を思い出した。その著者は日本橋の大店《おおだな》の息子で、大企業に勤務し、華族らと交渉もあり、その一人から資金の援助を得て、維新資料を刊行したのだったが、子孫はすでにわからなくなってしまっている。かりに子孫を探し出したとしても、祖父のことなど無知、無関心かもしれないのである。

それはそれとして、矢口彰人は学校の先生をしていたという噂があるという。それは小高根閑一のウロ覚えにすぎないが、可能性は高い。北見が風光明美のことを知っているような素振りを示した。風光も北見を知っている節が見られる。つまり、それぞれの肉親が知己であるということは十分考えられる。

須藤は運ばれて来た油っこいエビフライを食べながら、今日これからの予定を思案した。最も重要なのは風光明美の弟、彰の所在を知ることである。例のガス料金領収書の切れっぱしは、最低料金の額から八戸ガスのものと断定できた。これによって、圭司と八戸が具体的に結びついたのである。

増田は圭司を見張ったが、週に三日会社に出るだけで、あとは家から出ないようだった。

「しかし、広い家ですからねえ。正門と勝手口のほかに、もう二個所出入りできそうなところがあって、犬がいるらしいから外部の人間は入れないが、圭司が人目をしのんで脱け出すことはできると思いましたね」

週に三日しか会社に出ていないという。それも父親の経営する北見商事に、一日置きに出ているだけという。なお、彼の父親は紳士録の義秀の項に出ていた、息子の仁久だった。最後に『動物記』第五巻の出所であるが、石上書店はこれを一薪会《いっしんかい》という定例の市で買った。出品者は同じ神保町の書店であると知れたが、「お客さんのプライバシーだから、わるいけど勘弁してくれ」と、出所を明かしてくれなかった。須藤は金を包もうと思ったが、圭司か、それとも彰を探し出して吐かせることもできると思い、その場は引き下がった。

八戸の「小久保」や「仲丸」という人物から本を詐取された創文堂および玉仙堂と会い、「かわりに行ってくるから、寝酒のウィスキー代ぐらい出してくれよ」と、半ば冗談に言ったところ、「まあ、つき合いだ。アテにしてないからな」と、一万円ずつ出してくれた。この種の事件は、まず解決しないものと相場がきまっている。ただ、業者としてはせめて相手の顔だけは見てやりたいという気持はあるのだった。

コーヒーのおかわりをしながら、須藤は目的の番地と地図を照合し、ようやく腰をあげた。午後三時だった。

葵《あおい》町四丁目二十一番地は、徒歩十五分ぐらいのところにあった。自動車の修理屋とアパートが同居しており、庭木一本ない、いかにも新開地らしい区域の中に、やや見栄えのする二階建てのコンクリートの建物がある。プレートに「北見商事株式会社、八戸社員寮」とあった。

この二十一番地はほかに三軒ほどの家があったが、須藤はあらかじめ住宅地図を見て、これらの家は無関係だと思った。単に小久保や仲丸という家がないというばかりではない。すでにこの事件は北見商事かその社員が関係している以上、ほかは度外視してよいと思った。たしかに小久保や仲丸は、古書注文のさい「北見商事内」という宛先は入れていない。しかし、郵便局ではこのような場合、会社の寮にいる人間に目星をつけるであろう。東京のような錯綜した土地では、郵便局員がそこまでやってくれるとは保証しがたいが、それでもビルの名を忘れても届くことがある。

「今日は。東京から来た本屋ですが」

週刊誌を読んでいた中年の男が目だけをあげてこちらを見た。痩せて色が黒く、抜け目なさそうな顔をしている。

「本屋?」

「こういうものです」

名刺を見た守衛は、もう一度じろっと須藤の顔を見上げた。

「で、どういう用だね」

「本の代金を頂戴に来ました」

「うちの誰かが本を買ったのかね」

「そうです。まだ代金を頂いてないんです。もう半年前にもなるので、伺わせて頂きました」

「そんな者はいない筈だがね。何という名だ?」

「小久保さんと仲丸さんです」

「そら見ろ。出鱈目《でたらめ》だ。そんな社員はおらん」

「むろん、仮名でしょう。しかし、この通り、注文書があるんですからね」

須藤は創文堂と玉仙堂から預ったハガキの注文書のコピーを示した。それにはあらかじめ「北見商事内」という五文字を挿入しておいた。

「……ふん。しかし、居ないものは居ない。当社の社員の名を騙《かた》ったんだろう」

「そうともいえます。しかし、督促状は配達されて配達証明も戻ってきているんですよ。本だって、誰かが受けとっている。今月末が最後通牒《つうちょう》の日なんです」

「何だ？　その最後通牒というのは？」

「訴えるのです。このごろ、私たちの商売にはこの手の被害が多くなりましてね。そこで一括して弁護士に任せることにしたんです」

「脅迫か」

「いや、私は調和型の人間ですからね」須藤はニヤリと笑った。そして財布から一万円札を出すと、四つに折って、傍らの電話機の下へヒョイと挿んだ。

「まあ、私も旅費がかかるんで、今回だけにしますから」

「何度もいったように、うちの社員にはおらん。しかし、関連会社の社員に、少し前、本を買った人間がいるのを見たような気もするよ。たぶん思いちがいだと思うが」

彼は立ちあがると一万円札を取って、作業服の胸ポケットに入れた。それから守衛室を出ると、玄関を出て左手の方を指さした。

「そのバイク置き場の向こうにある、茶色いトタンの家がそうかもしれんな。ただし……」

守衛は須藤のそばに寄ると、いきなり右肘《みぎひじ》の内側にある急所を拳《こぶし》で突いた。須藤はビーンと腕がしびれて、思わず地図を取りおとした。

「あまり、図に乗るなよ」

守衛はさっと玄関に入ってしまった。須藤は肘をさすりながら、バイクの間を縫ってその掘立小屋のような家へ近づいていった。「丸山」という標札がかかっていた。

入口の引戸をあけると、まず目についたのは小さな卓袱台《ちゃぶだい》であった。食べかけの食器が乱雑に置いてある。壁には作業服やコートがかかっており、正面の窓にはシミだらけのベージュのカーテンが、画鋲《がびょう》で留めてあった。

六畳間の隅に、生後半年ぐらいの子どもが寝かされて、火がついたように泣いている。その頭を小突いているのが、あるじの丸山らしかった。小肥りで、だいぶ酔いがまわっているらしい。

「何でえ、黙って入ってきやがって」

須藤は内ポケットに入れた電卓の黒いケースを三分の一ほど覗かせた。

「赤ん坊を虐待するのはやめろ」

「いや、あんまりわめくからよ。家に帰ったときぐらい、静かにテレビでも見たいからね」

しかし、その部屋には、テレビどころか週刊誌一冊すら、見当らなかった。

「奥さんは……」

「風呂へ行ってる。寮のな。女の社員が少ねえから、下請けでも早くへえれるんだ。ところがおれたち男は、社員が全部入ってからさ。十一時過ぎよ」

「ちょっと外へ出ないか」

須藤は赤ん坊の泣き声に辟易して言った。丸山は案外におとなしく、ゴム草履《ぞうり》をつっかけて出て来た。

「本を返せというのが用件だ。訴えが出てるぞ」

「おれは知らん。場所を貸しただけだ」

「誰に貸した」

「それは言えん」

「じゃあ、出るべきところに出てもらおうか」

「勝手にしろ。こっちは親会社の方が大切だ。パクられたって、たいしたことはない。しかし北見に睨まれたら、この土地にいられないからな。旦那。そのへんはわかるでしょう？」

「わからないね。北見圭司にいくらもらった？」

「……」

丸山は一瞬黙り、それから大あくびを一つすると、

「よしましょうや」と言った。

「なにをよすんだ」

「警察手帳みたいなもの見せたけど、あんた、サツの人間じゃないだろう？　おれはこのへんの旦那衆はみんな知ってる。ただ、おまえさんのような人は、意外に祟《たた》ることがあるからね。それでつき合ってやってるんだが、この土地へ来て北見のことに首を突っこむんじゃねえ。よそ者は引っこんでろ」

「ところが、よそ者の方が役に立つ場合もある。どうだい、最近連絡がないだろう」

丸山は黙った。

「ないのも当然だ。四六時中見張られてるからね」須藤はハッタリをかけた。

「なぜだ」

「たかが本のためじゃないのは、あんただってわかるだろう」

「なんだって？」

「丸山さん、この近くにうまいもの食わせる店はないかい？」須藤は相手の赤い鼻を見ながら言った。「ここは少し寒いね」

「そうだな」丸山はためらったが、そのとき女房らしい女が、しどけない浴衣《ゆかた》姿で風呂から戻ってきた。

「あんた、お客さん？　だれ、その方？」

「ちょっと待ってくれ。着替えてくる」

家の中で、話し声が聞こえていたが、やがて丸山はジャンパーをひっかけて出て来た。

彼が案内した店は、そこから五分ほど歩いたところにある、小さな飲み屋だった。目立たない座敷の隅に坐り込むと、彼は声をひそめて言った。

「どこまで知ってる」

「第一にあんたが本の騙りだということ。だいぶ派手にやったな。詐欺じゃすまないぞ。もう現実に告訴が出ている」須藤は最小限のハッタリをかけた。

「冗談じゃねえや。社長の伜《せがれ》に頼まれただけよ。上司の命令ってやつだ。……おっと熱燗《あつかん》がいいな」

「肴《さかな》は適当に好きなものとってくれ。で、いつごろ頼まれた？」

「一年ぐらい前から」

「何回ぐらい」

「さあ、小包が三、四十も来たかな」

「どんな本だった？」

「開けないで、少しまとめてから梱包して、宅急便で送った。奴のマンションだ」

「マンション？」須藤は思わず大きな声を出そうとしたが辛うじて抑制し、カマをかけた。

「……高輪《たかなわ》のか」

「いや、麻布《あざぶ》のほうだよ」

「なるほど。おれもそっちの方がくさいとは思っていた。女がいるほうだ」

「あのドラ息子め。こっちは面倒な運送の中継ぎで、一件について手間賃がたったの二千円よ。とぼけるなって」

「もう、あんたはお払い箱のようだよ。本よりもヤバイ事柄が出て来たからね」

「どういうことだ」

「風光彰って男、知ってるか」

「知らねえ。なんだ、そいつは？」

丸山は本当に知らないようだった。須藤は迂回作戦をとることにした。

「社長の息子が、どうしてあんたと知り合いになったのかなあ」

「ふしぎかね。そんなに変った話でもないがねえ。奴は五年ぐらいまえ、ここの営業次長だったんだ。むろん肩書だけさ。東京の本社でしくじってから、ほとぼりがさめるまで、ここへ廻されてきたんだ。そのとき、奴の住むマンションへ、システムキッチンを納めに行ったのが、このおれだ。工事の三日間に、ちょっと口をきくようになった。どこか面白いとこないかっていうから、トルコの話したら、親指を立てやがるのよ。おどろいたね、もう。そっちの方面はおれの縄張りじゃねえからな。適当にゲイバーを一軒教えといた」

丸山は、皿のものにほとんど箸をつけず、コップでぐいぐいあおった。

「それから少し経って、おれはシステムキッチンの下請けをクビになってよ、奴の会社を思い出した。修理のご用はございませんか、ほかの面のアフターケアもしますよ、ということで、またつきあいがはじまって、北見の下請会社に世話してもらった。いろいろ妙なことを頼まれたぜ。それは今回の話に関係ないがね。本屋から小包を受けとってくれという話なんか、まともすぎて気味が悪くなったくらいだ。へえ。次長、勉強なのかいと言ってやったよ。〝まあね〟という返事だった。笑わせるじゃねえか。〝請求書が来たら、すぐ見せろ〟ともいわれた。そのときは別におかしいとも思わなかったが、三、四か月もすると、じゃんじゃん請求書が来た。ははあ、新手の詐欺を考えやがったなと思ったね。郵便屋は会社の受付で、〝おたくに仲丸という人いませんか〟と聞くわけだ。受付は次長からいわれてるから、〝ハイ居ますよ〟てんで、おれのところへ運んでくる。一週間に一度ぐらい、奴がとりにくるんだ」

「そのへんのことはこっちもわかっていたよ。ところで、奴のお相手は複数だったと思うけど、男にはどんなのがいたかな」

「そうねえ。まあ若いのが好みだったね。その一人を三週間ほどだったが、うちに泊めたことがあるよ」

「こいつか?」

須藤は明美から借りた、彰の写真を見せた。

「うん、もう少し痩せて、髪を伸ばしてたが、こいつだろう。正面からじゃわからねえが、左の耳のうしろから頭のうしろにかけて、アザがあった。交通事故でやられたと言ってたがね」

「名前は?」

「山本《やまもと》って言ってたが、どうせ偽名だろ。もっとも、おれにはワルとは思えなかったがね」

「いつごろの話だ?」

「去年の十一月中旬ごろのことだ。うちのかみさんが出産で病院へ入ってる内に、出ていった。それっきりさ」

「誰かに連れ出されたような形跡はないのか?」

「さあ、おれは見てないね。礼一つ言わず、電気代もろくに払わず、ドロンだ」

「その山本っていう男は、あんたの家にいるとき、いったい何をしていたんだ?」

「まあ、一日中ごろごろしてたね。ときどきバイトの口があるってんで、パチンコ屋なんかに行ってたがねえ。最初のうちは社長の伜から小遣いを送ってもらってたようだけど、そのうち一銭も入らなくなって、ソワソワしとった。なにか曰《いわ》くがあるな。そいつが八戸にいる間、社長の伜は一遍もこなかった。今から考えるとヘンだね」

「年賀ハガキを書いてたことはないか?」

「ハガキ? 電話なら何遍もかけているようだったがねえ。そうそう、こんなことがあった。

十一月の中ごろ、守衛から年賀ハガキを渡されて、おれと山本とで一通ずつ、謹賀新年と書けというんだ。平素世話になってるんだから社長の伜に一通ぐらい出しとけというんでね。まあ、それもそうだからと思った。当時はこちとらにも少しは金が入ってたからね。ただおかしいのは、山本には二枚渡して、一通は家へ書けと命令していたことだ。自分の所番地は伏せてもいいというんで、山本はいやいやながら書いていたよ」

「そういうわけだったのか」と須藤は呟いた。「北見は弟思いの明美がヒステリックになっているのを見て、安心させるためにそんな手を使ったんだ」

「もう一杯もらっていいかね？」

須藤はうなずくと、壁にもたれて、混乱した頭の中を整理してみた。

――北見圭司は支社勤務時代に知りあった、この丸山という下請社員を巧みに利用して、古書の詐欺をはじめた。おそらく「小久保」や「仲丸」以外にも多数の偽名を用いている筈である。しかし、古書店は信用のある顧客でも、非常に高価な本は前払いでないと送らない。この方法は効率が悪かった。とくに一年前祖父が死に、そっと蔵書を持ち出すようになってからは、通信販売を利用した騙りが面倒になった。そのうち、どのようないきさつからか、風光彰と知り合い、その祖父が膨大な蔵書を所有していることを嗅ぎつけた。彰が祖父と折り合いがわるいことを知った彼は、〝蔵書をできるだけ持ち逃げしてこい〟と焚《た》きつけた。ちょうど本を荷造りしているところを祖父に見咎《みとが》められ、取っ組み合いになったということも考えられる。とにかく、明美の話では、祖父を足腰の立たないほど殴りつけて、蔵書を持ち出した。むろん祖父か姉が捜索願を出すことが予想されるので、圭司はとりあえず彰を八戸の下請社員の寮に内緒で同居させ、善後策を考えることにした。しかし、なぜ自分のマンションにつれていかなかったのか、ここに一つのナゾがある。八戸はいくら勝手知ったる土地とはいえ、あまりに遠方である。

「畜生、そうだったのか」と、須藤は思わず叫んだ。「明美だ。圭司のマンションには明美が出入りしているのにちがいない。まさか彰と会わせるわけにはいかないだろう。妻妾同居というのは例があるが、姉弟同居というのは聞いたことがない」

須藤は、忌《いま》わしい想像のため、すっかり酔いがさめてしまい、気分が悪くなってきた。丸山はへべれけになって、さかんに何か喚《わめ》いているのだが、隣席の四人連れが大声で話をしているのに妨《さまた》げられて、はっきり聞きとれない。ただ、「消えるからな」と言ったように思えた。

「何が消えるって?」須藤が問い返しても返事がない。手の甲で赤い鼻をごしごしすると、うつむいてコクリコクリしはじめた。

おかみが傍に来たので、須藤は何気なさそうに丸山を指しながら言った。

「どこでもこうだから、いやになるよ」

「あら、そうお。うちじゃ今日がはじめての方ですけど」

須藤は目の前で酔いつぶれている男をじっと見つめた。小肥りで、少しむくんだ顔。髪はややちぢれて、短めに刈りこんでいる。眉が薄いほかは、どこにもある平凡な顔だ。しかし、全く訛《なま》りがないところを見ると、地元の人間ではないようだった。もっとも、昼間会った図書館の人々も、訛りは目立たなかったが、丸山のような男の場合は、酒が入ると生地があらわれると考えてよい。酔いつぶれる前に、もう少し素性を聞きだしておくべきだった。

この瞬間から須藤の頭の中には、生酔いのあとでいきなり寒気にさらされたときのような、不快な感覚が支配しはじめた。それは咽喉に突き刺さった小骨のように、ちくちくと頭の芯を責め苛《さいな》み、少しずつ不安を増幅していった。

旅の疲れがあるせいか、控え目に飲んだ酒は意外に廻っていたが、どこか小さな部分だけは醒《さ》めていて、

「用心しろ、用心しろ」

と、警戒信号を発しつづけているのだった。

9

八戸駅まで引き返し、午前一時過ぎの急行に乗ったとき、身体は綿のように疲れていた。

空席を見つけるとすぐ眠りこんでしまったが、三時間もすると、もう目がさめてしまった。列車は一ノ関《いちのせき》あたりを走っていた。

上野には十一時過ぎに着く筈だった。昼からは店を開けなければならない。今回はだいぶ調査費を使ってしまったが、それも矢口彰人の蔵書に接近できるというアテがあればこその話だった。

明美への関心も作用しているかもしれないが、それは別のことだ——と、彼は自身に言いきかせた。すでに北見との関係がほとんど明白となった以上、あの女に接近しすぎるのは危険だし、その気にもなれない。——だが……。

須藤はつとめて、頭を切りかえようとした。考えなければならないことがたくさんあった。あの丸山という男は、いろいろなことを打ちあけてくれた。もっとも、帰りぎわに無心をされ、須藤のほうでもあらかじめ用意はしていたので、五万円を手渡しておいた。

「ぜったいに、おれが洩らしたことは表に出すなよ」

丸山から、せいぜい凄《すご》みをきかした目つきで脅かされたが、須藤は苦笑して受けながした。どうも、すべてが本当のことは思えなかったからである。

考えてみれば丸山は、喋る必要がないわけだ。このことは寮の守衛も同じで、須藤に門前払いを食わすのが本当だろう。

ということは、彼らは北見圭司に必ずしも好感情をもっていないことを意味するのかもしれない。たとえば、金の切れ目が縁の切れ目ということだってある。

だが、それればかりではないようだ。とくに丸山の場合、風光彰をしばらく同居させたとい い、耳のうしろから後頭部のアザのことまで知っていた。

若い、女のような容姿をもった男は、その種の外傷を長髪でかくしているものであって、 簡単に人に見せるとか、打ち明けるとは考えられない。

「そうか！」

須藤が思わず声を出したので、横の席で眠っていた中年の男が、目をさまして、うさん臭そうに彼の方を見た。

丸山と彰は関係があったのだ。さらに丸山と圭司をつなぐのも、その線であろう。こう考えると、すべてが明白になってくる。

丸山が圭司に憎悪を懐《いだ》いているのは、おそらく彰との間を引き裂かれたからであろう。それがいつのことか、場所はどこであったか、もう一度初めから考え直してみなければならない。彰が八戸に来ていたという証言は、丸山以外からは得られていないのである。もしかしたら、丸山は東京の住人で、本拠はそこにあって、圭司とは例のバーあたりで親しくなり、一緒に遊び歩いていた者同士なのではあるまいか。マンションの仕事で知り合ったというのは、大いに疑わしい。

彼は、今回の詐欺を思いついたため、現地へ〝出張〟したのではあるまいか。圭司との共謀は、最初のうちはうまくいっていたが、やがて経済的にも行きづまり、おそらく彰との仲もからんで、しっくり行かなくなった、ということが考えられる。

本に挿まれていた領収書のナゾはどう解くか。たぶん丸山は送られてきた本をいちいち開けて、二、三冊を抜きとっては売却していたのだろう。『不良少年の研究』は手元において途中まで読んだが、うっかり栞がわりに領収書の切れっぱしを挿みこんだまま、忘れてしまったということが考えられる。

「謹賀新年」というハガキの説明も、もっともらしいが、彰の筆跡を真似て東京から投函してもよい筈だ。悪知恵の働く圭司か丸山が、番号から辿られるのをおそれて、八戸で入手したものを用いたと推定するほうが自然である。

以上のことを総合すると、何がうかびあがってくるか。――彰が八戸に行っていない、ということである。丸山は東京で彰を知ったのである。下請会社の寮は狭かった。赤ん坊が生後半年とするなら、丸山は妻と一年半ぐらい前から一緒になっていたということだ。別々に住んで交渉があったとも考えられるが、とても彰のような存在を受け入れる余裕はないのではなかろうか。

彰はずっと東京にいたと考えるべきである。とするなら、奴らはなぜこんな細工をしたのだろう？

須藤は時計を見た。五時半を過ぎて、仙台に着こうとしていた。すぐ下車して風光明美に電話を入れようと思ったが、アパートの管理人の渋い顔を思って、はやる心をおさえつけた。

――上野駅に着くと、須藤は赤電話にとびついて、彼女のアパートに電話し、勤務先の小出版社の所在を聞き出した。それは高円寺《こうえんじ》の駅から五分ほどの場所のようだった。なお、思いついて大家の小高根閑一にも電話しておいた。

商店街のはずれから奥まったところにあるマンションを探しあてるのに、意外に手間どって、彼が明美の勤務先に着いたときには一時半を過ぎていた。

「明治古典史料研究所」と書かれた扉を開けると、四、五人の社員がいっせいにこちらを見た。来意を告げると、一同顔を見合わせていたが、左の窓ぎわにいた女性が明美を呼びにいってくれた。何だか妙な雰囲気だった。

数分後、明美がひきつった顔をして出て来た。須藤と目が合っても、何も言わない。彼女のうしろから社長とおぼしき老人が現われ、

「堀江《ほりえ》さん、風光さんが辞めます。今日までの給料、計算してください」と大声で言った。他の編集者は下を向いて、聞こえないかのように仕事をしている。

「どうしたんですか」須藤は訊ねた。

「だまって」明美は冷静な口調で言った。「いいのよ。クビになったの」

彼女は何枚かの一万円札を受けとると、ハンドバッグに投げ込み、須藤を外へ押し出し、自分は同僚にちょっと手をふると、バタンと扉をしめた。

商店街を先に立って、ずんずん歩いてゆく彼女のうしろを、須藤は黙ってついていくほかはなかった。

「クビになった瞬間に行き合わせるとはね」

駅前の喫茶店に入ると、須藤はさすがに驚きから醒めやらないように言った。

「いいえ、いつ来てもこうだったと思うわ。年中、あんたはクビですって怒鳴るのよ。ちょっと校正ミスをしてもクビ。帳簿のつけ忘れをしてもクビ。真《ま》にうけて辞めたら、同僚が困っちゃうから、責任感のある人は頑張るのね。次の日も来るのよ。でも、しばらく給料は出ないこともあるの」

「なぜそんなところに我慢してるんだい?」

「編集者って、余ってるのよね。出版社は人減らしをしてるし、プロダクションは仕事をとるのに懸命だし。私みたいにキャリアもないし、年《とし》もいってると、もうどこにも入れないの。あそこにいる人たちも、みんなそうよ。五年間、全然給料があがらない人もいるの。いつやめろといわれるかも知れないんで、定期も一か月分ずつしか買えない。会社として保険にも入ってないんで、各自国保に入るしかないのよ」

「そうだったのか」須藤は最初のとき、彼女が身分証明用に国民健康保険証を示したのを思い出した。「今日はどんな理由で?」

「十分遅刻したこと。第二に、外からたびたび電話がかかること」

「それだけ？」

「そうよ。ちょっと失礼」

彼女は手洗いに立っていった。須藤は手もち無沙汰に横のテーブルを見ると、店で備えつけてある新聞が目についた。朝刊を見ていなかった須藤は、それを手にして、ざっと三面に目を通していった。

——偶然は神意の別名である、とは、シャンフォールの言葉である。しかし、須藤がその新聞に見たものが、はたして〝神意〟であったかどうか。

都内版の下の方にベタ記事が出ていた。

高級マンション爆発
被害者は社長の息子

二十一日未明に発生した麻布の高級マンション『グランドイリュージョン』ガス爆発事故で、火元の四〇二号室から発見された遺体の身元は、歯の手術痕などの特徴から、新宿区大京町《だいきょうちょう》に本社をもつ北見商事の仁久社長の長男圭司さん（三四）と判明した。圭司さんは別名で室を所有していたため、確認に手間取ったもの。

都会でのマンションやアパートのガス爆発は、もはや珍しい出来事ではなくなっていた。

一等地区の高級マンションでは、さすがにこの様な事例は少ないが、周辺に被害が及ばなければ、あまり大きな記事にならない。それに、この一件は北見家がモミ消しに動いたことが想像される。少なくとも、後追いの記事内容は、ベタでは勿体《もったい》ないニュースバリューを備えていた。

須藤はコーヒーを飲みながら、あらためて前夜からのことを反芻《はんすう》してみた。そうだ、丸山はすでに圭司の死を知っていたのだ。圭司がいなくなれば、すべての罪をかぶせて、自分はちょっと手伝っただけ、とすましていられる。逆に圭司の保護も得られなくなるから、最後っ屁《ぺ》をしてズラかるということも考えられる。あのとき、「消える」とか何とか言っていたのは、そうした意味かも知れない。

「お待たせ」

明美が戻ってきた。

「北見圭司が死んだね」

「……何のこと？」

「もういい。ぼくにはすべてわかってるんだ。率直に話してくれないか。そうしないと、弟さんの命にかかわる」

「弟の命？　弟も死んだの？」

「しっ、聞こえるよ。ここを出ようか」

「どこも同じよ。ここは空いてていいんじゃない？」

「そうかもしれない。気軽に打ちあけるつもりで」

「弟のことは？」

「まだわからない部分がある。きみの話を聞いてからにしよう」

「話といっても、そう簡単にはいかないの。長く、おどろおどろしい因縁話があるのよ。でも変ね。こうやって冷静に話せるのは。あしたっからどうやって食べて行こうかということがあるせいかしら。考えてみれば、人間って、そういうことのほうが重要ですもんね」

「さあ、早く。時間がないかもしれない」

「いいわ。まず、祖父と北見義秀の因縁からお話ししましょう。北見圭司の祖父は義秀といって、私の祖父とは群馬師範での同級生でした。在学時代は仲がよくて、ほとんど親友といってもいいくらいだったそうですが、同じ学校で教鞭をとることになってから、祖父のほうが教師としては適性があったらしく、じっさいに教壇に立つと生徒から人気がありました。北見のほうは、こわい先生で通っていたようです。

もっとも、北見はそんなことを気にする人でもなかったようです。二人は満足して、それぞれの道を歩いていました。

祖父は二十五歳のとき、昭和元年に結婚しました。相手は隣村の、もと郷士だった人の娘で、なかなかきれいな人でした。北見もその翌年に結婚しましたが、夫婦仲が悪くて、その反動というのか、友達の妻……つまり私にとって祖母ですわね、その人に横恋慕をしかけたんです。

くわしいいきさつは、祖父も話したがらないからわかりませんが、当時のことだから、手を握ったとか、ちょっと抱きついたとかいう程度のことが、さわぎの原因になったのかもしれません。なんでも酒の入った席で、祖父は北見を罵《ののし》り、はずかしめたということです。

教師というものが、建前として清廉潔白な人格者であるべきなのは、今も昔もかわりませんが、当時は非常に社会的規制が強かったと思います。北見はあやうく失職しかけ、首の皮一枚をのこして、ようやく助かったようです。そして、いらい祖父に怨《うら》みをいだくようになってしまいました。学校はたがいに別々になりましたが、家が比較的近所ですので、よく出会うことがあったそうですが、すれちがう時にはソッポを向いて、うしろ姿に唾《つば》を吐きかけ合ったというから、相当なものでした。

こういう人間関係を運命というのでしょうね。戦争はそれをいっそう歪めて、一つの人生を台なしにしてしまいました。いや、孫の私たちにまで影響を及ぼしたのだから、三代にわたって祟ったわけです。

祖父は大正デモクラシーの影響をうけて、戦時中も比較的リベラルな教育を行なっていました。美濃部《みのべ》達吉《たつきち》博士の天皇機関説を支持し、それを授業で話したそうです。

ところが、北見義秀のほうは時局便乗主義というのか、翼賛選挙などは先頭に立って動きまわるというタイプの人でしたから、祖父のリベラルな教育を見のがすわけはありません。早速、追放運動をはじめて、とうとう目的を達成したというわけです。

かわいそうなのが私の祖母でした。昔の女性ですから、すべての非は自分にある、自分の不徳のせいで、夫の一生を台なしにしたという考えに陥っていきました。また、周囲の心ない人に責められることもあったようです。疫病神《やくびょうがみ》とか何とか……。とうとう自殺をはかって、少し精神に異常をきたし、実家のほうから離縁を申しこんで来ました。

けっきょく、祖母は一人娘をつれて矢口家を出たのです。昭和十九年の暮のことで、祖母は三十六歳、娘……というのは私の母ですが、十八歳でした。

戦争が終ったとき、祖父はまだ四十代の半ばごろでしたが、この年齢になると、人生のやり直しにもバイタリティーや運の良し悪しが関係してくると思うんです。祖父は一時教職に復帰しましたが、昔の情熱はなく、おまけにレッドパージにひっかかりそうになって、とうとう教員生活に愛想をつかし、郷里からも出てしまいました。実家に山林を中心に相当の資産があり、旧憲法のもとで家督相続していましたし、それが農地改革の影響もほとんど受けなかったので、昭和三十年ごろから安定した収入を生むようになりました。これだけは幸運でしたが、人間としてはご存じかもしれませんが、すっかり変り者になってしまって、古本屋さんの間では有名人でしたが、はっきりいって敗残の人生でした。

北見の運命は全く正反対でした。戦後すぐに公職追放されましたが、材木の横流しなどで大もうけして、事業家に転向しました。昔のことを知っている人が多くて、教師は続けにくかったでしょうし、もともと事業方面に適した人だったんです」

ウエイトレスが水を替えに来たので、明美は話を中断した。客はほかに主婦が三人、離れた席にいるだけである。ごくありふれた喫茶店の午後の風景であった。須藤は、気の滅入るような昔話を、こういうアクセントのない環境の中で聞けることを、かえって感謝した。

「話しにくいことは適当に省略して」と、須藤は言った。「おもにあなたと弟さんのことを話してください」

「戦後は、母と私と弟が祖父の家に厄介になっていたことは、以前にお話ししましたわね。祖母は実家で病死しました。ところで、ここからが話し辛いところなんですが、いったい私がだれの子供かということなんです。

終戦のあと、もう二十五歳になった母は、結婚難の時代でもあり、父親がなくて貧しいというハンディーもあって、結局水商売に入りました。料亭づとめです。四、五年そうしているうちに、ある会社重役の二号になったんです。その人の名はここでとくに申しあげる必要はないので、Aとしておきます。Aは奥さんが病身で、事実、母との関係が生まれてから二年目になくなりました。このさい籍に入れるという話も出たんですが、母はことわりました。そのころになって、Aという人の経営する会社が、北見商事と密接であることがわかってきたからです。母は、もしかしたら自分とAを引き合わせるよう工作したのも、北見ではないかと疑い、いろいろAに訊ねましたが確証は得られなかったそうです。

Aは別宅を用意してくれましたが、母にはすでに私という子供が居ましたので、夜は必ず祖父の家に帰ることになっていました。遅くなると、夜道をタクシーでとばして帰ってきました。そのため、とうとう事故で死んだのは、前にお話しした通りです」

「子供を生んだということは、双方結婚の意思があったということかな」須藤は少し息苦しくなって余計な口を入れた。

「Aにはあったと思います。しかし、後々のために、子供の認知は別人に頼みました。これはなかなか大変だったようです。母のほうは半々でしょうね。性格として、せっかくお腹に宿った生命を抹殺したくないという……当時の人には、水商売でもそう考える人がいたのではないでしょうか。Aという人も、人間としてはけっして悪くない人だったと思います。母の手を通じて、よく手に入りにくい学用品などを贈ってくれたりしたもので、私たち姉弟は、何も知らず喜んでいました。

私が母の秘密をうすうす感づきはじめたのは小学校四年生のころで、同級生に『あんたのお母さん、お妾さんなんだってね』と言われたのがきっかけでした。悩みました。やがて母を憎むようになりました。でも、このへんのことは世間によくあることですし、私もこれ以上ふれたくありません。

とにかく、高校に入るとき取りよせた戸籍抄本を見て、私が詰問すると、母はくわしい経《いき》緯《さつ》を話してくれました。その二年後、母は死にました。

私と弟のことでしたね。私は大学へ行く資力はなく、祖父の面倒も見なければならない事態でしたので、就職を希望しましたが、こういう出生だし、両親がないので、まともなところへ入ることができませんでした。とても焦って、一時は水商売でもと思いましたが、それでは母と同じになってしまう。どうしようかと考えていた矢先、私のことを心配してくれた担任の先生から、〝好条件で受け入れるといっている会社があるから、形だけ受験してくるように〟と言われました。それが北見商事だったんです。

そのころ北見義秀は実質的に引退して、会社を長男の仁久に任せていました。この人は父親ほどの悪人ではなく、そのへんによくある経営者タイプの人でした。ああいう商事会社ですから、人間がよくてはやっていけないと思いますが、商売敵から昔のことをあれこれ言われていたこともあって、私の母の事故死を知っていらい、それとなく私たち姉弟のことを気にしていたようです。世間の噂の矛先《ほこさき》をかわそうと思って、私に恩を売って来たということでしょう。

義秀が何といったか知りません。私の方も非常に抵抗がありましたが、とにかく追いつめられていましたから、北見商事に就職しました。昭和四十三年のことです。弟は八つちがいで、そのとき十歳でした。

圭司は仁久の長男で、私より二歳年長です。そういう人がいるということは、就職して二年後に彼が会社に入ってきてから知りました。もう現代の世代ですから、私もフランクになろうと努め、圭司のほうでもとくに私の過去を意識する様子もなく、そのまま二、三年が過ぎました。

社長に就任した北見仁久から、圭司との結婚話をもち出された時はショックでした。私は彼のことを全くそんな眼で見ていなかったし、いくらこだわらないつもりとはいえ、結婚となると迷います。少なくとも祖父が生きているうちは不可能です。私は即座に断わりましたが、おつき合いだけはしてくれないかというのを断わるわけにもいかず、弟の学費も相当かかるようになっていましたから、やむを得ず承諾したんです。

むろん、今から思えばその時点で会社を辞めるべきでした。でも、転職すれば条件は極端に悪くなるし、弟は大学に入れてやりたいと思うし、けっきょくずるずると続けることになってしまったんです。

私は圭司という人のことを、どうしても嫌いということはありませんでした。でも、会社員としては無能で、遊ぶほうもまあまあという程度の男に惹かれるわけはありません。一口にいって、将来の家庭像を思い描くことができないということだったんです。

北見仁久としては、社長の息子なら縁談はあるが、どうも欠陥人間だということを親として知っていた節があります。それに圭司が私との結婚の意思を、めずらしいほど強く示したので、考えてみるといい取り合わせかもしれない、ということになったのだと思います。

もうくだくだしくは言うまでもないでしょう。私は圭司に身体を奪われてしまったんです。いろいろ後悔はのこりますが、でも、ああいうワルが巧みな手を使ってくると、女というものはそう簡単には逃げられないんです。

私は元来、とても潔癖なところと、現実主義のところがあるんです。きびしい制約のある人生の中で、あまり何かにこだわっても生きていけない、と割り切ってしまうところがあります。

言いわけはともかく、それから圭司とのことはずっと続きました。男と女のことですから、こまかいことは勘弁してください。でも、私はこの方面には意外に迂闊《うかつ》なところがあって、圭司がゲイバーに出入りしていることや、ほかの女を時々つまみ食いしていることを、かなり長い間知らなかったんです。一つには、圭司がかなり一族の内幕を教えてくれるようになっており、しいていえば父親の仁久が私をあえて雇い入れたのも、下心があったからだなどということまで打ち明けるほどになっていたからです。

何もかも、私がしっかりしていなければいけなかったんです。私がだめだったから、弟にまで迷惑をかけて……」

「今日はとりあえず、それがポイントでしょう?」須藤は先を促すように言った。腕時計を見ると三時半を過ぎていた。

「あとは簡単に話します。弟が中学時代からグレたことはお話ししましたね。やはり出生の秘密を知ったからです。父親が居ないし、祖父からは甘やかされるし、引け目はあるし……ということで、家庭内暴力をふるうようになったんです。憎しみの対象は私に向けられました。その辛さは、短い言葉ではとうてい表わせません。

そうした私たちの泥沼のような関係の中に、圭司がスルッと入りこんで来たんです。弟は工業高校に入ったんですが、圭司に誘われて遊びまわるようになってからは、学校へも碌《ろく》に行かなくなってしまいました。

会社のほうでも、私と圭司の問題がどうも発展しないので、冷たい態度を露骨に示すようになっていました。私はとうとう決心して、いまの職場に移ったんです。すごい悪条件の職場ですが、これでよかったと思っています。なぜもっと早くそうしなかったのかと……」

「圭司という人は、マンションを持ってますね」

「親に買ってもらったんです。親としては、息子が自立する気分になってくれれば、ということだったんでしょう。ところが、時々自分の家へ帰ってみたり、マンションへ悪い友達を誘ったりで、全然効果がなかったようです」

「弟さんはマンションへ行きましたか?」

「行きました……いや、行ったと思います」

「大事なところですよ。ここまで話したんだから、いいでしょう」

「じつは……マンションの廊下で弟と鉢合わせしたことがあります。もう聞かないでください」

須藤は、明美が、弟と圭司との関係を知っていると判断した。しかし、それを口に出すのは躊われた。

「事件当夜、弟さんがマンションに居た可能性はありませんか」

「ありません。いや、ないでしょう」

「どうして？」

「警察が調べたでしょうから。いくら何でも、そんなことがあれば、新聞に出るわ」

「とすると、結論は一つになる。ぼくの推理によると、弟さんは八戸に行っていない。それどころか、練馬のお祖父さんの家を一歩も出ていない筈です」

「えっ？」

「いまのあなたの打ち明け話を聞いて、大へん役に立った。矢口家と北見家の葛藤《かっとう》や、その子孫たちが、いってみれば現実的な関係を結んでいて、それがいいとか悪いとかいうことの判断は控えたいけれど、矢口彰人さんにとっては絶対に許しがたいことだということもわかった。つまり、矢口さんはそうしたことをいっさい知らずに、本の世界に沈潜していたわけでしょう？　ところが、彰君の暴力沙汰や、本の持ち出しというような事件を通して、北見との関係を知ったとき、どう思ったか、第三者のぼくにもわかる気がする」

「だから、祖父となぐり合いになって……」

「いや、それ以上のことがあったと思わなければならない。これからすぐ矢口さんの家へ案内してください」

「……それは、できません」明美は初めて強い動揺の色を見せた。

「なぜ?」

「あの、……祖父はふつうの人ではないんです」

「ふつうでない?」

「あの暴力沙汰があって本が奪われていらい、狂ってしまったんです。お医者さんもほとんど受けつけず、私が一日おきに世話に通っていますけど、時には私の顔さえ見分けがつかないようなんです。祖父は思えば戦後の挫折いらい、ずっと狂っていたんですわ。度が進んだということなんです」

「いや、肉親のそういう姿をさらしたくないというあなたの気持はわかるけど、人の命がかかってるんですよ」

「……」

「あなたがいやなら、ぼく一人で訪問させてもらいます。こじあけても入ります」

須藤はここが正念場だと思った。

「ちょっと待ってちょうだい。そんなことしたら殺されるわ」

「殺される?　そんなに狂暴なんですか?」

「……とにかく普通の人ではないんです。警察に届けたほうがいいわ」

「そうかもしれないが、いきなり警察に話してもとりあげてくれるかどうか。それより、ちょっと様子を探っておくことだ」

明美はなおも逡巡していたが、やがて遠くを見据えるような目付きになって言った。

「いいわ。このさい何もかも一度に片をつけるのはいいことかもしれない」

10

東京の西の区域は、鉄道が東西に走っているが、南北は不便である。二人はタクシーをひろって環状七号線を急いだが、練馬区のS町に着いたときは五時半をまわっていて、路地の奥は薄暗かった。

明美は鍵をとり出して、がっしりした門を開けた。三和土《たたき》を数歩あるくと、そこがもう玄関であった。

「まず、明るいうちに、庭を見せてください」

「うちは敷地いっぱいだから、庭はあまり広くないのよ」

事実、母屋と塀の間には、やっと一人が歩けるほどの通路しかなく、土は苔で固まっているようだった。

「じゃ、中へ入れてください」

「用心してね」

明美はもう一つの鍵で玄関のドアを開けた。そのとたん、須藤の眼にとびこんで来たのは、平積《ひらづ》みにした本の壁であった。つまり、玄関が本の倉庫になっているのである。

「こっちよ」

明美は右脇のほうに、人一人がようやく通れるような、細長い空間を示すと、自ら身体を斜めにして、中へ入っていった。

「これは……」

須藤は思わず小さな叫び声を発した。狭い通路の両側は、ほとんど天井に達するまでに積み上げた本の壁である。それが、ほとんど分類整理されず、全集の端本があるかと思うと、娯楽雑誌があるというぐあいに、ただ雑然と積まれている。

「本の倉庫ですね」

「しっ。黙ってついてきて。それから本にぶつからないように」明美はバッグから懐中電灯をとり出した。

須藤は身体をはすかいにして本の背文字をチラチラ眺めながらついていった。思わぬいい本もあれば、古本市場で十円にもならない駄本もあり、まさに玉石混淆《ぎょくせきこんこう》だが、それにしてもこの圧倒的な量感はどうだろう。

これらの本が、いったいどのくらいの部屋に積み上げられているのか、まったく見当がつかなかった。強烈な黴《かび》の臭いが彼の鼻孔を襲った。すでに玄関と六畳ぐらいの部屋を通り抜け、いま敷居を跨《また》いだので、隣室へ入ったようである。まだトンネルは先へ先へと続いている。とにかく、家中の襖《ふすま》や障子をすべて取り払って、寸分の隙間もなく本をびっしり積んであるようだった。一部分、本棚があったが、そのわずかな隙間にも横に本が押し込まれ、一冊抜き出して奥を見ると、そこにも本が高く平積みになっているのだった。

四部屋ぐらい歩いたろうか。とにかく、わずかな懐中電灯のあかりに頼って、あとからついていくと、明美が急に立ちどまり、電灯を消した。

須藤は前方を覗き込んだ。そこには畳一つほどの空間ができているようだった。屋根の明り取りの窓から、ボンヤリと本の壁が見えたが、下の方は何も見えなかった。

「おじいちゃん」

明美が声をひそめて呼びかけた。

「おじいちゃん、わたしよ。寝ているの?」

返事がない。ただ、かすかに規則的な寝息のようなものが聞こえてきた。

「もう何年も、こうしてるんです」明美は声をひそめて言った。「食事もここでして、わたしが身体をふいてやっています。牛乳や店屋《てんや》ものをとりに行くときだけ、明るいところに出るんだけど、もう眼が不自由だし、それ以上は歩けません。こうやって本に囲まれてないと不安なんです」

「一日中、じいっとここに坐っているんですか?」

「そうです」

気がつくと、寝息がとまっていた。須藤が明美に注意しようとしたとき、

「誰だ?」

洞穴《ほらあな》の中からひびくような、くぐもった声がした。

「わたしよ。おじいちゃん」

「おまえか。遅いじゃないか」

「ちょっと用があったものだから」

明美はそういうと、手で足もとをさぐり、片膝を立てるようにして坐った。なぜ懐中電灯をつけないのだろうか、と須藤は訝った。

しかし、明り取りの窓からのわずかな光に慣れると、徐々に下の光景が見えてきた。白髪の老人らしき姿だった。横臥《おうが》して、毛布をかけていた。そのほかには、小さな食卓と、食器類、それに開いた本が数冊放り出してあるだけだった。

「あのね、おじいちゃん。大切な話があるのよ」

老人は意味不明の呻《うめ》き声を発した。

「彰のことなのよ」

「なに？　彰？」

老人は起きあがろうとした。明美が食卓を廻りこんで近寄り、上半身を支えてやった。しかし、うつむいているので顔は見えなかった。プーンと、甘酸っぱいような臭気が漂って来た。

「彰の行方がわかるかもしれないの」

「なんだ？　彰の行方？　わしはそんなことはどうでもいい。あんな奴はわしの孫ではない」

「それだからって行方不明のままではすまないでしょう？　わたしがいつもそういうと、わかってくれていたじゃない？」

「ああ」老人は呻き声とも肯定ともつかない返事をした。

「今日はね、お客さんが来てるのよ」

「なに？　客」

「そうよ。親切な人で、彰の行方を探してくれているの。お話を聞いてくれる？」

「ああ」老人は再び曖昧な返事をした。

「話してみて」明美が促した。須藤は一歩前に進み出た。白髪らしいものが、かすかに揺れた。

「須藤という者です。彰さんの行方を……」

「何者だ」老人の声は一変して鋭くなった。「誰が入っていいと言った」

「わたしがいいと言ったのよ。大変な場合なのよ。いいとか悪いとかではないのよ」

「本を盗みに来おったのだろう」

「ちがうのよ」明美は立ち上がろうとする老人を必死に抑えつけている様子だった。「彰のことなの。何遍言ったらわかるの？」

老人は静かになった。須藤はその場にかがみ込んで、囁きかけるように言った。

「矢口さん、こうして積みあげている本が、だれかによって少しでも動かされていたら、すぐわかりますか？」

「わかる」言下に答が発せられた。

「彰さんは、どこにある本を持って出られたんですか」

「このうしろの雨戸をあけて、持ち出しおった。あいつめ！」

「明美さん」須藤はだいたいの状況がわかってきたので、質問の相手を変えた。「彰さんが出ていったあと、矢口さんは倒れていたと思うんですが、どのへんにおられたんですか？」

「その、本のトンネルの入口のところに、身体を突っ込むようにして。ちょうど私が来たとき、半ば気を失っていました。もっとも、一日動けなかったので、お腹が空いたということもあるでしょうけどね。でも全身にアザがあって、ひどい状態でした」

「本はどうなっていました？」

「さあ、このへんのものはだいぶ崩れてましたよ」

「つまり、ここで争ったということですね」

「そうです。食器なども割れていたし、薬罐《やかん》がひっくり返っていましたから」

須藤は正座して、指で畳のへりを確かめようとした。かすかに畳の下が軋《きし》んだ。

「ここはちょうど一畳分ですか」

「そうです。以前おじいちゃんは畳の下に預金通帳や書類をかくす癖があって……。でも、このところ、一畳分より狭くなったようだわ」

「明美さん、すみませんが、おじいさんにお願いしてください。この畳をちょっと上げさせてもらいたいんです。どうもおかしい」

須藤は立ちあがると、もう一歩進み出て床を二、三度踏んでみた。やはり軋む音がした。

「床がどうかしているというの？」

「そうです」

「この家は本の重量で、根太が落ちそうになっているのよ」

「それにしてもおかしい。このお宅には、ほかに本を置いてないスペースがありますか？」

「さあ、あとは洋服簞笥《だんす》のある六畳間と、お台所です」

「ちょっと見せてください」

明美は祖父から離れると、奥へ向かう通路に入り、懐中電灯をつけた。須藤は一瞬彰人のほうをふり返ったが、蔭になっていて、なにも見えなかった。

再び本のトンネルを二部屋ぐらいたどると、狭い部屋に出た。そこにはたしかに箪笥類や長持、文具、道具箱などが雑然と置かれていて、納戸として使用されているようだった。

台所は四畳半ほどの板の間で、古い簡単なキッチンセットと、電気ストーブがあるだけだった。

「火が心配でしょう」

「ええ。でも祖父のほうが、その点だけは本能的に警戒してるようだから……」

須藤はしばらく、明美の照らす懐中電灯の光に頼って、部屋のあちこちを見まわしたり、道具箱を開けて鋸《のこぎり》を取り出したりしていたが、

「どうもここではないようですね。戻りましょう」

「床下に……、あの……」

「そう。あなたの考えてる通り」

「まさか!」

彼女は息を呑むように言った。

「そうとしか考えられない。半年前、本を運び出してから、実際には誰も彰君の姿を見た者はいないんです。あのとき矢口さんはだいぶ怪我をされた。つまり、本を持ち出そうとする彰君や北見に抵抗して、半殺しの目にあったというわけだが、北見にとっても彰君は用ずみ

だったといえる。本を車に運んだあとで……」

「でも、祖父が気がつきます」

「おじいさんが気を失っている隙に、どこかへかくしたと推定するのが、いちばん確かでしょう。まず考えられるのが、この本の中だが、こんなに通路が狭いところで、何年にもわたって天井までビッシリ積み上げられた本を崩すというのは容易ではないし、死体……ごめんなさい、もうはっきり言います。その死体の上に本を積むといっても、実際に見ると不可能に近いことがわかります。それに、こうして見たところ、だいたい古い本が下になっていて、配列を乱せばすぐわかりますね。また、素人が積み上げたものと、本を扱い慣れた人が少しずつていねいに積んだものは、バランスを考慮している点で、すぐわかるもんです。たいていの本は背の部分と開く部分の厚みがちがうから、四、五冊ずつたがいちがいに積むんです。ほら、この全集の揃いも、そうやって安定させてますね。しかし、こんなに高く積むというのは、一つの技術ですね。前後左右の力が微妙に均衡を保っているんでしょう。それだけに、人間を一人入れるくらい動かすというのはむずかしい」

「けっきょく、おじいちゃんの今いるところってわけね」

「そう。ぼくの気になったのは、畳のへりのあたりをさわってみたら、四角く凹《くぼ》んだ跡があったことです。つまり、そこまで本が積んであったのを、比較的最近、移動したという疑いがある。ちょうど一列分ぐらいね」

「畳をあげるため、ということ?」

「そうです。それにいま道具箱を見たら、鋸におが屑が付いていた。断定はできないが、床板に細工したものだとすると……」

「すぐ行ってみましょう。もう放っとけないわ」

明美は意を決したように言うと、再びトンネルに入っていった。須藤もあとに続いた。

祖父のいる所へ来ると、明美は電灯を消した。すでに夜に入ったらしく、明り取りの窓からも全く光線が入ってこない。

「おじいちゃん」

「……」

「おじいちゃん?」

明美がもう一度呼びかけた。須藤も前へ出て、

「どうかしましたか?」

と訊ねた。

その瞬間、須藤は左の頬に鋭い痛みを感じて、思わず、

「あっ」

と叫ぶと背後の本の壁に倒れかかった。矢つぎ早に、肩のあたりに激痛が襲った。本が数冊、バラバラと落ちて来た。

「おじいちゃん、どうしたのよ？　なにするの？」

明美が止めに入ったが、身体のどこかを突かれたらしく、悲鳴をあげた。

「危ない、ステッキだ！　明美さん、早く逃げなさい！」

須藤は蹲《うずくま》ると、明美のいるあたりへ手をのばした。とたんに脳天から右の耳にかけて、切り裂かれるような痛みが……。

「おじいちゃんっ！」

たまりかねた明美がパッと懐中電灯をつけた。同時に須藤は恐怖の叫び声を発した。

何年も櫛《くし》を入れたこともなさそうな、もじゃもじゃの黄ばんだ白髪、白い苔がびっしり張りついたような皮膚。眉毛は抜け落ちて、吊りあがった赤い眼は、大きな黒い隈に縁どられている。

人間の顔だろうか。

「この本盗《ぬす》っ人《と》め！」

真向から振り下ろされた杖を辛うじてかわした須藤は、必死の力をふりしぼって、老人の足にしがみついた。

「この、この盗っ人め！」

老人は須藤の背中を乱打しながら、横ざまに倒れた。どさっと三、四段分の書籍が落ちてきた。

「えーい、退《の》かんかっ」

老人とは思えぬ力に蹴とばされて、須藤は再び本の壁に叩きつけられた。グラリとその一角が揺れて、紐で束ねた本が落下してきた。

「早く逃げろ！」

しかし、明美は必死に祖父を抑えようとして、脚を打たれ、悲鳴をあげつづけている。

須藤は痛みを忘れて立ちあがり、そのほうへ近づこうとした。

一瞬、家全体が傾《かし》いだような気がして、身体が宙に浮いた。そのときは、根太が腐って、畳が落ちたのだと判断する暇もなかった。明美が絶叫した。

地鳴りのような不気味な音を発して、何百冊、何千冊もの本が、三人の上に落下してきた。二十年、三十年の間、微妙なバランスによって積み上げられた書物の堆積が、いま僅《わず》かに傾いた一点に向って、その均衡を崩しはじめたのだった。

本の重みが、ぐんぐんと背骨に加わり、須藤は床土にべったりと顔を押しつけられてしまった。肋骨に強烈な痛みが走った。

薄れていく意識の中で、彼は大正年間、ソビエトのニコラエフスクで海賊行為を働いたことで有名な、江連力一郎《えづれりきいちろう》という壮士気どりの男が、『ステツキ術』という本を出しているのを思い出した。こんなときに、古本屋っていうのは因果な商売だ……自嘲の念が閃《ひらめ》くと同時に、すべては闇の中に沈んでしまった。

＊　＊　＊　＊　＊

気がつくと、須藤は酸素吸入器をあてがわれていた。眼の焦点が定まると、俚奈の顔があった。背骨に激痛が走った。

「ばっかみたい」

俚奈の第一声だった。須藤は顔をしかめた。

「もうちょっとわたしが遅れたら死ぬとこだったのよ。あの人のアパートで聞いて、矢口彰人の家しかないと考えたの。そしたら二人の靴があったから……」

須藤は呻いたが、吸入器のため、口が利けなかった。

「これ？」

俚奈が小指を示した。須藤が眼で答えると、俚奈は一拍おいて、人さし指と親指で○印をつくってみせた。

あとで聞くと、須藤は斜《はす》かいになった畳の下へ入りこんだため、かすかな空気が通って生き埋めになるのを免れた。しかし、背骨と肋骨が折れて、全治一か月半と診断されてしまった。

意識を回復して二日目から警察の事情聴取を受けたが、床下から発見された死体については何も知らないと言い通した。事実、死体は確認していなかったのである。訊問から判断すると、彰のものと思われる腐乱死体と矢口彰人の全身打撲死体が発見されたようだった。これもあとでわかったことだが、彰の全身にはいたるところに打ち傷があり、致命傷は咽喉から頸骨に達する突き傷だった。須藤は、矢口老人のステッキ術については何も言わなかった。前後のようすから判断すると、北見と彰は老人からステッキによる抵抗を受け、彰は咽喉を突かれて殺された。激した北見はステッキを奪い取ると、老人を半殺しにしたうえ、目ぼしい本を運び出したが、どうしても死体を処分しなければならないと気がついた。

最初は本の下を考えたであろうが、大量の蔵書を簡単に動かすのはむずかしいと知るや、悪知恵を働かせて、老人の居所である畳の下を思いついた。

納戸の道具箱から鋸などを見つけ、畳をあげて、半ば腐った床板の一部を取り除き、彰の死体を落としこんだ。そのとき、当然ながら老人も道連れにと考えたであろうが、明美が捜索願でも出すと、死体の発見が早まるおそれがある。むしろ、彰殺しの犯人である老人を生かしておいた方が、自分の犯行につながる一切の事柄を陰蔽《いんぺい》するにちがいない。北見がこのように考えたとすると、それは図にあたったというべきだろう。

明美は救出後四日間だけは息があった。そのあいだに、北見圭司殺しの犯人は自分だと告白したが、動機その他についてはいっさい沈黙を守ったまま死んでいった。おそらく北見に睡眠薬を飲ませて、ガス栓を開いたのであろう。爆発は偶然に起こったことであり、そこまでは意図しなかったと思われる。

矢口彰人の死は、地方紙にかなり大きく出た。すると、彼の義弟なる人物、つまり三十数年前離別した妻の弟なる人物が出現し、特別縁故者として土地や建物の権利を継承すると言い出した。その手続きが完了しないうちに、ある日、彼は三人の古本屋を呼んで、家中の〝紙屑〟を一切合財《がっさい》処分してしまった。さすがの俚奈も、そのことを入院中の須藤に秘しておくだけの分別は備えていた。

無用の人

1

「お客さん、何かお探しですか?」

須藤康平は、先程から二十冊以上も本を引き出したり、また元へ戻したりしている五十年輩の男に声をかけた。

胡麻塩の髪をオールバックにし、度の強い眼鏡をかけた細長い顔に、どこか見覚えがあった。しかし、須藤が声をかける気になったのは、あまり店中の本をいじり廻されることに苛《いら》してきたからだった。古本屋の棚にある本は、新刊書店とちがって、すべて店主のものである。「私は趣味が広くてね」といわんばかりにあちこちひっかき廻す客がいると、内心あまりいい気はしない。ほとんどの古本屋は、口にこそ出さないが、腹の中ではそう思っている。

須藤は脱サラ後にこの道に入って、まだ五年目という、いわば新参者であったが、愛書家だったせいもあって、本を無遠慮にさわられるのは嫌いだった。とりわけ、今日は怪我をした足をやっとの思いで引きずりながら、三週間ぶりに店に出て来たところである。もともと行動的な性格だから、夕刻になるまでレジの傍の椅子から一歩も動けないでいるうちに、いつの間にか怒りっぽくなっていたのである。

「べつに……、これといって探してるものはないんですがね」

客は須藤の険のある声にいささか慌《あわ》てたように、ポケットからしわくちゃのハンケチを取り出して額をぬぐった。オーダーメイドとおぼしき茶の背広に濃いワイン色のネクタイ。ズボンはプレスがきいていた。須藤は思わず自分の、膝が抜けたコール天のズボンにちらりと目をやった。

客はその視線を追うようにして、

「怪我をしたそうですね」と言った。

「たいしたことじゃありませんよ」

須藤は面倒くさそうに応じたが、ふと考え直して、

「どうぞ、おかけになりませんか」とかたわらの古いソファを示した。別の用件をもった客にちがいないと、わかってきたからである。

「や、どうも」

男は軽く会釈して腰をかけると、内ポケットから黒革の手帳を取り出し、名刺を一枚抜い

たが、なぜか思い直したようにそれをしまうと、もう一枚の名刺を須藤に差し出した。

「日本郷土史学会会員というと――」須藤は自らの営業用名刺を相手に返しながら言った。

「大きな団体なんですか?」

「いや、たいしたことはありません」

「尾崎朋信《おざきとものぶ》さん、とお読みするんですか?」

男が頷いている間に、須藤はさっさと名刺を机の中に放りこむと、椅子の向きを相手の正面に据えた。

「で、ご用件は?」

「ええ、じつはこのことで……」

尾崎という男は須藤のビジネスライクな調子に乗せられたように、再び黒革の手帳から新聞の切り抜きを出した。

本の探偵!!
時代のニーズにこたえて登場
書肆「蔵書一代」
神保町(291)×××
昔の本、珍しい本、同窓会名簿何でもOK

「ああ、日本産業新聞に掲載したのをご覧になったのですね？　求人欄の下に載せると、どういうわけか、よく読まれるんですよ」

「いや、私の場合は偶然に目についたんですがね。……いつも探求書のことが頭にあるもので」

「夢にまで見る本というわけですか」

「そうですねえ。たしかに本の夢はよく見ますよ。長年探していた本を見つけて、棚から取り出した瞬間に眼がさめる、なんてことは珍しくありません」

「コリンズに『夢の中の女』という小説がありますね。ナイフを持った女に襲われるという夢です。それが正夢になるんですが、当方はどういうわけか本の山に圧しつぶされる夢ばかり見ましてねえ」

「まさか、それが原因で怪我を？」

「つまらん話です。本を天井まで、山のように積みあげている蔵書家のところへ仕入れに行きましたら、床が落ちたんですよ。そうしたら本が崩れて来て……」

須藤は話しながらレジの横の釦《ボタン》を押した。二度押すと緑茶、三度押すとコーヒーという合図である。これを聞くと、一階の大家《おおや》である小高根書店の孫娘が、四階へ上がってくることになっている。いま、須藤は三度押した。上客と踏んだからである。

「災難でしたね。しかし、もう動けるんでしょう？」

「いや、ご覧の通り動けません。あまり店を閉めとくわけにはいかないんで、ここの大家の車に迎えに来てもらって、やっと出勤したというわけです」

「そうでしたか。昨日も電話したんですが、休業なさっていたんですね」

「自営というのは辛いですよ。失礼ながら、あなたも退職金で古本屋をはじめようなどとは、ゆめゆめお考えにならないことですね」

「はっはっは。まあ、私も考えなかったといえば嘘になりますがねえ。しかし、志多三郎《しださぶろう》という人の『街の古本屋入門』とかいう本を読んだら、とうてい自分の柄ではないとあきらめました」

「あれは、そういう意味で人助けの本でしたね」

エレベーターの開く音がし、ついで扉に形ばかりのノックがあったかと思うと、若い女がコーヒー茶碗を載せた盆を捧げて入ってきた。切れ長の眼でジロリと須藤と客を見やると、書棚の間を大股に歩き、レジの机の上にカップを乱暴に置いた。スプーンが撥ねた。

「やっぱり小笠原流というものは必要なのかな」

須藤はつぶやくと、客に向かって照れかくしのように言った。

「うちのアルバイトなんですよ」

「いいえ」

彼女は切口上で遮った。

「当探偵事務所の助手、小高根俚奈でございます」

「ほう、それでは階下《した》の小高根書店の？」

「あそこに坐ってる布袋《ほてい》様みたいなのは、私のおじいちゃん。当事務所の顧問」

「なかなか、スタッフが揃ってるんですな」

尾崎は小娘にからかわれているのに気づかないふりをし、手帳をポケットにしまった。

須藤はあまり行き過ぎないうちにと、咳払いをして言った。

「で、話が逸《そ》れましたが？」

「ええ。内密に探していただきたい本があってね。但し、料金があまりお高いと……」

「夢にまで見た本じゃなかったんですか?」

「そういわれるとつらいが、古本屋さんから見れば、珍本というほどのものではあるまいと思いましてね」

「それはこちらで判断しますが、いったいどういう本です?」

「明治九年に出た『横浜新誌』という本ですがね」

「横浜シンシ? ジェントルマンの意味ですか?」

「いえいえ」

尾崎は手帳を取り出して、せわしなくページを繰《く》っていたが、メモ欄が見あたらなかったのか、名刺の裏に書名と著者名を書いて須藤に渡した。

「ほう、『横浜新誌』、川井《かわい》景一《けいいち》著。さあて……」

「ご存知ありませんか?」

「見たことはありませんね。明治初期のものは、福沢諭吉《ふくざわゆきち》のベストセラーとか、自由民権運動の関係書、たとえば政治小説のようなもの以外は、あまり市場に出ることがないんですよ」

「しかし、五、六か月ほど前でしたか、そこの東京古書会館の即売展に出ましたよ。私は大急ぎで申し込んだんですが、残念ながら抽選に外れてしまいましてね」

「だれが出品しました?」

「滝井《たきい》書店です」

須藤はメモをとろうとして、何気なく名刺の裏を返してみた。それは、さきほど尾崎が出すのを躊《ため》ったほうの名刺だった。たぶん、勤務先を知られたくなかったのだろう。

「本の実物はご覧になりましたか?」

「いいえ。電話で聞いたら、茶色表紙の和本一冊ということでした」

「当日早く行けば、見ることだけは可能だったでしょうに」

「もちろん、私もそのつもりで朝早くから出かけましたよ。ところがその即売展は当日抽選のため、重複申し込みの本は右手奥にある廊下のようなところに置かれていて、関係者以外は入ることができないんですよ。前日までに抽選してくれると、当日はすでにきちんと入口近くの棚に整理されていますから、懇意の書店なら見せてくれるんですがねえ」

「当たった人の名前はお調べになったんでしょう?」

「それが、山本《やまもと》としかわからないんですよ。ありふれた名前ですしね。何とか住所を教えて欲しいと頼んだのですが、今忙しいからと断わられてしまいました。諦《あきら》めきれずに、翌日電話したら、目録送付先の名簿を調べておいてやると言われました。しかし、一週間後に電話したら、名簿には載ってなかったということで、とうとうそれっきりになってしまいました」

「そりゃおかしいな。何かありますね」

須藤は思わず一膝乗り出そうとして、顔をしかめた。怪我をしている膝が痛んだのと、佳奈から背中をいやというほど突つかれたためである。

「まあ、これは難事件ですね。思ったより長びくかも知れません」

須藤はごまかそうとしたが、尾崎は気配を察して、にやりと笑いながら言った。

「本屋さん同士のつながりがあれば、簡単でしょう。立ちどころに解決するケースです。だからこそ、依頼に来たんです」

「しかし、滝井書店が山本という人物について、何も思い出せなければそれまでですからね。くり返すようだが、明治初期の本は探しにくいですから」

「そうですかねえ。この手のものは、意外にコレクターが多いんじゃありませんか？」

「内容はどういうものか、ご存知なんですね？」

「いや、知りません。ただ題名から推して、幕末維新の横浜の変遷が描かれているんじゃないかと思いましてね。私は、現在は世田谷区に住んでいますが、二十年前まではずっと横浜に居ました。郷土史の資料という意味で探しているんですよ」

「わかりました。お引き受けしましょう。ただし、相場のきまった本でもないし、代金や手数料は現物が見つかったときで結構ですよ。額は今のところご心配なさらなくてもいいでしょう」

「そうですか。ではよろしくお願いします」

「連絡先は会社にしますか？　お宅にしますか？」

「――いや、会社ではなく、家の方にしてください。差しあげた名刺に書いてあります」

尾崎はメモがわりに用いた名刺を机の上から取りあげると、ポケットにしまった。

電話が鳴って、俚奈が受話器を取った。

「一階のおじいちゃんからよ」

用件は、相談したいことがあるので、客がいなければ、今から上がっていくということだった。

「どうぞ。死ぬほど退屈してますから」

これをしおに尾崎は立ちあがり、入口のところで須藤に軽く目礼すると、静かにドアを閉めて立ち去った。須藤も愛想笑いを返しながら、ふと、あることに気づいた。

——尾崎という依頼人は、ずいぶん長いあいだ店にいた筈だが、一度も足音を立てなかったのである。

2

「痛まないかね？」

小高根書店の店主、小高根閑一は、ソファから身を乗り出すと心配そうに須藤の膝に目をやったが、ズボンが包帯のために心持ちふくらんでいるほかは、何もわからなかった。

「いや、全然。今朝ほどはどうもすみませんでした」

須藤は自分をここまでかつぎあげてくれた、この六十八歳の老人の力に今さらながら舌を巻いた。数年前まで、毎朝皇居一周のジョギングを欠かしたことはなく、体力自慢は業界でも有名だった。息子、すなわち俚奈の父親の離婚いらい、少し元気をなくして体力づくりをやめてしまったが、途端にもりもり肥りだして、何と九十キロにもなってしまった。いまも坐っているソファが、ギーギー悲鳴をあげている最中である。

「とにかく、気をつけてくれよ。うちも家賃収入がなくなるからな」

「あたしはバイト代がなくなるわよ」

俚奈がすかさず言った。

「おまえは黙っていなさい。善人なおもて往生をとぐ、いわんや古本屋をや、という諺がある。とにかく古本屋というのは欲を出したらいかん。市井《しせい》のささやかな生業《なりわい》ちゅうことを忘れると、時に怪我をすることになる」

「エレベーター付き六階のビルが生業ですか？　出版社よりよほどいいじゃありませんか」

「まあ、それはそれとしてだな。わしも忙しいので早速用件に入る」

彼は丸っ禿げの頭をツルリと撫でると、手にしていた目録を開いて差し出した。

「これは今日届いた高円寺の優良書市の目録だ。ちょっと、その赤線を引いたところを見てくれないか」

「ええと、明治大正花柳文献、一括五十七冊。これがどうかしたんですか？」

「どうもこうもない。わしが三か月ほど前に仕入れて、すぐ市に出した本だ。冊数も合ってる」

「安く出してしまったんですね。買ったのは誰です」

「林《はやし》書店だ」

「いやな相手だな。すると、やつは今度の市に、ひねって出すつもりなんでしょうか？」

ひねるというのは、ふつうより高価に売りたい本を、資料一括とか揃いとか、もっともらしく理由をつけて出品することである。

「あまりひねられては困る」

「放っとけばいいでしょう」

「いや、急に買い戻さなければならん事情が生じてな」

「どういうことです？」

「じつはその本は長瀬《ながせ》宏記《ひろき》の蔵書の一部だ」

「ああ、半年ぐらい前に亡くなった銀行家ですね。私の学生時代は即売会などでよく見かけた人ですよ。もう、いい年齢《とし》だったでしょう」

「八十四だったかな。とにかく、わしは生前に取引があったから、葬式に駈けつけた」

「おじいちゃんって、すっごく変ってるのよ」俚奈があくびまじりに半畳を入れた。「毎朝、新聞を死亡記事から読みはじめるんだから」

須藤は苦笑しながら、閑一のしわだらけの瞼を覗きこんだが、表情ひとつ変えない相手を見て、俚奈に言った。

「それが古本屋というものだよ。新聞を死亡欄から読むのが古本屋、本の広告から見るのが、シロトの愛書家」

「すると、社長はまだシロトね」

「まあね」と、須藤は軽くうけながすと、閑一に先を促した。「長瀬宏記の蔵書はたいしたもんだったでしょう?」

「さあ、わしが見せてもらったときには、思ったほどいいものはなかった。晩年は細君の病気などで困っていたようだからね。少しずつ手放していたのかもしれん」

「買い入れたものの中に、この花柳文献があった。それを市に出したというわけですね。しかし、どうして急に買い戻す必要が起こったんです?」

「仕入れて、すぐ市に出したのは、七月の六日だったと思うが、それから一か月ほどして、長瀬の息子から、本の間に大切な手紙が挿《はさ》んであった筈だから、探してもらいたいと言ってきた」

「手紙? 若き日のラブレターですか?」

「そんな艶っぽい話じゃない。脅迫状だよ。しかも、こわもての総会屋の……」

「おじいちゃん、それで真っ裸になって、汗みどろで本をかきまわしていたのね。プロレスみたいだったわよ、老人の……」

「俚奈。おまえはもう下に行ってなさい。宿題はないのか？　だいたい、花柳文献だの、総会屋だのという話がまずかったな」

「いいえ、あたしも社会勉強の必要あるもん」

「まあまあ」と、須藤は煩わしそうに言った。

「こまかい点はともかく、大筋だけ聞かせてください」

「長瀬の息子は父親と同じ銀行で総務部長をしているんだが、今度の商法改正をいい機会に総会屋連中と手を切ろうとして、ひと悶着あったらしい。なかでも特に執念深いやつが銀行幹部のスキャンダルを匂わせた手紙を送ってきた。息子は善後策の相談のために、その手紙を父親に見せた。父親は寝たきりの床でそれを読み終ると、枕許の本の間へ挿んだ。間もなく脳溢血で亡くなったが、何も知らない遺族が、その本を処分してしまったというわけだ。このわしにな」

「それはおかしいな。気がかりな脅迫状が紛失していれば、すぐ気がついてあなたに連絡してくる筈でしょう？　それなのに、一か月もたって言ってくるというのはどういうことです？」

「わしもそれを考えたが、先方は『とにかく探せ』というだけで議論にならない。弱ったねえ。古本屋の本は図書館の本とちがって、羽が生えているんだから、一か月も元の所にじっとしているわけはない。その時点で店に残っていたのは、千冊仕入れたうちのせいぜい三百冊ぐらいのものだったかな。ひっくり返してみたけど、手紙なんか見当たらなかったよ」

「市に出したものの中にあったんでしょうか」

「そう思ったから、追いかけて見た。四口にして出したものが四人に買われたことを覚えていたし、さいわい夏場で本があまり動かない時期だったから、まだ持っていたのは幸いだったよ。古い資料ものを中心に探してもらった。というのは、亡くなった人がまだかすかに意識のある時に、『古い事を書いた本の間に挿んだ』という意味のことを言ったらしいんだな」

「そうですか。それならいよいよ手紙の件を早くから家人が知っていたことになりますね」

「うーん、わしはその時、本を探すのに夢中でな。ともかく三人だけは、店まで直接出かけていって調べた。しかし、あと一人がどうしても調べさせない」

「林書店ですね」

「そうだ。低姿勢で頼み込んだが、『そんなことは関係ない』という、にべもない返事だった。何度か通う間に『調べるだけは調べますよ』という返事に変った。顔色から判断して、実際に調べたらしいが、返事は『ありませんでした』という素気ないものだった」

「本当に調べたのかな」

「いずれにせよ、わしは林書店の持っている分が最も怪しいと見ている。理由は第一に、わし自身がこの眼で調べていないこと。第二に、やつの買った花柳文献の中に、和本が十冊ぐらい含まれていたことだ。長瀬の息子の話だと、手紙は薄手の和紙に書かれていたという。枚数は一枚。どこにでも挿めるが、わしは故人が何らかの理由で、すぐには発見されにくい場所にかくしたと思う。洋本にかくし場所はない。あるとすれば背表紙と本体の間のホローバックだが、わしはそれも見のがさなかった。しかし、花柳文献の洋本はみな薄手の仮綴本で、背中に隙間なんかありえない。とすると和本だ」

「袋折りにしたページの中ですか」

「ご明察だ。薄い和紙なら、そこへ忍びこませてしまうと、ちょっとわからない。考えれば考えるほど、わしにはこれが正解のように思えてならない」

「しかし、敵もさるもの。そのくらいのことはわかるでしょう」

「さあ、ただ手紙とだけしかヒントを与えてはいないからな。それに、やつは和本にあまり強くない」

「では、何が何でも落札するつもりですね」

「そんなに高値でなくても落ちると思うよ」

「中身はどんな本です?」

「それが、控えをつくっておかなかったんだが、覚えているのは総生寛《ふそうかん》の『芸者買虎の巻』や『芸者買三味線枕』。このへんは明治十年代のもので珍しいね。二十年代になると巌本善《いわもとぜん》治《じ》の『妓楼全廃』や児島藤吉《こじまとうきち》の『廓の花』あたり。三十年代には正岡芸陽《まさおかげいよう》の『嗚呼売淫国』や川上峨山《かわかみがざん》の『魔窟の東京』。これはよくあるがね。だいたいこういったあたりが目立つところで、大正期のものはたいしたものとも思えなかった」

「全体として、なかなかいいものがあるじゃないですか。しかし、やめた方がいいと思うな」

「なぜだ」

「手紙はおそらくありませんよ。ここまで手をつくして発見できないなら、先方も納得するでしょうに。怪我してまで、深入りすることはないでしょう」

「それはちがう。一つはむかし者の本屋としての気持が許さん。もう一つは、買い戻しても高く売れるアテがある」

「どうして林書店が出す実物をよく見てから入札しないの?」俚奈が疑問を呈した。「中を見て、何もなければやめればいいじゃないの」

「社会勉強はともかく」閑一は唸《うな》るように言った。「古本屋の孫娘なら、入札の仕組ぐらい覚えておきなさい。神保町の古書会館での市なら、みんな置き入札となっているから、あらかじめ出品されている荷を十分調べて、札を入れることができる。しかし、高円寺の優良書市は、いつも置き入札のほかに『振り』をやっている。相手が『一万』といったら、こちらは『一万五千』というように声をかけて上乗せしていく、競《せ》り市だな。ひと山に一分もかけていられないから、どんどん進行しちまう。標題や保存状態ぐらいはわかるが、それ以上こまかく検《あらた》めている暇はないんだ」

「しかし、林書店は置き入札の方に出品するかもしれないでしょう？」

俚奈はなおも解せない面持である。閑一は、うるさそうに答えた。

「やつは振りが好きだから、それにきまっているさ。この手の一括ものは、はずみで意外に高くなることがあるからね。地元の古書会館に出さず、高円寺に持っていったのも、そのへんを狙ってるんだろうよ」

電話が鳴って、俚奈が取りついだ。

「さっきの尾崎さんて人からよ」

須藤は訝《いぶか》し気に受話器をとった。

「もしもし、尾崎ですが、どうも。あのう、ちょっと情報を聞き込んだのですが、十六日の高円寺の市に花柳文献一括五十七冊というのが出るそうですね」

「そうですか？」須藤は知らないふりを装った。「聞いておりませんが、なにか目録でもご覧になったんですか？」

「いや、ちょっと小耳にはさみましてね。それはともかく、是非手に入れたいんですよ。落札できませんか？」

「ええ、それは大丈夫ですが、いい値になるかもしれませんよ」

「むろん、いくらでも構いません。とにかく落としてください」

「内容はご存知なんですか？」

一瞬、沈黙があった。

「……いや、よくは知りませんが、私はこの方面を集めてるんですよ。ではよろしく」

相手は早口に言い終ると電話を切った。

「小高根さん」と須藤は緊張した表情で言った。「この花柳文献の中に、『横浜新誌』という本はありませんでしたか？」

「ああ、『柳橋新誌』に似せた本だろう？　今まで忘れていたが、たしかにあったよ」

「それでは、当店も落札に加わらせてもらいます。十月十六日というと、あと二週間ですから、動けるようになれば行きます」

「ほう、わしと競り合うつもりかね？」

「いくら大家でも商売となれば別です」

俚奈が、キャーッという奇声を発生すると、うれしそうに二、三度とび跳ねた。

「社長、大丈夫？　あたしが保護者としてついていってあげようか？」

「助手の分際で、何をいうか」

須藤が怒鳴ると、俚奈は大仰に肩をすくめ、さっさと店から出て行ってしまった。

六時半。閉店時刻はとうに過ぎている。

3

「おや、高村《たかむら》さん。ずいぶんしばらくぶりですね」

須藤は読んでいた文庫本を閉じると、中年の客に軽く会釈した。禿げかかった前額を、左から右に撫でつけた長髪でカバーし、赤っぽいチェックのシャツを着ているが、四十代後半。むしろ五十に近い年齢は隠せない。顔色が悪く、瞼がむくんでいるせいもある。

「いやあ、半年ほど大阪に単身赴任でね、この年齢になって辛かったよ」

高村は文学書の棚をさっと一瞥し、手にしていた大きな黒い鞄を床に置くと、疲れたようにソファに坐りこんだ。

「やはり神保町はいいね。古本らしい古本はなくなったが、腐っても何とやらだ」

「四月ごろあちらへ？」

「そう。今日は十月の――もう十日か。六か月以上行ってたわけだな。不景気で中小の商社はきついよ」

「灰皿はそこにありますよ。ちょうどいいところへいらっしゃいましたね。コレクターとしてのあなたに、少し伺いたいことがあるんですよ」

「なんだい、情報代は高いぞ」

「まあ、コーヒーぐらいは出しますよ」須藤は釦を三度押した。「万更、興味のない話ではないと思います」

「ウブいものが出たのか」

「『横浜新誌』という本をご存知ですか?」

「知ってるさ。実物は知らんが、翻刻はある。たしか『明治文化全集』に入ってるんじゃなかったかな? 『日本叢書索引』は見たかね?」

「ちょっとうっかりして……。コレクターらしい人が知らないというのを鵜呑みにしましてね。これはまいったな。で、どんな内容です?」

「要するに明治初期の横浜風俗さ。鉄《かね》の橋とか、酒楼とか、本屋とか。たしか丸善の名も出てくるよ。古本屋が、客の持って来た本を買い叩く場面もあって、この店の主人なんざあ必読だね」

「翻刻でなく、実物はご覧になったこと、ありますか?」

「ない。意外に少ない本と見えるね。しかし、稀覯《きこう》本というほどでもないと思うよ。あまり高くつけないでくださいよ」

「ハイハイ。すると、これは風俗書で、花柳文献とはちがうんですね」

「多少の関係はあるが、花柳文献とは思えないな。その方面を調べるなら、藤賀《ふじが》咲多《さいた》の『花街及売笑関係資料目録』を見ることだね。明治時代から昭和五十年代ぐらいまでにわたって、ざっと二千五百点ぐらいかな、書目があげられてる。労作だよ」

　じつのところ、須藤はその資料について既に知っており、たまたま小高根書店にあった上巻だけは参照していた。『横浜新誌』明治十年刊という記載があり、尾崎の言った年代と一年ずれているのが妙だった。

「そうですか。実物を見られないのが残念ですね」

「見当はつくさ。どうせ成島柳北《なるしまりゅうほく》の『柳橋新誌』を模倣したもんだろうから、和本で罫線が十本ぐらい引いてあって、各行二十字詰ぐらいというところじゃないかな」

「その『柳橋新誌』ですがね」と、須藤は読みさしの岩波文庫版を示しながら言った。「初編が安政六年から万延元年にかけて、二編が明治四年に成立ということですね。刊行は初編が不明だが、二編は明治七年。ところが、三編というのが明治九年に発行されようとして不許可になったというエピソードがありますね」

「そう、その文庫本にも、自序と依田学海《よだがくかい》の叙がついているが、本文は散佚《さんいつ》したらしいね。たしか柳北の長男復三郎《またさぶろう》が、『柳北全集』を出した博文館の大橋《おおはし》家に渡したが、行方不明になったということだ」

「この文庫本の解説は塩田良平《しおたりょうへい》ですが、『柳北遺子復三郎老人は、大橋家に譲ったと筆者に語ったが、同家で所蔵されてなき由、今は所在不明である』としています。昭和十五年の文章ですが、約三十年後の四十四年に出た『明治文学全集』の『成島柳北・服部撫松《はっとりぶしょう》・栗本鋤雲《くりもとじょうん》集』にも、同じ筆者が同じ趣旨のことを書いていますね。散佚したと認めるより外ない、と」

須藤がメモを参照しながら言い終ったとき、俚奈がコーヒーの盆を捧げて入って来た。

「おや、お嬢さん、土曜日の午後にご在宅とは珍しいね」と高村が揶揄《からか》ったのは、いつだったか俚奈が、土曜日に家にくすぶっているような娘は売れ残りという意味のことを言ったからである。しかし、彼女にジロリと睨《にら》まれると、大仰に肩をすくめ、わざとらしく天井を仰いで見せた。その前にカップが乱暴に置かれた。

「いや、今日は臨時のバイトを頼んでいるんですよ」須藤がとりなすように言った。「十一月の末ぐらいまでに、当店の目録を出したいんでね。原稿を清書してもらってるんです」

「もう、手が痛くって。絶対にギャラアップよ」

俚奈は宣言すると、もう一度高村を睨みつけ、サンダルの音を荒げて店を出て行った。

「あいかわらずだな」高村はコーヒーをブラックのまま啜《すす》りながら言った。「でも、この頃少しは見られるようになった。以前はどうなることかと思ったがね」

須藤は苦笑しながら、椅子の向きを変え、膝に力を入れないように気を配りながら、窓を少し開いた。靖国通りを走る車の騒音がとびこんできた。

「高村さんぐらいの年齢《とし》だと、花柳界というのは経験あるんですか?」

「よしてくれよ。年齢はあんたと同じくらいのつもりだがねえ。三十一年に売春防止法が通った時、おれは大学の四年だった。見納めだからと、クラスの何人かは吉原《よしわら》へ出かけたようだがね。しかし、戦後の花柳界というのは、特飲街や赤線のイメージじゃないの？　あまり魅力感じなかったなあ。残念だが、遅れてきた世代だよ。――ところで、お宅は奥さん亡くして、不自由だろう？」

「いやいや、かえってサバサバしてますよ」須藤は慌てて話題を転じた。「尾崎、ええと、尾崎朋信という人を知ってますか？」

「尾崎――？　いや、あまりよくは知らんね。銀行の人だろう？」

「そのようですね」

　須藤は名刺の裏を返した時に見た、一流銀行の名を思い出していた。

「あまり好かん奴だな。花柳文献をかじってるという程度の存在だね。そいつは『横浜新誌』や『柳橋新誌』と関係があるのかね？」

「とんでもない。ちょっと伺っておきたかっただけですよ。だいぶ毛嫌いされてますが、何かあったんですか？」

「――いや、別に」高村は立ちあがると、あくびまじりに言った。「さて、もう一軒寄るところがあるから失礼するか。ところで、その岩波文庫版には伏字が一個所あるのを知ってるかい？」

「ここでしょう？　誰かがペンで書き入れてますよ」

「なんだ、伏字書き込みあり、というやつか、しかし、訓《よ》み下し文にしたテキストで、伏字が取れたのは、今度の『明治文学全集』が最初なんだからね。どうも日本という国は……」

高村がブツブツ言いながら立ち去ったあと、須藤は文庫本の活字をぼんやりと眺めた。それは十人の客と関係した芸妓が、清正公の祠に詣でて「父親を教えてください」と祈る個所である。神夢に清正現われ、已れの子に問うべしという。

〈……夜深て人無し。妓盥漱《かんそう》し香を焚き坐して其腹を撫で、俯して——従容として語って曰く、神、命あり、汝をして我を語るに汝の父の名を以てせしむ。〉

線のところが伏字で、「その陰を窺い」と書き込みがある。ちなみに子どもが何と答えたかといえば、一人が首を造り、一人が腹を造り、胸を造る者あり、背を造る者あり、要するに合作であると。そのあとに落ちがついている。

〈而して児の十指は別に之を造る者有り。阿嬢之を忘れたる耶、まだ阿嬢の室に入らずして徒らに指を阿嬢の鼎に染むる者往往有り焉。是れ吾が指の父也。〉

——指の父か。ショート・ショートの題名にしたら、ちょっと受けるかもしれないな、と須藤は考えた。おそらく、当時花柳界でもてはやされた一口噺なのであろうが、作者はこれを芸妓のモラル低下の例証としている。むろん、半分は慨嘆し、半分は面白がっているのだが、その屈折した心情を表わすのに、漢文戯作調がじつにぴったりなのである。

成島柳北。幕末から明治初期にかけての漢詩人、随筆家で、現在江戸時代史の基本資料となっている『徳川実紀』や『後鑑』の編集・校訂者でもあった。幕府の要職を歴任、江戸城開城を目前にして慶喜への直諫が容れられなかったため隠退、七年『柳橋新誌』初、二編を刊行、ついで「朝野新聞」の主筆として活躍した。要するに政治家・学者であると同時に、近代の文士、ジャーナリストの先駆けでもある。

しかし、その人物の大きさに比して後世の関心があまり高くないことは、死後十三年も経た明治三十年になって、ようやく不完全な〝全集〟が、それも雑誌増刊の形で出たにすぎないのを見てもわかる。『柳橋新誌』が明治初期のベストセラーであったことを知る者には、まことに淋しい話である。

『柳橋新誌』にしても、活字翻刻は戦前に改造社版『現代日本文学全集』と春陽堂版『明治大正文学全集』、それに岩波文庫の三種に収録されたにすぎず、戦後はようやく昭和四十年になって、筑摩書房版『明治文学全集』と講談社版『日本現代文学全集』に収録、さらに一年後角川書店版の『日本近代文学大系』に収められた。これらは、いわば研究者向けの全集である。

「ところで、おれはいったい何を考えているんだろう?」須藤は自問自答した。「だれも柳北の本なんか探していない。目下の関心は『横浜新誌』ではないか。いつから考えが逸れてしまったんだろう?」

無論、書物の格からいえば、『柳橋新誌』のほうが遙かに上である。その第三編が出版されたかどうかという問題については、須藤も以前から関心を懐《いだ》いていた。改造社の円本の解説で、木村毅《きむらき》が「坊間一読したと云う者がある」と記しているのを読んで以来、幻の本として記憶に刻みつけて来た。

しかし、この種の噂には無責任なものや、記憶ちがいも多い。木村毅も「私の知る限りでは皆何かを間違っているもののようである」と注記しており、現存説には批判的である。比較的新しい本では、昭和十八年に出た木下彪《きのしたひよう》の『明治詩話』の続編が出たのを見たという者があるそうだが、これは正編の末尾に「他日更に纏めて続編を作り、云々」とあるのを見ての作り話のようだ。

それはともかく――と、須藤は考えを戻した。なぜ尾崎は花柳文献の落札を、選りにも選って須藤なんぞに依頼してきたのだろう？　彼については、どこかで顔を見たという程度で、ふだんのつきあいは全くない。おまけに、須藤が足を傷めているのを知っているようなのである。このような場合、他の懇意な業者に依頼するのが自然であろう。

「こいつは、何か裏があるぞ」と須藤は思わず声に出してしまった。さいわい、客はいなかった。

裏といえば、さきほどの高村はよほど尾崎を毛嫌いしているらしい。名を聞いただけで顔色を変えたではないか。いずれ収集家同士だから、本をめぐって鞘当てのようなことがあったのかもしれないが、それにしても徒事《ただごと》ではない。

——虫が好かないということか。

理屈を超えた嫌悪感というものがある。須藤はみずからを省みた。例の林書店に対する彼の感情は、毛嫌いという言葉でしか表わしようのないものではなかったろうか。

そもそもの発端は、彼がまだ学生時代に客として、林書店に出入りしていた時にはじまる。忘れもしない。鷲谷樗風《わしたにちょふう》の『維新の大阪』という本を買ったところ、終りのほうのページに落丁が見つかったので、二週間ほどしてから返しに行った。

「これ、お宅で買ったんですが、落丁がありましたよ」

「うちの本にはそんなものはないね」と林は言下に否定した。「どこか、よそで買ったものでしょう」

「そんなことはありませんよ。たしかにこちらで買ったもんです。ええと、二週間ぐらい前だったかな」

「そんなに前のことじゃあ、こっちはもう忘れてしまっているよ。返品は早くしてもらわなくちゃ」

「早くても遅くても」と、須藤は頭に血がのぼるのを覚えながら言った。「欠陥本は責任を持つべきでしょう。だいたい、二週間ぐらい前のことなら記憶があるでしょう」

「さあ、うちは客が多いからね。——まあ、学生さんだから信用することにして、払い戻しましょうか。いくらでしたかね」

林は嫌味たらしく言うと、かったるそうにレジを叩いた。

それ以後、須藤は林の店へ行かなくなってしまったが、古書即売展などでセドリ（転売を目的とした抜き買い）をしているところを見かけることはあった。同業者に値引きを交渉しているのだが、けんもホロロにはねつけられるのを見て、ざまあ見ろと思ったものである。古本屋仲間からも好かれてないようだった。

それから四半世紀も経って、須藤が脱サラを決行し、古書業界に入ってからは、やむを得ないことだが、林と顔を合わせる機会がふえた。しかし、不俱戴天ともいうべき間柄になったのは、ある百貨店での即売展で本の奪い合いを演じたことからだった。

早朝から並んで、ほとんど一番目に会場に飛びこんだ須藤が、首尾よく目的の全集ものを見つけ、一番上のタスキ（定価のついた貼紙）のかかった一冊を手に取って、ちょっと脇見をしているうちに、何者かが残りの巻を運び出そうとしている。見ると林だった。

「ちょっと！　その本は私のものですよ」

「ここに置いてあるじゃあないか」

「今運ぼうとしていたところですよ。この通り、一番上の一冊を持ってるんですからね」

「ほう、そんなルールはあったっけな。あんたは駈け出しだな」

「駈け出しも古狸もあるもんか」須藤はかつての怒りが蘇ってくるのを覚えて、思わず相手の襟をつかんだ。

「こいつ、何をする！」

林は眼を吊りあげた。周囲の二、三人が振り返った。

「まあまあ」

客の一人が林をなだめた。

「その本、ぼくも欲しいんですよ。客優先にしてもらえませんかね」

「――いいだろう」

林はその客に本を渡すと、須藤をぐいと睨みつけて、立ち去った。

この件いらい、須藤は神保町の通りで林に出会っても、五十メートルも先からソッポを向いてしまうようになった。おとな気ないとは思うのだが、感情が先に立つのである。組合の会議で同席するような時も、なるべく離れて坐ることにしている。

このような相手と、市でわたり合わなければならなくなった。須藤は考えただけでも憂鬱になってきた。出品者だから、直接の競争相手ではないが、それでも須藤が落札しようとしていることがわかれば、どのような妨害策を仕掛けてくるか知れない。

問題は指値《さしね》である。売主の希望する最低価格だ。五十七冊で、一冊千五百円平均とすれば八万五千五百円。二千円平均とすれば十一万を超えるが、まさかそれほどのことはないだろう。大家の小高根がライバルとは、やりにくいこと夥しいが、彼の狙いは現物ではなく、長瀬から依頼された脅迫状探しなのだから、譲ってもらえる可能性もある。残る問題は、優良書市ということで、中央線沿線の業者ばかりでなく、各地区のベテランが押しかける可能性があることだが、これぱかりは当日、早くから出かけて行って相手の顔ぶれを見るまではわからない。花柳文献を扱った経験は乏しいが、収集家の数はさほど多くないと聞いたことがある。

「まあ、十万円を出ることはないだろう」

須藤が呟《つぶや》いたとき、ちょうど扉が開いて、角刈りの小男が半身を覗《のぞ》かせた。井原《いはら》書房の主人だった。

「どうだい、足のほうは」

「ああ、痛くはないが、通うのが不便でね」

「何か役に立つことがあったら、遠慮なく言ってくれよ」

「ありがとう。もう一週間もおとなしくしていれば癒るよ」

須藤は素直に礼を言った。井原は調子者で、口先だけのところもあるが、業者の組織の中では小まめに動いてくれる。

「例の旅行、どうするかね」

旅行というのは、市会《いちかい》の役員がその報酬を積み立てて、毎年ハワイ旅行をすることである。

「さあ、十一月だったなあ。歩けるようになっていたら行くよ」須藤は予防線を張った。

「いちおう人数の中に入れておくからね」

「山際《やまぎわ》の窓は困るよ」

「あの手は二度と食わんよ」

井原はニヤリと笑うと、姿を消した。

山際の窓というのは、ハワイのホテルに海際の窓と山際のそれとがあって、黙っていると代理店は山際のほうを予約してしまうことがある。だれもハワイまで行って山を見たいという者はいないから、多分、山際のほうが室代が安く、代理店がそのぶん利ザヤを稼ぐのだろうと、須藤たちは推測をくだしていた。昨年出かけた連中が、ほとんど窓から山ばかり眺めさせられて、不満たらたらだったのである。

「どんな商売にも、機微というか、ウラというか、あるもんだなあ」

須藤はもう一度呟くと、大きく伸びをした。

4

「さあて、次は細井和喜蔵《ほそいわきぞう》の『女工哀史』と『工場』の初版一組、美本だよ」

振り手役の新栄堂《しんえいどう》の主人、多賀利幸《たがりこう》は、自分の前に置かれた本を両手に一冊ずつ取りあげると、机をとり囲むように腰かけた三十人ほどの競り手に声をかけた。十月十六日、高円寺古書会館での優良書市である。

「一万八千」左側にいた白い丸首シャツの男がツケヤリを入れた。

「ええ、これが一万八千、一万八千、一万八千」と振り手。

「二万」正面の眼鏡の男が応じるや、押しかぶせるようにして右横のジャンパー姿の若い業者が、

「二万二千」

「――ええ、二万二千、二万二千」

「二万四千！」小高根閑一が、ドスの利《き》いた声で自信たっぷりに応じた。

一拍、間合いがあった。

すかさず、新栄堂が叫んだ。

「二万四千で、オダ閑さんだ」

ポイ、ポイと二冊の本がオダ閑すなわち小高根閑一の前に投げられる。さっと中をあらためた閑一はそれを左横の本の山に積み上げる。振り手の傍らにいる山帳（記録役）があわただしく筆を走らせる。この地区の山帳はいつもの通り上田《うえだ》書店の上田為三《ためぞう》である。多賀とはもう十年以上のコンビである。

須藤は腕時計を見た。十一時十分前。競りが最も熱気を帯びる時間で、荷主はこの時間帯

をねらって出品したがる。林も、同じことを考えているにちがいない。

（やつの荷はどこにあるのだろうか？）

須藤は荷出し役の田島《たじま》書店主、田島宗三《むねぞう》が忙しそうに並べかえている荷の山を、じっと観察した。風呂敷包みのものが二、三あって、どうもはっきりしない。しかし、決戦の瞬間が近づいていることはたしかである。

「ええ、『水交社員名簿』、昭和九年版だ」

「九千円」

「一万一千！」

「一万四千！」

須藤は小高根閑一の方をチラと見た。つるつるの禿頭の血色は良いが、おそらくこの席での最年長者であろう。古書店主も七十歳を超すと、振り市にはあまり出たがらない。大声が出なくなってしまうからだ。

しかし、閑一は下に黒い隈のできた細い眼をじっと振り手の顔に注いだきり、十時の開会時からほとんど姿勢を崩さなかった。ときどき振り手が冗談を言っても笑顔ひとつ見せず、じっと坐っていながら、これはと思うものには間髪を容れず発声して、十中八九は落札していく。

須藤は小高根が振り市に臨んだ姿をはじめて見たのだが、あらためて同業者の立場から感心した。と同時に、いささか不安にもなってきた。小高根の今日の目的は、じつのところ例の花柳文献ただ一つである。周囲を気魄で圧しているのは、布石の意味があるのだろう。そうすると、おれと二人で競ることになるかもしれない。相手が落札したとして、譲ってくれると思うのは、甘い考えだったかもしれない。

「ええ、林書店の花柳文献一括五十七点。今日のハイライトだよ」

須藤はハッとした。周囲の業者はみな中腰になって、振り手の手元を見つめている。意外に保存状態のよい本ばかりだった。振り手はそれを手ぎわよく三つの山に分けると、上下を両手でおさえ、一つずつ高く持ちあげてみせた。各回の仕草がたったの四、五秒である。その間にプロはすべてを見抜かなければならない。

「七万」神田の舟田《ふなだ》書店がつけると、すかさず本郷の六騎堂《ろつきどう》が、

「七万五千」とかぶせた。須藤は夢中で叫んだ。

「七万七千！」

「ええ、七万七千、七万七千、これが七万七千……」

そのときだった。須藤の左前方に坐っていた林が、甲高い声で一言、

「十万！」と叫んだのである。

会場がざわめいた。荷主は自分の商品に対し、それ以下では売らないという意思表示をすることができる。振り手はこれを尊重しなければならない。

「ええ、十万、十万、これが十万」

「十万五千！」神田の紫泉堂《しせんどう》が上ずった声で乗っけた。同時に、

「十一万！」二人の声が重なった。掘り出しものが含まれているにちがいない、と多くの者が思いはじめたのである。会場の空気がピーンとひきしまった。

「ええ、十一万！　十一万！」

「十二万！」紫泉堂が絶叫した。

須藤は思わず立ち上がって、

「十三万！」夢中で声をはりあげた。

しかし、その声は小高根の、一言一言圧《おさ》えつけるような発声に押し切られてしまった。

「十・三・万・三・千・五・百・円」

振り手の多賀は学術書専門で、この種のものを低く評価する傾向があった。頃合と思ったのだろう、彼は小高根の声を引きとるように、

「ハイ、十・三・万と三・千・五・百・円。オダ閑さんへ」

と言うや否や、さっと五十七冊を積み上げ、荷出し役の田島に渡してしまったのである。

落札の場合、原則として値段を三回発声しなければならないのだから、それは異例だった。

一同は呆気にとられた。

須藤は気が抜けたように坐り込んでしまった。しばらく忘れていた膝の痛みが戻ってきた。

誰とはなしにホッと溜息が出て、会場に私語のざわめきが戻りかけたところで、振り手が次の荷を手ぎわよく二つに分けて、スッと前へ押し出した。

「ええ、『満州国史』二冊揃、昭和四十五年刊……」

「四千……」

ちょっと勢いのない声が飛んだ。その時である。いま落札した五十七冊のうち、主なものを手早く検品していた小高根が、

「出直り、十万！」

と、机を拳で叩きながら叫んだのである。

出直りというのは、評価し直してみると落札値では到底引き取れないと判断した場合、差し戻すことである。この場合、他の業者が欲しいと思えば、金額を上乗せして競ることができる。

須藤は何が何だかわからなかったが、思わず
「十一万！」と叫んでいた。しかし、ほんのわずかだが、タイミングのずれがあって、林書店の、「十二万二千！」という声に先を越されてしまった。

「ええ、十二万二千で林さんへ。ハイ。次は今の『満州国史』。四千と出ていたな」

振り手はたくさんの荷を片づけるために、一つ一つの荷をものすごいスピードでこなしていかなければならない。出直りに時間をかけてはいられないのである。

須藤は唇を嚙んで林を睨みつけた。相手は自分で出品した荷を受けとると、さっさと席を立った。このような方法を買い引きといって、五パーセントの手数料を主催者に払うだけでよい。直接の儲けにはならないが、現物は一種の公認相場となって、高価に売却できる可能性が出てくるのである。違法ではないが、きれいな商売とはいえない。

「いかにも林らしいやり方だ。なにをねらってるのかな」

隣にいた、下町の本屋が誰にともなく言った。

正午を五分ほど過ぎたところで、振り手は休憩を宣した。須藤は顔をしかめて立ちあがると、仕入れた本の風呂敷包みをさげ、傍らにやってきた閑一の肩を借りると、足を引きずりながら外へ出た。

五十メートルほど離れたところにライトバンが停車しており、小高根書店の店員が待っていた。その手を借りて助手席に坐ると、須藤は激しい疲れを覚えた。久しぶりに外出したせいばかりではなかった。店員は黙って車を発進させた。

「どうだね」と、閑一は上機嫌だった。「まだ修業が足りないようだな」

「古狸のオダ閑といわれてるわけが、よくわかりましたよ」須藤は振り向いて閑一を睨みつけた。「しかし、林の方が一段上手《うわて》でしたね」

「さあ、どうかね」

「なぜ、あのとき出直ったのですか？」

「手紙が隠されていないと踏んだからさ。そうとわかれば、あんなもの、八万円でも買うもんか」

「そんなに早くわかりましたか」

「年季のちがいだよ。和本が四冊と洋本が残りの五十何冊かだからね。薄っぺらな和本の袋綴じの間を見るのに、時間はかからない。洋本もカバーやケースがついてないものばかりだから、簡単さ」

「はじめから、買う気はなかったんですね」

「そうさ。しかし、林のやつは最初から買い引きする気でいたのさ」

「それでは、最後に小高根さんが十三万三千五百円と言ったとき、なぜ上乗せしなかったんです?」

「あんたが十三万と言ったとき、やつも同時に十三万とわめいておったんだよ。聞こえなかったのかね?」

「すっかりあがってましたから」

「そのあと、わしは出直ったが、よっぽど八万とつけようと思った。しかし、市会のルールがあるから、林の十万という希望価格を尊重したってわけさ」

「林が十二万二千という、セコい値をつけたとき、こちらはそれにおっかぶせるだけの迫力が欠けていたんですね」

「いや、競りというのは呼吸の問題なんだよ。あんたは、その前にわしが出直ったのにおどろいて、間合いを外されてしまったんだ」

「――そうです。心理的動揺ということかな」

「古本屋に理屈はいらん。一言でいえば修業不足だよ」

「汚い手を見抜いて、その上を行けということですか？」

「今日、林がやったことは、別に違反ではないよ。ただ、思いがけなく、わしが出て行ったもんで、少し焦ったようだがな」

「一度はあなたに落札されてしまったんですからね。真っ青だったですよ」

「わしも変だと気がついたので、やつがどうするかと思って、出直ったのさ」

「そんなことをせず、私にまわしてくれればいいのに」

「あんたの腕を買いかぶっていたからね。あの程度のものを落とせなくてどうする」

須藤は恥辱感とともに、林への嫌悪の情が蘇ってきた。

「何かある」彼は確信あり気に言った。「畜生！　こうなったら一切合財《がっさい》、洗い出してやるぞ」

「ほらほら、それが怪我のもとなんだよ」

須藤は狭い助手席で無理に曲げている膝が、疼き出したのを覚えた。

車は大久保《おおくぼ》通りを飯田橋に向かっていた。

5

「残念でしたね。じつに残念でした」

尾崎朋信は溜息をつくと、上等の背広のポケットから茶革のシガレットケースを取り出した。

「おや、煙草をお吸いになったんですか?」須藤は意外そうに、レジの横から安物のアルミ製の灰皿をとり出した。

「いや、会議の時などに吹かすだけです。やはり長生きしたいですからね」

「失礼ですが、昭和五年生まれぐらいですか?」

「元年です。一ケタの先頭ですよ」

尾崎はソファにもたれかかると、煙を吐いた。吹かすだけというのは嘘で、深々と吸いこんでいるようだった。

「失礼ですが、尾崎さん、なぜ花柳文献などに興味をお持ちになったんですか?」須藤は最後の客が出ていくのを眼で追いながら尋ねた。六時四十分を回っていた。

「さあ、もともとこのような分野には興味があったんですよ」

「吉原なんてのは、ご経験おありですか？」

「――辛うじて、ね」尾崎はしわだらけのハンカチを取り出すと、てらてらと光る額をポンポンと叩いた。「売春防止法の公布が三十一年でしょう？　私が三十のときですよ。その一年前ぐらいから、もう吉原がなくなるという噂が出ましてね。悪友たちから〝行こう、行こう〟と誘われたもんです」

「私も覚えてますよ。高校の三年生ぐらいでしたが、大いに話題になったもんです」

「そうでしょう？　あなたぐらいの年齢なら記憶がある筈ですよ」

「結局、いらしたんですか？」

「まあね。――男じゃないなんて言われるのが嫌でしてねえ。当時はそういうことをいうやつがいたんですよ」

「いかがでした？　いや、その、吉原というところの雰囲気は？」

「そりゃ、幻滅の一語ですよ。戦後の特飲街ですからね。情緒も何もありゃしません。その直後、鳩の街といったところへもものしたもんですが、まだしもそちらの方がよかったですね」

「荷風の『春情鳩の街』ですか」

「あのころは春情などという字を見ただけで、ドキッとしたもんです」

「最後の吉原世代か。それはそうと、高村という人をご存知ですか」

「高村？　知りませんね」尾崎はもう一服、深々と吸いこむと、視線を本棚に逸らした。

「そうですか。いや、ちょっと気になることがありましたのでね。それから、お探しの川井景一著『横浜新誌』が、林書店の出品した花柳文献一括の中にあったのは、ご存知でしたか？」

「えっ？　本当ですか？　それは知らなかった。いやあ、これは二重に惜しいことだったなあ」

「そうでしたか。あるいはご存知の上での注文かと思ってました」

「全然知りません。知っていたら、もっと強くお願いした筈です」

「いくらでも、とおっしゃいましたね」

「それは言葉のアヤです。まあ、十万近くまでは出してもと思っていましたがね。しかし、『横浜新誌』があると知ったら、三十万、いや、五十万出してもというべきでしたね」

尾崎は腕組みをしながら、天を仰いだ。

「本気ですか？」須藤は思わず相手の顔を覗きこんだ。「出れば二、三万といった程度の本ですよ」

「そうです。しかし、もうやたらに市場には出ない筈です」

「筈です、というのは？」

「私が片端から買ってしまったからですよ。この十年間に五、六冊は買いましたね。例の滝井書店の分は買い損ねましたが」

「ああ、そうでしたね。すっかり忘れてました。滝井は、山本という人に売ったということでしたね」

「まだ調べていただいてなかったんですか？」

「このように動けないでいるうち、つい忘れましてね。というより、林書店の線のほうが確実でしたから」

「こうなったら、滝井書店にぜひアタックしてください。おねがいします」

「それは一応やってみますがね」須藤は尾崎の思いつめたような表情におどろいた。細い眼の中に、一瞬、狂気を見たような気がした。「同業者とはいえ、ふだんつきあいがないと、むずかしいんですよ。とくにこの場合は滝井が販売先を明かしたがらないんですからね」

「そこを何とか……。謝礼は、はずみますよ。もっとも、私はうっかりしていたなあ。本探しの料金のほうは伺っておかなかった」

「べつに料金表のようなものがあるわけじゃありません。ケース・バイ・ケースというやつですよ。しかし、なぜそんなに『横浜新誌』ばかり集めるんですか？」

尾崎は煙草を揉み消すと、立ちあがって窓辺に寄った。靖国通りをはさんで向い側のビルが、派手な赤いネオンを点滅させている。このごろ神保町に急速に増えているスキー店の広告である。

「神保町も変りますね」彼は質問を逸らすように言った。

「そりゃ、ここ二、三年、激しい変りようですよ。古本屋はみんなビルを新築するし、その古本屋の数をスキー店が追い越したり……」

須藤はネオンの照り返しを受けている尾崎の表情を観察しながら、なぜ今夜、彼がここにやってきたのかを考えた。前日の夜十時ごろ、林書店の荷が落札できなかったと電話連絡したとき、尾崎は「とにかく明日、店のほうへ行きます」と返事したのである。須藤はそれを善後策のためと考えたのだが、どうもそれだけではなさそうだ。

「私はスキーなどに興味はありませんがね」尾崎は吐息まじりに言うと、いきなり、とってつけたように呟いた。

「『横浜新誌』にこだわる理由をお教えしましょうか?」

須藤は思わず振り向いた。尾崎は窓枠に両手をついて背を丸め、下を通る車の流れに見入っているようだった。

「やはり、何かあるんですね」

「大ありですよ。『横浜新誌』という本そのものは、珍本というほどでもありません」

「『明治文化全集』にも収録されているそうですね」

「おや、そうですか? 私はオリジナル以外に興味はないんでね。そのオリジナルを七冊も持ってるんですよ」

「そりゃまた、ご熱心ですね」

「なぜだと思いますか?」

「……」

須藤が答を探しているうちに、尾崎は無表情でソファに戻ると、茶革のシガレットケースから煙草をもう一本とり出し、薄型のライターで火をつけた。

「なぜだと思います? まあ、いきなり言われても困るでしょうがね。ヒントをあげましょう。『万物画譜』ですよ」

「バンブツ……?」

須藤は咄嗟には何のことかわからず、尾崎の眼を覗きこんだ。相手は瞑目して天井を仰ぐようにすると、フーッと煙を吐き出した。

「まさか知らないわけじゃないでしょう? 『万物画譜』ですよ」

「すると……」須藤の頭はめまぐるしく回転した。「例の『楚囚之詩』の入っていた?」

「わかったようですね。もっとも古書店なら当然だが——」

「いや、しかし——」須藤は思わず膝を乗り出した。鈍痛が走ったが、今はそんなことに構ってはいられなかった。

「まだよくわかりませんね。たしか二十年ぐらい前に、明治の珍本である北村《きたむら》透谷の『楚囚之詩』が、同時代の『万物画譜』という和本の芯紙として使われていたのが発見されて、大さわぎになりました。あのことですか?」

「昭和三十七年ですよ。忘れもしません。私が新潟支店に転勤になる直前のことでしたからね。おっと、ここではそんなことはどうでもいいんです。『万物画譜』はサンプルとして申しあげたわけで」

「つまり、『横浜新誌』の芯紙に、何か珍本が用いられているというわけですね」須藤は自分の声が上ずっているのを感じた。

「芯紙というんでしょうかね。ご存知のように和本は袋綴じですが、二つ折りにしたページの中に補強用の和紙を一枚ずつ入れることがありますね。その中に、ごく稀にですが、この世に存在しないと思われた珍本がバラされて、用いられていることがあるわけですよ」

「そんなことは知ってますよ。『楚囚之詩』のときは、みんなが和本の袋綴じの中身を覗いたものでした。何しろ戦前は三冊しか発見されてなかった、稀覯本ですからね。しかし、あなたの『横浜新誌』の中には何が入ってたんです？　まさか『柳橋新誌』ではないでしょうね？」須藤は冗談めかして訊ねたが、尾崎は上半身を乗り出し、一呼吸置いて答えた。

「図星です」

「え？　図星というのは……まさか第三編じゃないでしょうね？」

「むろんです。初編や二編では仕方がないじゃありませんか」

「ほう……、そいつは発見でしたね」

須藤が呆然としている間に、尾崎は内ポケットから黒革の手帳を取り出すと、表紙裏の名刺入から写真を取り出して須藤に渡した。それは十行ほどの罫の中に漢文を連ねた、何かの本の一ページらしく、最初のほうに虫食いの跡が見えた。

「これは漢文ですね」と、須藤はわかりきったことを言ってしまってから、眉をしかめた。尾崎が微かに嘲りの色をうかべたように思えたからだ。

「漢文といっても、ごくやさしいもんですよ。私は暗誦しています。はじめのほうは虫食いで判読もできませんが、ここからは読めます。『花に長命有りや。曰く無し古詩に言はずや、年年花落ち人の見る無しと。花に心なきや。曰くあり古歌に言はずや草色青青柳色黄《クサアオクハナハカオレド》、春日《ハルノ》偏へに能く恨を惹いて長し《ヒノウラミハナガクツクルコトナシ》と。花開けば其の開くを賞し、花落つれば亦其の落つるを憐れみ、月虧《か》くれば其の盈《み》つるを待ち、月陰れば更に其の晴るるを望む。吾人の花月社会に於ては一年三百六十昼夜、唯だ花月の情味を甘んじて其他を忘る、花癸多風雨人生足別離《チルハナヲサダメナキヨトウタニモヨメド》、春来還癸《サカザナルマイ》旧時花《ハルノカゼ》、柳橋古来専ら予価を占むる者……』――ここまでですね」

「ふむ……」須藤は頷いた。「そう読めますね」

「古詩の歌訳あるいは俗曲に見たてた才気なんか、まったく柳北のものです。しかもここをごらんなさい」と、尾崎は写真の左下、つまり柱の部分の下方を指した。「柳橋三、十一とあるでしょう。これは『柳橋新誌』三編の十一丁ということですよ」

「――しかし、これは本当ですか？　初編や二編と照合してみたんですか？」

「そんな初歩的なことを言われると、ガックリきますねえ。私はもう十数年もこの本を追いかけているんですよ」

「ちょっと頭が混乱してきた」須藤は悲鳴をあげた。「最初からゆっくり説明してください」

「それほど混み入った話でもありませんよ」尾崎は煙草を揉み消すと、ふんぞり返って腕組みをした。「花柳文献を集めはじめてから、まだ十五、六年にしかなりませんからねえ」

「今はサイクルが速くなって、一つのテーマを追うのが十年という人も多いですよ」

「私は幅も狭いし、不器用だから……。本もそれほど好きじゃなかったが、花柳界というところにノスタルジアがあったから、今まで続いたようなものです」

「で、『横浜新誌』の秘密を知ったのはいつです?」

「七、八年ぐらい前、五反田《ごたんだ》の古書展で一冊目を入手してからです。それ以前から、私は和本の芯紙をのぞいて見る癖がありましてね」

「例の『万物画譜』以来ですか?」

「それは言わぬが花ですけどね。明治末の駄本から、黒岩涙香《くろいわるいこう》の未発見の文章などが出てきたりして、万更収穫がないわけじゃありませんよ」

「で、どうして『柳橋』の第三編とわかりました?」

「決め手は柱の文字ですが、それよりも『横浜新誌』が明治九年十二月の『版権書目』に載っていることですよ。九年十二月といえば、『柳橋』第三編の序文の日付で、ちょうどこのころ発禁処分になっているわけです。『横浜新誌』の刊行は十年三月ですから、まったく同じ時期の本です。したがって、廃棄されたページの一部が芯紙に使われたことは大いにありうることなので、事実そうだったのです」

「すると、三編は刷りあがっていたんですか?」

「そうとしか思えませんね。少なくとも一部は刷っていたんでしょう。当時は内務省図書局が出版検閲を行なっていて、出版を願い出る者は必ず草稿を、それも版下同様に浄書して、刊行の時と相違がないようにせよと通達が出ています。それ以前は八部納本という時代もあったようですがね。柳北は人気作家ですから、版元では早く出したいという事情もあったんではないでしょうか。なにしろ明治八年から九年にかけては、年間百二、三十篇の文章を書いているようですからねえ。たいへんな売れっ子ですよ」

「それはともかく、この十年間に五、六冊も見つけたということでしたね?」

「大きな即売展や入札市では、花柳文献が必ず何点も出ます。この本は絵入り本の中に分類されていたこともありますが、即売展で二冊、あとはコレクターを辿って、譲ってもらいました。それだけでも珍談奇談があります」

「いや、けっこうです」須藤は愛書家が幻の本を求めて東奔西走するというような話は、すでに食傷気味なので、ピシャリと釘をさした。「その五、六冊の中に、全部芯紙として入っていたんですか?」

「とんでもない。そんな甘いもんじゃありませんよ」尾崎はもう一度写真をとり出し、人差し指と親指ではさむと、須藤の鼻先へ突きつけるようにして言った。「これ一枚きりです」

「よく、そんなに確率の悪いことを続けてこられましたねえ」

「確率じゃありませんよ。ま、執念の問題ですかな。それも、いわば血の執念とでもいおうか……」

「血の……?」

尾崎は須藤の訝しそうな視線をかわすように、腕組みをほどくと身を起こし、再び窓辺に寄った。

「そうです。血のつながった執念です。血縁という意味ですよ」

「血縁ですって?」

「じつは――私は成島柳北の曾孫なんです」

「えっ、本当ですか?」

須藤は振り向こうとして、膝をレジの台にぶつけ、顔をしかめた。尾崎はしばらく無言でいたが、窓に寄った姿勢のままで話しはじめた。

「ご存知かどうか、柳北には三人の妻妾がいて、十六人もの子どもが生まれました。そのうち、らくという外妾から六、七人の子が生まれているようなのですが、じつのところ正確な数はわからないのです。その十二女にのぶ子という人がいて、明治十五年に生まれ、昭和八年に五十一歳で亡くなっています。十八のとき、つまり明治三十三年に坂口《さかぐち》という家へ嫁に行って、たつという女子が生まれました。この人は大正九年に池原《いけはら》という家に嫁入りして男子二人をもうけましたが、ゆえあって離縁になり、大正十四年に私の父である尾崎忠大《ただひろ》と一緒になって、男女一人ずつの子を生んだというわけです。私はその長男で、前にも言ったように昭和元年の生まれです。ま、口で説明するとややこしいが、系図を書いてみると、ごく簡単ですよ」

「その、あなたのお母さんのたつという方は、まだご健在なんですか？」

「いや、昭和三十八年に六十二で亡くなりました」

「なにか柳北の遺品のようなものはのこっているんですか？」

「いや、全くありません。祖母から話を聞かされていたといいますが、祖母自身も、なにしろ妾の子ですからね。ほとんど柳北についての記憶はなく、いろいろな話も又聞きのようです。たとえば非常に酒飲みであったとか、客が多くて物入りがたいへんだったとか、ね」

「柳北の子孫だということを、いつごろ知ったのですか」

「高校生のときですね。母親から、おまえの曾祖父は明治時代の有名なジャーナリストで、遊び人だったんだよ、と聞かされました。戦後間もないころで、『柳橋新誌』もなかなか入手できなかったが、読んでみると面白いし、何となく懐しい気がしましてね」

「そうですか。私などは明治とか柳橋とか聞いても、高校時代にはすでに過去の、古めかしいものというイメージしかありませんでしたがねえ」

「それが普通でしょう。占領軍文化の全盛期で、古い日本的なものはすべて否定されていた時代ですからね。しかし、身内のことになると、また別の感情も湧いてくるものですよ」

「わかるような気がしますね」

「それなら、私が『柳橋新誌』の第三編に執着する理由もおわかりでしょう？」尾崎はソファに坐りなおすと、須藤の視線をじっと捉えながら言った。「頼むから『横浜新誌』を探し出してください。滝井書店と林書店と、現に二冊が私の鼻先にぶらさがっているんです。もちろん、また空振りかも知れないが、このままでは諦めがつきません。何とか手に入れてください」

「わかりました」須藤はやや確信なさそうに言った。「少々高くつくかも知れませんが、もう一度アタックしてみましょう」

「頼みましたよ」

尾崎は坐りながら四角張ったお辞儀をしてみせた。

6

それから二週間後の十一月五日、土曜日の午後、同業者とのハワイ旅行に行きそこなった須藤が俚奈とお茶を飲みながら、海苔巻煎餅をポリポリやっているところへ、近代史研究家の河田実男が入ってきた。

「よお、三時のおやつか。俚奈ちゃん、また太めになったんじゃない？　肩のあたりに肉がついてきたよ」

「ロースじゃあるまいし」俚奈はふくれっ面になった。「まったく先生の大声はいやあね。ツマミがついてたら、ボリュームを落としてやりたいわ」

「おいおい、それはついこの間まで、店主のセリフだったんじゃないのかね。あんたたちは、ウォークマンでバカでかい音を聞いてるんだから、このくらいは我慢しろよ。それよりも、店主、脚はどうしたい」

「どうも。なんとか一人で歩けるようになりました。それまではコレの」と、須藤は俚奈を指した。「肩を借りて歩いたこともあります。それで肩に脂がのったんですよ」

「失礼ね。これはパッドというものが入ってますのよ。社長は痩せてるから、ぜーんぜんこたえないの」

「そういえば助手のほうが逞しいな。女として迫力が出てきおった。いま、一年生？」

「ちょっと、先生」須藤は遮った。「今日は何か探しもんですか？」

「探しもんか。今の神保町にそんな期待のもてる店があるのかね」河田は眉をしかめて棚の本を引っぱり出していたが、隅に積んだ電話帳を見て言った。「こいつは邪魔だな」

「おや、ご存知ないんですか？　東京都の電話帳はよく売れるんですよ。近県の人がよく買っていきます」

「ははあ、なるほど。うちも神奈川県だが、住民の意識は完全に東京都民だな。新聞も都内版をとってるくらいだからね。そのくせ、電話帳は地区の薄いものしか配達されないからなあ」

「とくに企業編、産業編、生活編がキキメなんですよ」

「あら、それは全部わたしが教えたのよ。国会図書館で見たら、ほかの地方の電話帳はゼーンゼン汚れてないのに、東京都の分はボロボロだったから……」

「おや、こちらの助手は国会図書館なんて畏《おそ》れ多い所にお出ましになるのかね？　学校、どこだったっけ？」

俚奈がキャーッと抗議の奇声を発して立ちあがろうとしたので、須藤は苦笑しながら彼女の腕をおさえた。

「まあまあ。先生は頑迷な女子大生亡国論者だからね。――コピーぐらいは取ってきてくれるんですよ、先生」

「ほう、だいぶお勉強のようだね」河田はレジの横に積みあげたコピーの山に気づいたようだった。

「この二週間、もっぱら成島柳北について研究してるところです。ちょうどよかった。二、三伺いたいことがあるんですが」

「何でも聞きたまえ。知るということは、人間の生活を豊かにするものだからね」

「これはクイズの話じゃなく、もう少し深刻なんです。あのう……成島柳北の子孫というのは、現在たくさんいるんですか？」

「そりゃあ、子どもが十五、六人もいたんだからねえ。孫の大島隆一《おおしまりゆういち》という人は、荷風の随筆にも出て来て、有名だね」

「柳北の日誌を持っていて、荷風に預けたところ、戦災で焼けてしまったという話ですね。しかし、その日誌は、十年ぐらい前だったかな、三越《みつこし》の古書即売展に出ましたね」

「いや、荷風が焼いたのは自分で筆写したもので、現物は大島氏のもとに返った。それは柳北の娘のもとに預けられたが、たまたま寄食していた柳北の次男が遊ぶ金欲しさのために一部を処分したと推定されている。昭和のはじめごろだったろうから、四十年以上もたって、しかも第二次大戦をはさんで、その現物が古書展に出たというわけだな。このことは、前田《まえだ》愛《あい》氏の『成島柳北』に出ているよ」

「しまった。俚奈に作ってもらったリストにない」

「あら、わたし、カードは全部写したわよ」

「なんだ、国会図書館の著者書名目録か。おれは二、三年前、明治ものの全集編纂の仕事を手伝ったとき、柳北のカードを繰っていたら、前田氏のカードは間違ったところに入っていたよ」

「直しといてくれればいいじゃない」

俚奈の非難に、河田は少し気まずそうな表情を見せた。

「こいつは悪かった。閲覧者が勝手に直せないいんでね。係に言おうと思ってるうちに忘れちまった。何しろあの館へ行くと、手続が煩雑で、忙しいんでね」

「ところで、そのほかの子孫は」須藤はコピーを見ながら言った。「昭和三十七年に出た『近代文学研究叢書』の第一巻では、柳北の子孫を探訪する話が出ていて、らくという外妾の娘きくに会った話を中心に、実子の名前も出ていますね。しかし、十六名といっていながら、どうも数が合いません」

「そんなこと、おれには関係ないよ。ただ、孫とか曾孫とかいう人のことは時どき耳にするねえ。俳優の森繁久彌《もりしげひさや》がそうだというし、ある放送局のプロデューサーも子孫ということだ。それから、今思い出したが、五、六年ほど前に知り合いの出版社に入社してきた女性が、やはり曾孫で、顎の長いところなんかよく似ていたというね。その後退社したそうだが」

「たくさんいるんですね」須藤は考え込んだ。「そのほかの人も、みんなお互いにわかっているんでしょうか」

「さあね、そこまでは知らんよ。しかし、一般論として、三代目ぐらいになると関心は薄くなるだろうね。――いったい何だね、今回の探偵は？　まったく性懲りもないとはこのことだな。そんなことはやめて、復刻版でもやったらどうかね」

「うちの社長は金と力がないのよ」俚奈が煎餅をかじりながら言った。「色男でもないけどね」

「色男なら、古本屋なんかやってるもんか」

「それにしても、十六人も子どもを持つというのは、どういう気分なのかしらね。こういう歌、あるじゃん？　心を抜きでも、愛しあえるけど……」

「知らんね」

電話が鳴って、俚奈が取りついだ。

「尾崎って、いつかの人でしょ」

「もしもし」須藤は受話器を耳にあてた瞬間、かすかなざわめきとムード・ミュージックのようなものを聞きつけた。「かわりましたが」

「尾崎です。今、いいですか？」

「どうぞ」

「ちょっと申しあげにくいんですがね、先日の話、キャンセルしたいんですが」

「キャンセル？　本探しの件ですか？」

「そうです。詳しい事情はあとでお話ししますが、まあ、心境の変化がありましてね」

「しかし、いま一歩なんですよ。この二週間に相当調べも進んだし……」

「本当に申しわけないんだが、やむを得ないんでね。それでは一週間ぐらいしたら、神保町に別の用事もあることだし、手数料を払いに伺いますよ」

「あ、もしもし……」

電話は一方的に切れた。

「ふられたのね。まったく商売がヘタなんだから、いやんなっちゃう」

「畜生、勝手なやつだ。こっちだって一生懸命なんだからね」

「どういう事情なのか、話してくれないかね」河田が割り込んだ。「おれだけ仲間はずれにして、授業料も只《ただ》ということはないだろう」

「そうですね。もう相手は依頼人ではなくなったわけだし……。さしつかえないところだけですが、お話ししましょうか」

須藤は尾崎がはじめて店を訪れた一か月ほど前からのいきさつを、かいつまんで説明した。

「ふーん、尾崎ねえ。名家の子孫という話はよくあるが、『柳橋新誌』第三編の一葉が出たというのは聞き捨てならないニュースだな。現物を見たいもんだね」

「お守りのように、写真にして肌身離さず持っていますよ。木版印刷らしく、縦に十本の罫が引いてあって、一行に二十字詰くらいですかね。ここにコピーして来た第二編とほとんど同じ体裁でしたね」

「滝井と林の件はどうなっているのかな」

「滝井のほうは、大家さんの力をかりて調べてもらいました。五月一日の即売展で、十二人もの申し込みがあったそうですが、抽選で山本という人物に当たった。ところが、それが初めての客で、どうも正体がよくわからないんですよ。偽名じゃないかということになりましてね」

「抽選に使う、あの細長い紙は残ってないのかね？」

「うっかりして、つけたまま山本という人に渡してしまったそうです」

「その山本というのが、一人で十人ぐらいの名前をでっちあげて申し込んだという疑いが濃いね。『横浜新誌』というのは、そんなに珍本じゃないから」

「花柳文献を集めている高村亮《りょう》という人をご存知ですか？」

「さあて。ときどき『本の通信』などに雑文を書いてる人かね？」

「そうです。花柳文献では藤賀咲多につぐ人でしょう」

「思い出した。二、三年前、だれかと論争めいたことをやったね。何でも、その高村という人が明治期の花柳文献について考証したところ、だれかが反論を寄せたが、だいぶ感情的な内容だったたっけ」

「それはおもしろいですね。バックナンバーで調べてみましょう。――あ、それから読書家の雑誌といえば、最近創刊された『ブックシェルフ』というのがありますね」

「あの、マニア向けのやつか？」

「そうです。その第二号に、尾崎が自分で『柳橋新誌』第三編発見のいきさつ、というのを書くそうですね」

「そりゃ、どういうことだ」

「尾崎がやってきた翌日、『ブックシェルフ』の編集長がやってきて、『原稿料を度外視して十枚ぐらい、珍本の話をすぐ書いてくれる人はいないか』というんですよ。発足したばかりのミニ雑誌だし、編集もシロウトだから、大分アナをあけてしまったんでしょう。そこで尾崎の話をしたらとびついてきました。すぐ交渉したようですが、尾崎のほうも乗気で、校了日ギリギリに原稿が出来たとか。発売日は多少遅れそうですが、編集長みずから『乞うご期待』という電話がありました」

「うーん、それもまたナゾだな。尾崎としては隠しておくほうが利益だからね」

「動機を考えてるところです」

「話は逸れたが、林書店のほうはどうした」

「困りました。古書界のアウトサイダーだし、私とは犬猿の仲ですからね。大家の小高根さんはこの地区の組合長を二期も務めた人だから、顔も利くほうだけど、苦手な相手にはちがいありません。第一、高円寺の市会で現物を競っていますからね。そのうえまた接触すれば、相手はいよいよ警戒するばかりです。しようがないから、林書店の近所の、親しくしている本屋に頼んで、市のときなど、それとなく見張ってもらっているんです」

「そりゃまた、ご苦労なことだね」

「林はもともとセドリが主だから、市にはあまり出ないんですよ。この二週間に一度ぐらいかな。しかし、いつまでも見張っていられませんからね」

「それはそうだ。早く決着をつけなければ」

「いや、あの市で露骨な買い引きをしたのも、なにか目先の必要があってのことですよ。年の瀬も近いことだし、いずれ動き出します」

「まあ、業界のことはよくわからんがね。それはともかく、おれがどうしても解せないのは、尾崎が林書店の出品の中に『横浜新誌』があるということを、どこで知ったかということだ。目録には明細が載ってなかったんだろう？」

「七月に小高根さんが市へ出してますからね。情報が伝わったんでしょう。それを辿っていけば、最終的に林の出品ということがわかるでしょう」

「そこだ。小高根書店はもともとこの本をどこから仕入れたか、だ。ポイントはそこにあるんじゃないか」

須藤は答えなかった。河田には長瀬から仕入れたことも、脅迫状の一件も伏せていたからだ。たしかに、この点こそ問題の本質にちがいない。しかし、そこまで打ち明けるべきか？

ノックの音がして、作業服を着た若者が顔を出した。

「昭和オフセットです。お宅の古書目録が出来ました」

「ご苦労さん。ちょうどよかった」

若者が須藤から受領印をもらって出ていくのを待ちかねたように、河田が催促した。

「おれに一冊よこせ。今回の授業料がわりに、最優先だぞ。もっとも、いい出物があっての話だがね」

須藤は笑いながら包みをほどいた。数十ページほどの目録が三百部ほど出てきた。

「この二か月、寝床で腹這いになりながら原稿書いたんですよ。なにしろ怪我で売上げが激減したんですからね。値引はしませんよ」

「あいかわらずの強気だな。ろくな本もない癖に」

「目録は刷り上がってからが大変なんですよ。宛名を書いたりするのがね」須藤はページをめくっていたが、いきなりそれを筒のように丸めると、俚奈の頭をポンと叩いた。

「そうだ、いい手がある。とうとう助手の、本当の出番が来たぞ」

「なんだか知らないけど、高いわよ。値引はしないわよ」

「社長の真似はしなくていい。そんなに難しくない仕事だよ」

「何だか知らんが」と、河田は時計を見ながら立ち上がった。「その第三編とやらが出て来たら、おれが最優先だぞ」

「わかりました。あまり、アテにしないで待っていてください」

7

神保町に師走の風が吹きはじめて、人通りが目立ってふえた。しかし、若者たちのほとんどはスキー店が目あてである。サラリーマンも、ボーナスでまとまった本を買おうなどという殊勝な心がけの者は、めっきり減った。

河田が訪れて、いくつかのヒントを残していってから一か月余、須藤は目録の注文に応じて本を発送したり、品切本については極力同業者の棚を頼ったりして、十日間ぐらいは整理に追われっぱなしだったが、その間、尾崎攻略の方策を練った。結果は予想とほとんど一致し、彼は解決の兆しを見つけたように思った。

——その矢先、思いがけないことが起こった。林書店が火災に遭ったのである。煙草の火の不始末が原因といわれたが、放火の疑いもあった。

火災から四日目の十二月十一日金曜日、須藤は早目に店を閉めると、俚奈を連れて林書店へ出かけた。脚はもうほとんど回復していた。

神保町の交差点を水道橋《すいどうばし》方面に百メートルほど行くと、煤で黒く汚れた店の前に、店主の林修三《しゅうぞう》がぼんやり立っていた。

「林さん、今晩は」

「ああ」林はソッポを向いたが、いつもの元気はなかった。一つには組合から見舞金が出たので、ケンカ腰ではまずいと判断したのかも知れない。

　そのとき、向かい側から学生の一団が横に並んで歩いてきたので、須藤はそれをよけることできっかけをつくり、林の店へ片足を踏み込んだ。

「やあ、ひどいですねえ。これはお気の毒だ。天井の棚まで水びたしじゃありませんか」

「ひどいってもんじゃねえよ。これじゃあ年が越せないね。まったく、交通事故に遭ったようなもんだ」

「お店に泊まっていなくてよかったですね」

「これは店舗だけで、すまいは裏のアパートだからね。二階に寝ていたら蒸し焼きだよ」

「火が出たのはどこです？」

「左手の奥のほう。ホースの水圧で、モルタルの壁に孔があいちまったよ」

「あそこに灰皿か何かあったんですか？」

「いや、そんなものはないよ。『有朋堂文庫』の専用書棚があったところだ」

「本棚ねえ。やつはうまいところに眼をつけたな」

「やつとは誰だ」

「放火犯人ですよ」

「犯人？　あんたがどうして知ってるんだ」

「ちょっとした推理ですよ。簡単です」

「そう言えば、あんたは探偵だったな」林修三はチラと俚奈を振り返りながら言った。「話を聞こう」

「ここでは落ち着かないから、あなたのアパートへでも案内してもらえませんか」

「さあ、今晩客がくることになってるからなあ」林は躊躇したが、「まあいいや、長居されちゃ困るぜ」と、先に立って歩き出した。須藤は俚奈に眼くばせをすると、後につづいた。

店の隣の喫茶店から左に曲がり、二十メートルほど行ったところに蕎麦屋があって、店先に薄汚れたカポックの植木鉢が出してある。その脇に、通りがかりの者なら見逃してしまいそうな小さなドアがある。林はそれを乱暴に開けると、二階へ通じている急な階段を昇った。

突き当たりを左に折れると、ギシギシいう廊下の右側に安っぽい新建材の扉が三つ並んでいる。林はその一番手前の扉を押すと、中に入って灯りをつけた。

ガランとした八畳ほどの部屋だが、床は板張りで、奥のほうに茶色の絨毯《じゅうたん》が敷いてあり、その上に炬燵が載っている。壁ぎわには書棚が二つ三つあって、雑本が押し込んであった。どうやら零細企業向けの事務所としてつくられた部屋を、アパートがわりに寝泊まりしているらしい。

あまりにも寒々とした室内のようすに、須藤は二の足を踏んだが、自分のアパートも五十歩百歩だと思いなおし、俚奈を促して入ると、扉を閉めた。

汚いスリッパに履き替えて炬燵のところまで行くと、そこでまた脱いで絨毯の上に坐るという仕組みである。林はどっかと胡坐《あぐら》をかくと、「適当なところへ坐ってくれ」あくまで横柄に言って、炬燵のスイッチを入れた。

須藤は俚奈がいやいやながら坐るのを待って、自分は林に負けぬよう大胡坐をかいた。

「さあ、お客さんもあるということだから、早いところ片付けましょう」

「何をつかんでるんだ」

「今年の四月、長瀬宏記が死にましたね」

「そんなことがあったっけな」

「ながらく腎臓を患って寝たきりでしたが、本を読む気力はのこっていて、枕許には古書が積んであったそうです」

「小高根やおまえさんが狙っていたんだろう?」

「そんなことはどうでもいい。――さて、死の十日ほど前、見舞客がありました。長瀬が名目的な顧問をしている日本郷土史学会の会員でしたが、三十分ほど四方山話をして帰っていきました。しかし、この訪問者は、長瀬の枕許にあった一冊の本に目をつけていたのです」

「何だ、それは」林は警戒するような表情になった。

「ひと月ほど経った五月一日に開かれた愛古会に、滝井書店が『横浜新誌』という本を出品したところ、十二人の申し込みがあって、その一人、山本という人が当選しました。この種の本は、いつもなら数人の注文しかないのが普通ですから、一人の男がいくつもの偽名を使って当選率を高めようとしたのは明らかです。私の推測ですが、この偽名を用いた注文者は、長瀬の見舞に訪れた人物にちがいありません。というのは、最近長瀬の長男の嫁に聞いたのですが、死後半月ほど経って、蔵書の一部を譲ってくれないかということを言ってよこした人物があるそうです。つまり、いつ出るか、いつ出るかと気にしていたところへ、問題の蔵書らしきものが即売展に出たわけですから、それこそ必死になって、何人もの名を騙《かた》って注文したのです」

「そういう話が、おれの店の火事とどういう関係にあるのかね」

「いまにわかります。とにかく、長瀬を見舞った客は、どうしてもその本が欲しかった。その人物はのちに私の店にやって来て、郷土史的興味から欲しいなどと言っていましたが、そんな生《なま》やさしいものじゃなかったのです。しかし、『横浜新誌』という本の名前が出たことで、この客はあなたにも心当りがあるでしょう?」

「大いにあるでしょうね」と、扉の外から声がして、一人の男が現われた。

「やあ、尾崎さん」須藤は言った。「お客というのは、やはりあなたでしたか。ちょうどそんな予感がしていたところですよ」

「下手な占い師みたいなことは言わないでください。私はちょっと買物帰りに寄る気になっただけですからね」

尾崎はビニールの買物袋を扉の傍に置き、こちらに背を向けて中をあらためているようだったが、やがて靴を脱ぐと爪先立ちで歩いて来た。

「冷たい床ですね。林さん、畳ぐらい敷いたらどうです」

「炬燵が暖いですよ」須藤が右横に席を譲ったので、尾崎は入口を背にして坐ると、膝に蒲団をかけた。

「私の悪口が聞こえたもんでね。もう少し立ち聞きしていたかったんだが、あること無いこと言われると我慢できなくなりましてね」

「まあ、無いことかどうか、今にわかりますよ。さっそく続きを話しましょう。おっと、その前に、お茶ぐらい欲しいですね」

「わたしが淹《い》れるわ」俚奈が立ち上がった。

「流しは外へ出て、左側にあるよ」林はあいかわらず横柄である。

「では、時間が惜しいのでボツボツ始めましょう。尾崎さん、あなたはごくありふれた愛書家を装って、私の店にやってきた。十月二日のことです。以後のことはすべてこの手帳にメモしてありますからね」

「装って、というが、私は愛書家のつもりですよ。詐欺師のようなことはいわんでください」

「ほう、強気ですね。しかし、あの最初の日から、私はあなたに妙な印象を懐いた。何というか、いわゆる愛書家とはタイプがちがうんだな。服も持物もパリッとしている。むろん、金持の愛書家やおしゃれの蔵書家というのはいるけれど、一般に本好きというのは本にお金を使うもんです。かりに服飾に気を配っても、どこか手を抜いている。たとえばいい服を着ていても、ライターは百円の使い捨てとかいう具合にね。ところが、あなたはいいものを着て、アクセサリーも一流品らしきものを持っていた」

「近頃は、ヨレヨレの背広に破れ靴という愛書家はいないよ」

「その通り。だが、タイプがちがうと思ったのが第一歩だった。チラと見た名刺の裏に、一流銀行の名前を見たときは、なるほどと思った。肩書の〝開発部参与〟の意味はその時は気づかなかったけれどね」

「畜生、卑怯な手を使いやがって」尾崎は顔色を変えて罵《ののし》った。

「お茶をどうぞ」俚奈が茶碗を尾崎の前に置いた。

「卑怯な手というのは、例の一件かね？　それは後の話にしよう。失礼かもしれないが、あんたは一流銀行の、それもトップにいるような人でありながら、たとえば妙に遠慮するようなところが気になった。足音を立てないというのもそれだ。いまだって、この粗末な建物の、ギシギシ鳴る階段を、足音を立てないで上がってきたくらいだからね」

「それはあんたの耳が悪いからだよ」

「耳どころか、最近目も悪くなってね」と、須藤は応じた。「あんたを見たとき、どこかで会ったような気がしたが、どうにも思い出せなかった。これは迂闊《うかつ》だったね。というのは、『横浜新誌』の探求依頼を受けた直後に、電話で高円寺の優良書市の目録に出ていた、花柳文献一括の注文をしてきただろう？　あの目録は配付されたばかりで、あまり一般の目に入る機会はなかった筈だ。しかし、あんたには一つだけ有力なソースがあった。ここにいる林書店だよ」

「どこで見ようと勝手さ」

「そこが一つのポイントなんだ。そもそもあんたが林書店——この人づきあいの悪い林書店と仲良くなったのは、あの百貨店の即売展いらいだった。林さん、あんたと全集物の奪い合いになったとき、一人の客が『その本、ぼくも欲しいんですよ。客優先にしてもらえませんかね』といって、かっさらっていってしまった。混雑のさいだし、私もカッとなっていたので、すぐ忘れてしまったが、あの時の情景をストップモーションのように止めて見ると、あんた——つまり尾崎さんに間違いなかった」

「目ばかりか、頭のほうもどうかしたんじゃないのか」

「尾崎さんと私が知り合いだとしたら……」林修三が口を出した。「いったい、どういう解釈になるのかね？」

「それはあんたが利用されたということですよ。大方、あの花柳文献一括を、いくらでも出すから荷主として落札——つまり買い引きの形にしてくれ、手数料は出すからと持ちかけられたんでしょう？」

「それはたしかにその通りだが——、どうしてわかった？」

「客観的には相場をつくり出すためだが、本当のねらいはあの一括本の中にある『横浜新誌』に、世間の耳目を集めることにあったんだ」

「そんな貴重本があったのかね」林は不信の眼で尾崎を見た。「かつがれたってのは、本当かもしれんな」

「冗談じゃない」尾崎は慌てて打ち消した。「貴重なものがあるからと、ちゃんと言っといたでしょう。それでなけりゃ、あんな高い手数料を払うもんか。そっちだって、何かあると思ったから、買い引きをやってのけたんじゃないか」

「まあ、この点についてはどっちもどっちだね」須藤は裁定を下した。「しかし、失礼ながら林さん、この尾崎という人にあったら、やり手で通ってるあんたも一たまりもないね。なにしろ、ミニコミながらジャーナリズムを巻き込んでの一騒動となったんだから。これ、読んだかい？」

須藤はジャンパーのポケットから、半月ほど前に出た「ブックシェルフ」の新年号を取り出し、巻頭エッセイのページを示した。そこには尾崎朋信の名で、「新発見の『柳橋新誌』第三編」という標題が大きく印刷されていた。林は眉をしかめて読もうとしたが、どういうことか合点がいかず、「何だ、これは」と突っ返した。

「ここにいる尾崎氏が成島柳北という名家の裔《すえ》で、たまたまその血族の執念から、幻の本とされる『柳橋新誌』の第三編の、それも半丁分だけを、『横浜新誌』の芯紙の中から見つけ出したという話ですよ。まだ耳に入りませんでしたか？」

「そんな雑誌は知らないし、うちの一括本の中に『横浜新誌』があるのを知ってる者は、お宅の大家以外にいないいんじゃないのかい？」

「そうかも知れませんね。しかし、いずれ話題になりますよ。なにしろ、この尾崎氏が百五十部も買い上げて、日本郷土史学会の全員に配ったんですからね」

「しかし……」林は怪訝《けげん》な表情になった。「『横浜新誌』は今度の火事で焼けてしまったよ」

「さあ、そこですよ」と、須藤は渋茶を啜りながら思わせぶりに言った。「だんだん良くなる法華の太鼓といいますがね、この尾崎氏が考え出した謎は、そう単純なものじゃなかったんです」

「どこまでつくり話を広げていく気かね、探偵さん」尾崎は新型のライターを出すと、煙草をくわえた。須藤はその動きを観察しながら言った。「十月二十二日にあんたは私の店にやってきて、柳北の子孫と名乗り、『横浜新誌』の謎を明かした。私もその言葉をいちおう信じて、一から調べ直してみようと決心した。ところがそれから二週間たって、あんたは探求をことわって来た。心境の変化などとわけのわからないことを言っていたが、要するに『横浜新誌』は御用ずみになったということさ。私の店にやってきた翌日、『ブックシェルフ』

の編集長が、何かネタはないかと言ってきたので、何気なく紹介した。こっちは何気ないつもりだったが、あんたにとっては待ちに待ったチャンスだったんだな。つまり、名家の子孫であることを天下に宣言し、自分をバカにしている連中を見返すことができる」

「そんな子供っぽいことを」尾崎が冷笑した。「第一、すぐバレてしまうよ」

「そうだろうか。天下といったが、はっきり言えばミニ天下なんだ。そこがあんたの狙い目でもあった。銀行とか愛書家のグループといった特殊世界だ。対象である柳北も、研究家や学者の世界ならともかく、一般にはすでに忘れられている存在といってよい。関心の幅が局限される。まさに、そこに目のつけどころがあった。家系はいつかはバレるだろうが、柳北の場合は外妾の子供に何人か、行方のわからない者がいて、私はあんたの言ったことの裏付けをとろうとしたが、途中までしかできなかった。何しろ、最近は戸籍、とくに除籍簿の閲覧はうるさいからね。事実上不可能といってよい。むろん、これは理由のあることだが、あんたはそれを逆手に取った。正直いうと、調査代行業を使って、あんたの父親が尾崎忠大であることまでは確認した」

「当たり前だ。全部ほんとうのことを言ったんだからな」

「しかし、あんたは伯父に尾崎義成《よしなり》という胡散《うさん》臭い人物がいることは隠していた」

「――隠した？　私の伯父に何の関係があるんだ」

「大ありさ。今回の事件にはもう一つの流れがある。それは長瀬の遺族が処分した本の中に、ある総会屋の脅迫状が紛《まぎ》れこんでしまったということだ。私がこの話を知ったのは、あんたが『横浜新誌』の探求依頼に来た日だったが、むろん、最初は二つの事件に関連があるとは思わなかった。しかし、小高根書店は長瀬の蔵書のうち、とくに花柳文献の中に問題の脅迫状があるにちがいないと思いこみ、林さん、あんたの出品した一括ものを是が非でも落とそうとしたんだ」

「そうだったのか」林は呻《うめ》いた。

「尾崎さんはじつに狡猾だね。林書店に始終出入りしてるあんたは、長瀬宏記の旧蔵書である花柳文献が入荷したことを直ちにキャッチした。以前から欲しかった本だから、さっそく交渉したが、私の推測ではかなり高価だった。躊っているうちに、同じ金を出すなら、市場に出して人工相場をつくると同時に、『横浜新誌』が具体的に出現した日付を古書界に強く印象づけるという手を思いついた。どうせ出品のさいの組合手数料なんてタカが知れたものだし、本そのものの値段も市に出したときよりずっと安く買える、と思っていたにちがいないんだ」

「黙って聞いていれば」と尾崎が遮った。「どこまで妙なことを言い出すか。林さん、あなたも何とか言ったらどうです」

「さあね、一応聞くことにしよう。こいつの話はあたっていないこともない。もっともおれの知らないことが半分以上あるがね」

「ほら、林さんは興味を示してますよ」須藤は勢いづいた。「ようやく、おかしいなと気がつき始めたんです。林さん、あんたの誤算は、長瀬家の依頼をうけた小高根書店が、強気の勝負に出たことでした。一度などは相手に落札されて青くなった。しかし、小高根書店の気が変ったため、辛うじて落札したが、思わぬ高値になってしまった。そうなってくると、林書店としても例の一括本には何かありそうだとわかって、尾崎さんの頼みといえども簡単に手放せなくなってくるわけだ。これは尾崎さんにとっての誤算だった。早く手に入れないと私の手が回りかねない。脚が悪くて動きがにぶいことを計算に入れていたとはいえ、警戒はする必要がある」

「そんなことまで考えるもんか」尾崎はせせら笑いをうかべた。

「いや、たしかにその形跡はある。そもそも私の店へ入って来たときから、あんたは私のようすをちらちら見ていたが、私の脚は包帯を巻いた上からズボンをはいていたので、知らない人にはわからないようになっていた。それなのに、いきなり『怪我をされたそうですね』と言った。あらかじめ私のことをよく調べて来たのだね。ところで、一般の愛書家の心理からいうと、自分が年来探求している本の落札依頼を、しかも振り市という、業者自ら出張《でば》っていかなければならないようなものに、半身不随というか、それは大げさにしても、半ば開店休業の業者を選びますかね？」

「それはお宅の実績を買ったからだよ」尾崎はニべもなく言った。「市場へは他の人を出してくれると思ってね」

「ヘボ探偵の実績か。それよりもあんたは、うちの店が神保町では中の下ぐらいの店で、まあ、ほどほどの愛書家や研究者、ミニコミの人たちが、一種の駄法螺《だぼら》を吹きに集まるというところを利用したいと思ったんじゃないかな。そういうムードの店へ印象深く登場して、機を見て名家の子孫でございと名乗りを上げ、さっと引きあげる……。事実、私は雑誌編集者まで紹介してしまった。あの時点では、正直のところ六四《ろくよん》ぐらいで私はあなたの経歴を信用していたんですよ。活字にしようとまでする人物が、ニセ者である筈はないと思った」

「……」

「ところが、その雑誌が出るときまった時に、あんたは『横浜新誌』の探求依頼をことわってきた。これはたぶん、私への手数料がどんどんふくらみかねないのと、本来の目的は達したも同然ということになったからでしょう。銀行屋さんはこまかいからね」

「くだらんことを。本来の目的とは何だね」

「つまり動機ということですね。これには悩みましたねえ。愛書家の中には、常人の感覚では理解しきれない人が多勢いますからねえ。まず、脅迫状の線を考えた。長瀬家では秘密にしているが、あんたの親類に尾崎義成という総会屋の大物がいるとなれば、その脅迫状の出所《でどころ》と疑われても仕方がない。いちおう、尾崎義成かその一派の仕業とすると、いろいろな点で符節が合う。長瀬宏記は死の少し前、あんたの訪問を知って、病床の枕許にあった脅迫状を何かの本の中にかくした。それはあんたも同じ穴の狢《むじな》かもしれないと疑ったからだ」

「それなら最初から寄せつけないだろう」

「長瀬が自伝を出版したとき、あんたが絶讃したことは、郷土史学会の会報に出ている。ある程度親密なつき合いだったんでしょう。この社会の人間関係はどうもよくわからないね」

「古書界ほどじゃないさ」

「まあ、それはともかく、長瀬が亡くなってから、息子が脅迫状を探したが見当らない。むろん、身辺に置いてあった本も調べたが、出てこないので、そのまま売り払ってしまった。しかし、ほかのどこを探してもないので、やはり本の中だろうということになって、小高根書店に〝探せ〟と言ってきた。そのさい、故人がまだかすかに意識のあるとき、手紙は古い事を書いた本の間に挿んだと言っていたのを、家人が思い出している」

「出まかせだ。いずれにしろ、おれには無関係だがね」

「いや、出まかせじゃなかった。私は本の中に手紙を隠す場合、どういう方法があるかを考えてみた。寝たきり老人だから、あまり細工はできない。小高根さんは和本の中と早合点したが、これはすぐわかってしまう。すると洋装本の中にかくしたことになるが、われわれ古本屋が経験上知っているのは、洋装本のカバーのうしろへ入れられると、ちょっとわかりにくいということがある。現に私もそういう場所からラブレターを見つけたという経験がある。しかし、今回は出てこなかった。ヒントは一つしかない。『古い事を書いた本』。私は小高根書店に残っている雑誌の山をもう一度眺めてみた。すると『古事類苑』の端本《はほん》が目についた。戦後の復刻版でケースに入っているが、ありふれた本だ。しかし、『古い事』にはちがいない。もしかしたら、長瀬が苦しい息の下で『古事、古事』といっているのを、家人が『コジって何ですか?』と問いかけたら、『古い事』と言い直したことが考えられる。そうにちがいない。私はケースから本を出してみた。厚い本なので、背と本分の間に隙間ができるが、そんなところにあればすぐわかる筈だ。やはりダメかと、ケースを何気なく眺めていたら、ふと内側の奥に、丸く反《そ》った厚紙が付いているのに気がついた。知ってるでしょう? これは厚い本の小口《こぐち》が下へさがったり、汚れがついたりするのを防ぐため、ケースに入れるものですよ。百科事典などに必ずついて来ますね。——はずしてみたら、ありましたよ。半年以上も探しまわった問題の手紙がね」

「何が書いてあった?」林はさすがに興味を持ったと見え、一膝乗り出した。

「いや、それは信義上言えません。会社ならどこにでもある、なま臭い話とだけ言っておきましょう。私のほうとしては、この件を秘密にするという条件で——まあ条件というほどでもありませんがね——尾崎さんのことをちょっぴり教えてもらいました」

「けしからん。プライバシーの問題だ」

「そんなに詳しく伺ったわけではありませんよ。昭和三十年に、まだ銀行が小さかった時分、尾崎義成のカオで入行した。二十九歳という年齢だからというわけでもないが、出世コースから外れ気味で、たしか三十七、八年ごろ経理関係のスキャンダルを外部に洩らしたという疑いをもたれた。確証はなかったが、敬遠されて新潟支店に廻され、そこで十五年ぐらい冷飯を食わされていましたね。失礼だが、女でうさ晴らしをするという柄でもなく、楽しみは本集めとか歴史研究などで、たまに古書即売展に合わせて上京したり、各店の目録を早目に入手しては注文していたようですね。それは小高根書店の名簿などで確認しました。四年ぐらい前、ようやく大手町《おおてまち》の本社に戻されたが、もはや仕事らしい仕事も与えられず、飼い殺しの状態だった……」

「とんでもない。おれのポストは重要な、忙しい仕事なんだ」

「そうでしょうか。少々残酷な気がしたが、私はあんたがどういう人なのか、知っておきたくて、この助手を勤め先へ伺わせたわけですよ。では、助手さん、どうぞ」

「やっと出番ね」と俚奈は尾崎のひきつったような顔を、臆せず見返しながら言った。「古書目録を届けるという口実で出かけたの。受付で呼び出したんじゃ意味ないから、オフィスへ入るのに苦労したわ。社長の入れ知恵で、受付のある階の一つ上に出て、通りかかった社員に『尾崎さん、どこ?』と聞いたの。知らないという人ばかりで、おどろいたわ。四人目の人が、『あそこだよ』って、部屋の隅っこをゆびさしたの。わたし、びっくりしちゃったあ。窓ぎわっていうけど、本当に窓ぎわなのね。みんなからポツンと一人離れた机に坐って、しかもその机の上には何もないのよ。わたしが『尾崎さん』と声をかけたら、あわてていたわね。そして、『ここは将門《まさかど》の墓が見える上席なんですよ』なんて言ってたけど、傍を通った女の子が、お茶も置いていかないのよ。わたし、かわいそうになっちゃったあ」

「会社のことが、子供なんかにわかるものか」尾崎は真赤になって叫んだ。「くだらんトリックを使いやがって」

「名家の末裔にふさわしい言葉遣いでお願いしますよ。——しかし、今の話を聞いた夜、寝ようとして眼を閉じると、あんたの姿が浮かんで来てしようがなかった。私も勤めの経験がある。人づきあいが下手で、派閥なんてものに乗ることもできず、悩んだものだ。とくに四十過ぎて、定年まであと何年ということが意識にのぼってくると辛かったね。そんな時、よりにもよって女房に死なれて……いや、それはこっちの話だが、一言でいうとね、尾崎さん、そのとき私はあんたの動機がはっきりわかったんだよ」

「動機とは何のことだ。おれは脅迫などには関係ないと言ってるだろう?」

「そうではなく、名家の裔を詐称したことだよ」

「詐称ではないっ！　おれは柳北の曾孫だ！」尾崎は別人のように声を荒らげると、立ちあがろうとした。

「そうムキになることはないでしょう。手短に私の解釈を言いましょう。あんたはもともと悪人とは思えない。ただ、戦後の極端な就職難の時代に学校を出て、あやしげな後楯のもとに社会に出たことや、プライドの高い性格が災いしたんだろうね。そのことが窺えるのはあんたが以前『本の通信』に書いたいくつかのエッセイで、蔵書の自慢話がテーマだが、非常に自己顕示欲が強い。自分が持ってる本は天下一本とか、これが完全なリストだとか、すぐそういう話題になる。そのために、愛書家の高村亮からたしなめられたが、あんたは逆恨みして、人格攻撃に近い文章を寄せた。高村亮が私生児だとか何とかいう低次元のことだ。掲載を拒否されると、簡易オフセットに刷って郷土史学会の会員に配付した。ふだん強いコンプレックスを持っているから、ちょっと他人から傷つけられると前後の見境いがなくなるんだな」

「あいつ、あること無いこと言ったんだろう」

「高村亮との喧嘩は一つの導火線になったんでしょう。仕事は恵まれない。趣味の中に逃げこもうといっても限度がある。これはあまり言いたくないが、青春の思い出といえば戦後の特飲街をチョイと覗いただけ、というような侘しい人が世の中にたくさんいる。あんたがそうだとはいわないが、花柳文献に異常な興味を示したのは、そういうことと無関係とも思えないな。要するに、その世界の本は、あんたにとってほとんど唯一の生き甲斐だった。それを高村にクサされ、愛書界の笑い者にされたのはショックだった。おまけに定年間近。人生一度も、花が咲かなかった。そこで乾坤一擲《けんこんいってき》、自分で自分がスポットライトを浴びる機会をつくろうとしたんだ」

尾崎は伏目がちになって腕組みをし、何も言わなかった。

「そうか」と林は言った。「おれは利用されたんだな。放火したのも、ことによると……。あの日の午後、こいつが来て、すぐ帰ったのを覚えてるよ」

「尾崎さん、もう白状しなさい。木をかくすには森をつくればよいといいますね。林さんのところにある『横浜新誌』を焼いてしまってから、じつはあの中に『柳橋新誌』の半丁分だか一丁分だか、芯紙として使われていたのをこの目で見たという文章を書くつもりだったのでしょう。すでに私に見せたニセ写真の文章については、『ブックシェルフ』に書いてますからね。問題になれば、この私が一種の証人になるわけです。むろん私も確言はしないし、世人も半信半疑でしょうが、まず話題にはなりますからね。あんたにはその程度でもよかったんです」

「──そうか」と尾崎は腕をほどいて、疲れたような声を出した。「よくも長時間、おれを虚仮《こけ》にしてくれたな。しかも小娘まで抱きこみやがって。しかし、証拠はないだろう。すべて頭のイカれた探偵の創作じゃないか。だれもそんな話を信じるもんか」

「別に信じなくてもいいじゃないか。いたずらということにしておこうよ。しかし、放火はいけない。犯罪だよ」

「それも証拠がない」

「どうかな」と、須藤はポケットから金色の薄型ライターを取り出した。「これは火事の翌日、林書店の傍の路地で見つけたものだ。じつは事情あってあの店を見張っていた男がいてね。これを発見して私に届けてくれたんだ。あんたのものですね。他にも証人は探すことができるでしょうよ」

尾崎はしばらく須藤の手にあるライターを眺めていたが、いきなりそれを奪い取ると立ちあがり、ドアのところへ後退りした。そしてビニール袋から大きな缶を取り出すと、ニヤリと笑って言った。

「わかるかね。これはガソリンだよ。おれが今晩やってきたのは、『横浜新誌』が焼けてなければ、その場で焼いてしまうつもりだったんだ」

「そんなことをしたら、すぐつかまるじゃないか」

「今日がおれの満五十五歳の誕生日で、めでたく定年になったのさ。ビール一本あけて、同じ課の若造に最後の挨拶をして、それで一巻の終り。無用の人になったってわけさ。なぜ、おれが柳北に惹かれたか、あんたらにはわかるまい？『吾は固《もと》より無用の人也。何の暇《ひま》か能《よ》く有用の事を為さん』という一節が、三十代のころ、おれを打ちのめしたんだ。長かりし晩年よ。――もう沢山だ。晩年は要《い》らない。無用の人はこれ以上無用にはなれない」

尾崎は缶の蓋《ふた》をあけた。

「この中身の半分をおまえにぶちまける。半分をおれが頭からかぶり、ライターで火をつけてそっちへ飛びこむ。こんなことは馴れないので失敗するかもしれんがね。その時は勘弁してもらおう」

「やめろ」林が叫んだ。

「狂ってる」須藤は尾崎の眼が据わっているのを見て、はじめて恐怖を感じた。

そのときだった。俚奈の落ち着いた声がした。

「いつも私の出番は一番遅いのよね」

「……」尾崎はちょっと気勢を殺がれたようだった。

「でも、手まわしは早かったのよ。その缶の中は水なの。さっきお茶を入れるとき、危ないと思ったから中身を捨てて、水に入れ替えといたの」

「なに？」

怯んだ尾崎が缶に視線を移したとき、「ウォー」というような声をあげて、須藤と林がとびかかった。


「あれが水とは、俚奈の一世一代のハッタリだったな」

須藤が言うと、俚奈は得意そうに鼻をうごめかした。神保町の夜は淋しい。八時半になると人通りが途絶えてしまう。

「タクシー、もうすぐ来るだろうから、おまえは早く爺ちゃんのとこへ帰れ」

「ちょっと聞きたいことがあるのよ」

「何だい。今日はもう疲れたよ」

「ライターはどこで拾ったの？」

「やつが店に忘れていったものさ」

「あの人が放火したというのは確かなの？」

「多分ね。ビニール袋の中に紙屑みたいなものがあったが、あれは山などで使う固形燃料だ。あるいは懐炉の一種を組み合わせたのかもしれない。あれに点火して頑丈な書棚の奥に入れておいたんだろう。ごくゆっくり加熱するんで、林は気がつかなかったんだ」

「もう一つ聞きたいの。三代目ぐらいの子孫なら、たいていわかっていて、そのうちの主な人に問い合わせれば、だいたいわかるんじゃないの？」

「それはね」と須藤は苦笑した。「俚奈っぺは女だから、愛書家の心理がわからないのさ。おれも今は業者として割り切ってるが、愛書家の血は保っているつもりだよ。いいかい、愛書家にはみな夢があるんだ。一生のうち一度でいいから、幻の本を手にしてみたい。鼻先にその本がぶらさがっていれば、どうか夢よ醒《さ》めないで欲しいと願うものだ。北村透谷の『楚囚之詩』が芯紙として発見されたのは、刊行後七十三年目だったんだよ。安藤昌益《あんどうしょうえき》の『自然《しぜん》真営道《しんえいどう》』なんか、宝暦《ほうれき》ごろの本が明治三十年ごろまで埋もれていたんだ。百四十年以上だよ。こういうことがあるから、愛書家は夢を捨て切れないのさ。正直に言えば、おれも今度はちょっぴり夢を見せてもらった。あるいは、もらいたかったといった方がいいかもしれない。それを、有名な子孫に電話してごらんよ。ただちに尾崎という人間がイカサマ師で、柳北とは何の関係もなく、『柳橋新誌』第三編などこの世に存在しないという結論が出る可能性が強い。その瞬間、プツリと夢はこわれてしまうかも知れないだろう」

「ロマンの終りというわけか。——でも、男の人ってバカねえ」

空車が寄ってきて、ドアを開いた。須藤は乗りこみながら言った。

「『柳橋新誌』の第二編の終りにもある通りだよ。『バカニツケルクスリガナイ』とね」

「おやすみなさい」

俚奈の笑顔をその場に残していくのは惜しい——須藤はふとそう思った。

『古本屋探偵の事件簿』あとがき

本書『古本屋探偵の事件簿』のタイトルのもとにまとめた四編は、私が一九八二年から翌年にかけて執筆した推理小説で、神保町を舞台に須藤康平という古書店主の冒険談を描いたものである。その成り立ちについては瀬戸川猛資氏との解説対談に譲って、ここでは最小限必要なことを記しておきたい。

『殺意の収集』に出てくる〝幻書〟の内容については、プルースト『愉しみと日々』（斎藤磯雄訳）より、「蔵書一代、云々」のフレーズはニコラス・ブレイクの『野獣死すべし』よりヒントを得たものである。執筆にあたっては、いまは亡き小寺謙吉をはじめ、小宮山慶一、斎藤孝夫、鳥海清、押田実の各氏から多くの示唆をいただいた。

『夜の蔵書家』は終戦後間もないころ失踪した実在の人物からヒントを得て、その謎をフィクションとして追求したものである。異常に多面性をもつ正体不明の人物で、ニセ札事件の犯人に擬せられたというのも真実であるが、モデル小説ではない。関係資料については、小宮卓氏の協力を得た。さらに双葉文庫版上梓のさい、当の人物を見たことのある稲村徹元氏に解説をお願いしたが、今回はあくまでフィクションであるという趣旨から収録しなかった。志ある読者は双葉文庫版について見られたい。

以上であるが、ジャック・ベッケルの『モンパルナスの灯』の冒頭に「この作品は事実に基づいているが、事実そのものではない」とあるように、私のミステリもまったく同じであることを念のためお断りしておきたい。

編集部注　この「あとがき」は『古本屋探偵の事件簿』(一九九一、創元推理文庫)に収録されたものをそのまま再録しています。「夜の蔵書家」は『夜の蔵書家　古本屋探偵の事件簿』として二〇二三年九月に刊行しました。

「本の探偵」と愛書綺譚

解説対談

紀田順一郎
瀬戸川猛資

愛書家という人種について

瀬戸川 余計な心配かもしれませんけれども、古本屋探偵・須藤康平ものが創元推理文庫で刊行されると聞いてまず気になったのは、普通のミステリ・ファンは、ここに登場する愛書家たちをどのように思うだろうか、ということなんですよ。いくらなんでもオーバーにすぎるんじゃないか。すべて話をおもしろくするために作られたキャラクターで、実際にはこんな人たちはいやしないんだ。そういう風に見なされるのではないかと心配になりました。そこで、解説対談者としては、愛書家たちの描写がいかにリアリズムに根ざしているか（笑）、という点からおうかがいしたいと思うのです。

紀田　限りなく現実に近い創作。まあ、そんな風に考えていただけると有難いです。

瀬戸川　ぼくも愛書家は何人か知っているけれども、ここまでやる人は知らない。とくに印象的な人物が二人出てきて、一人は『殺意の収集』の津村恵三。「本探しの極意は熱意ではない、殺意だ」という信条の持ち主で、他人よりも先に目録を見るために、古本屋には常に速達用の切手を渡しておく。これは実在の人がモデルになっているんでしょう?

紀田　キャラクターは創作ですが、そういうことをしていた人がいたのは事実です。大雪の日に郊外の古本屋へ出かけてゆくエピソードがありますね。あれは実話そのままですよ。届いていた速達を川に全部投げ捨てて帰ったと聞いた時には、ぼくもびっくりしちゃってね。ロッカーの中にゴム長を常備しているというのにも感心させられたし。

瀬戸川　その津村に勝るとも劣らないほどすごいのが、『書鬼』に出てくる矢口彰人。目盛りのついたステッキを持っていて、その高さまで本を買わないと錯乱状態と化す。この鬼気迫る愛書家の話は、ぼくはどこかで耳にしたような記憶があるんですが、やはりモデルが?

紀田　いや、これは或る人に聞いた話をもとに想像して作った人物なんですよ。ところが、その後、庄司浅水さんの『世界の古本屋』を読み返していたら、やはり目印のついたステッキを持った愛書狂の話が出ていることに気がついた。もしかすると、この本で読んだのを、人から聞いたように錯覚しているのかもしれない。どっちにしろ、まあ創作といっていいでしょうね。実際に目撃したり、確かな話を聞いたりしたわけではありません。

瀬戸川　それにしては実在感があるなあ。白髪の老人で、最後は三省堂に飛びこんで婦人雑誌などを手当り次第に買ってしまうところなんか、そういう光景を見た人の間で噂となって伝えられてきたような感じがある。流行の言葉でいえば、都市伝説ですね。神田の。

紀田　そう読んでもらうと、作者としてはうれしい。

瀬戸川　先ほどから特別な人種について語り合っているみたいですが、愛書家とか蔵書家とはいっても、普段はごく普通の人たちなんですね。常識的で、温厚で、立派な人格の人も少なくない。それがひとたび珍本を前にするやいなや、ジキルとハイドのごとき変貌をとげてしまう（笑）。そこが怖《こわ》い。

紀田　その怖さを目《ま》のあたりに出来るのが、デパートの古書即売展の開場時。これはすごいものですよ。

瀬戸川　『夜の蔵書家』の冒頭で、詳しく描写されていますね。さいわい、ぼくはこういう光景にはお目にかかったことがない。

紀田　パンストやブラジャー売場の間を、中年男たちが、目をぎらつかせながら全力疾走で駆けぬけてゆくんですから（笑）。

瀬戸川　そこまで行ってしまう書物愛というのは、結局、なんなんですかね。「読む」という肝腎の行為がどこかへ飛んじゃうわけでしょう。まあ、フェティシズムの一種ということなんだろうけれど。

紀田　というより、男性に共通の趣味の欲望の原理と関係があるんじゃないかしら。世の中の役に立たないもの、現実生活とはおよそ無縁なものに、とほうもない情熱と精力を傾ける。これはどの世界にも見られることです。ぼくの小説は、本に全く興味のない人にも読んでもらって感想を聞いているんですが、ある釣りファンの人が、実によくわかるっていう。〝釣りバカ〟の世界も同じだっていうんですね。いい場所を奪《と》るために、海岸へ向って一斉に走って行ったり、船に乗る時にどこに座るかで揉めたりするっていうから、やはり相当なもんらしい。そんなことで揉めたって、しょうがないんだけどね（笑）。

瀬戸川　そういう紀田順一郎さん自身も、愛書家としては相当なもんでしょう。

紀田　いやいや、ぼくはもうヴォルテージが下りっぱなし。若いころは、よく欲しい本の夢を見ましてね。題名から著者名、装釘に至るまで、非常にはっきりした形で夢の中に出てくるんです。ところが、書棚に手を伸ばして取ろうとすると、いつも目が覚める（笑）。でも、ここ十数年、そんな夢は見たことがない。執着心が衰えてきて、欲しい本が入手できなくても「もういいや」という感じになってきたのね。

瀬戸川　愛書家として枯淡の境地に至ったのかな。

紀田　ところが逆に、老いてなお盛んになる人もいる。盛ん程度ならいいけど、執着心の固まりになって、本当になりふりかまわなくなったり。それは薄気味が悪いですよ。

古本屋と神田古書街について

瀬戸川　愛書趣味が極北に到達すると、一部の愛書家の中には、書斎を自分一人で専有して悦に入ってるばかりではもの足りなくなって、それを天下に公開し書棚の本を世に流通させよう、という気になる人がいるみたいですね。つまり、愛書家が昂《こう》じての古本屋。本書の主人公の須藤康平は、まさしくこのタイプです。愛書家の物語と古本屋の物語を同時に展開できる巧妙きわまりない設定で、このシリーズのポイントはこの設定にあると思っているんですよ。

紀田　おっしゃるとおり、古本屋には二通りのタイプがあります。一つは古書売買を生業《なりわい》としているオーソドックスな古本屋。もう一つは愛書家から転身した古本屋。普通なら前者を主人公にするところでしょうが、話がどうも違う方向へ行くような気がしてね。生活苦労話とか努力物語とか、そうなってもおもしろくない。かといって愛書家が主人公というのも、暗いマニアイズムに覆われそうだし。というわけで、折衷案みたいなものです。

瀬戸川　ぼくが一番納得したのは、『無用の人』の冒頭。お客に店中の本をいじりまわされて、須藤康平がイライラする箇所で、こういう文章がある。《古本屋の棚にある本は、新刊書店とちがって、すべて店主のものである》。これですよ。ここに古本屋という商売の特徴が端的に集約されている。

紀田　新刊書店の棚の本は委託品。いわば預かったものを売ってるわけだから。

瀬戸川　そうです。棚の本はすべて自分のものだと思っているからこそ、あの独特の雰囲気が生まれる。オヤジの傲岸不遜な態度とか、人を見下すような目つきとか（笑）。要するに、公衆の前に開かれた個人的な書斎なんですよ。

紀田　なるほど。

瀬戸川　でも、ぼくはそういう雰囲気が露骨な店は好きじゃないから、実際に『書肆・蔵書一代』へ入っていって、「お客さん！　そんなに棚を引っかきまわさないでよ」なんて言われたら、須藤康平とケンカしてしまうと思うな。

紀田　ハハハハハ。そんなに威張っている店じゃないよ。

瀬戸川　冗談はさておき、このシリーズのもう一つのポイントは、主たる舞台が神田神保町に設定されていることですね。これがまた独特の雰囲気を醸し出している。

紀田　普通の街の古本屋でもいいんだけど、そうすると本に関する情報が入ってこないし、人物も動かしにくい。また、神田神保町という街をじっくり描いてみたいと思ったこともあります。

瀬戸川　その神保町の話をしましょう。なにしろこの街は、百軒を優に超す古本屋が密集しているという世界にも類のないスケールのブックタウンだし、その歴史と現状を熟知している点においては、紀田さんは日本でも屈指の人だし。

紀田　それほどのことはないですよ。

瀬戸川　読者の参考にもなりますんでね。たまたまここに地図があるので、メインストリートの靖国通りの有名店だけでも、いくつかピックアップしてみたいと思います。読書人としての立場から、どの店がお好きですか。まず九段下寄りの専修大学前交差点から行くと……

紀田　そのコースだと、イの一番に挙げたいのは洋書の北沢《きたざわ》書店（神保町二―五）。

瀬戸川　ロンドンのピカデリー・サーカスにだって似合いそうな、堂々たる構えの洋書店ですね。一階が新刊で、二階が古書。ギボンの『ローマ帝国衰亡史』初版六冊揃い、なんてのを売っている。

紀田　なにせ先代がお茶の水女子大の英文学の教授でしたから、古本屋臭があまりない。棚の分類が行き届いているし、注文を受ける時の店員の態度も非常にいい。日本の洋古書店では、ぼくは一番好きだな。

瀬戸川　北沢を出て、神保町交差点に向って歩いて行くことにしましょう。次は東京泰文社《とうきょうたいぶんしゃ》あたりかな。

紀田　その前に山陽堂《さんようどう》書店がありますよ。岩波文庫をはじめ岩波の出版物を専門に扱ってる店ですが、棚が膨《ふく》らんで感じられるくらいに本の量が多い。それと、親父さんが硬骨漢でね、地上げ屋の大攻勢にあったときにも、怯まずに頑張り通した。おかげで、神田古書街は崩れずに済んだんです。

瀬戸川　そうなんですか。知らなかった。ぼくは以前、この店のHさんという古い店員さんと話したことがありますが、北海道から九州まで、岩波文庫のファンがわざわざ絶版本を買いに来るって言ってました。

紀田　先ほどの東京泰文社ですが、これは大量のペーパーバックを特別なルートで仕入れているユニークな洋書店で、ちょうど北沢と対照的な性格の店。

瀬戸川　特別なルートって、米軍基地から仕入れてるわけでしょう?

紀田　そう。日本だとそういうところからの放出品は雑本ばかりになると思うけれども、アメリカ人はいろんな本を読むのね、随分掘出し物がありましたね。探偵小説やＳＦのペーパーバックで。

瀬戸川　植草甚一、片岡義男、伊藤典夫といった名うての洋書ファンが集まったことでも有名な店です。さて次は神保町の交差点を横断して、一誠堂《いっせいどう》へ。神田随一の格と歴史を誇る名店中の名店。

紀田　この店の二階の洋書部には、荒俣宏さんがしょっちゅう通っていたけれども、昔から図鑑やジャポニカ方面のいい本が置いてありましたよ。一階の国文学や民俗学の棚も立派で、格調が高い。この店の特徴として挙げておきたいのは、扱う対象外の本が入るとパッと見切りをつけて、外の均一棚に並べてしまうということ。実にいい。

瀬戸川　まさに、その通り。ぼくは一誠堂の均一棚で、探偵小説や翻訳文学のびっくりするような珍品を見つけたことが何度かある。そういうものに対して色目をつかって、ヘンな値付けをしたりしないのね。〝格〟を感じます。

紀田　一誠堂の隣には松村《まつむら》書店という楽しい洋古書店がある。通過するには気がひけるけれども、次は小宮山《こみやま》書店へ行きましょう。四階建てビルの大きな店。ぼくは引退したここの親父さんに、学生時代から声をかけてもらっててね、いろいろと思い出も多い。

瀬戸川　とにかく、あの本の量には圧倒されます。古本のデパートという感じ。

紀田　地方から学校の先生がよく来ることでも知られているんですよ。

瀬戸川　小宮山から駿河台下《するがだいした》の間の店では、玉英堂《ぎょくえいどう》の評判が最近とみに高いですね。

紀田　ここは二階が観《み》もの。和書や洋書の稀覯《きこう》書を収集して並べていて、目の保養になる。レア・ブックスに興味のある人は、まずこの店へ行って勉強するといいですよ。

瀬戸川　あと大屋《おおや》書房とか文庫の川村《かわむら》とか捨て難い店もありますが、これぐらいにしておきましょう。そこで、読者の方へ一言。以上紹介した古本屋の中に、本書の舞台となった書店のモデルが含まれています。描写をよく読めばわかりますから、推理してみてください。

『殺意の収集』について

瀬戸川　では、個々の作品の分析にうつりましょう。といっても、これはミステリですから、あまり詳しくやって種明しになってもいけない。登場人物や書物を中心に軽く、ということで。まず『殺意の収集』ですが、これは昭和五十七年に三一書房から刊行された『幻書辞典』の巻頭を飾った中篇です。本の探偵・須藤康平ものの第一作でもあります。

紀田　そもそも、この小説を書きはじめたときは、ミステリにしようとは思っていなかったんですよ。冒頭に、女子大生の小高根俚奈がコップの一輪差しを手に店に入って来て、康平と夾竹桃《きょうちくとう》について会話をかわすくだりがあるでしょう。あの部分がきっかけでね。夏の暑い盛りに、わが家の近くを散歩していたら、ピンクの夾竹桃が咲きほこっていて、それを眺めているうちに、むかし読んだ原爆ルポルタージュの中の文章を思い出した。被爆した人の肌がパックリ裂けて、ピンク色の肉がのぞいていた、それが夾竹桃の花の色に似ていた、っていう。この一節が頭から離れなくなって、人物の会話なんかも浮かんでくる。で、小説にしようと思いたったのはいいが、それだけではいかんともしがたい。おもしろくしようなんていろいろ考えているうちに、自然にミステリになっていった。だからトリックだとか意外性だとかいうことは、当初はまったく念頭になかったんですよ。

瀬戸川　紀田さんといえば近代史や書誌の研究で有名ですが、学生時代は慶応大学の推理小説同好会の草創期のメンバーで、筋金入りのミステリ・ファンですからね、ミステリの形をとるのは当然ともいえる。本の探偵というスタイルはアガサ・クリスティの身上相談探偵パーカー・パインものから。「蔵書一代　人また一代　かくてみな共に死すべし」というのはニコラス・ブレイクの『野獣死すべし』から思いついたとか。

紀田　『野獣死すべし』は、ぼくらの学生時代は海外ミステリの代表的な名作とされていたんだけど、最近は読まれていないみたいですね。若いミステリ・ファンが知らないっていうんで、驚いた。

瀬戸川　内容は、堀井辰三の『ワットオの薄暮』という、堀辰雄の『ルーベンスの偽画』を思わせる珍本の紛失事件で、スタイルはトリッキイな本格もの。謎解き部分も悪くはないけれど、ぼくは図書館のシステムが描かれているのが興味深かった。

紀田　図書館というのは、愛書家にとって一種の盲点なんですよ。そこを突いてみたくて。

『書鬼』について

瀬戸川　次の『書鬼』も『幻書辞典』の中の一篇です。前にも述べたように、矢口彰人というステッキを持った狂的な書物マニアが強い印象を残す作品ですが、味わいはアメリカの私立探偵小説を思わせるものがある。須藤康平が八戸まで行って、捜査をするあたりに。

紀田　ああいうところが、一番困っちゃう点なのね、市井《しせい》の普通人を主人公にすると。刑事や新聞記者だったら問題ないいんだけど、古本屋が東北まで出かけて、警察手帳まがいのものをチラつかせ関係者から話を訊き出すなんてのは、不自然といえば不自然。しかし他に方法がないから、照れながら書いた。

瀬戸川 読みどころは最後で、とてつもない書物の迷宮が出現し、ラヴクラフト風の恐怖小説になる。さらに、その書物の神殿が鳴動して崩壊してしまう。家の根太《ねだ》がぬけて（笑）。

紀田 笑っちゃうよね。無限に本を買いつづけた愛書家の末路がどうなるか（笑）という教訓話として楽しんでいただきたい。

『無用の人』について

瀬戸川 『無用の人』は、昭和五十八年の『別冊文藝春秋春季号』に発表された中篇。その後、河出文庫の『浅草ミステリー傑作選』に収録されています。幻の文献といわれ、近代文学の一つの重要な研究対象ともなっている成島柳北の『柳橋新誌』第三篇が中心テーマに据えられていますが。

紀田 成島柳北というのは文学史的には地味な存在だけど、調べてみると興味つきない人物でね。幕末は幕臣で、明治以降は在野の反骨のジャーナリスト。書くものはほとんどが総漢文で、格調が高い。私生活においては三人の妻妾がいて、子供が十六人もおり、誰が子孫かよくわからない。幻の本をめぐるミステリには、うってつけの人だと思いましたね。漱石や鷗外や荷風の本だと、こういう話は出来ない。断簡零墨まで調べられてますから。

瀬戸川　ミステリとしては、本の中に本が隠されているという構造上のトリックがおもしろかった。『横浜新誌』というのは、実在の本なのですか。

紀田　ええ。もちろん実在です。

『夜の蔵書家』について

瀬戸川　最後に入っている長篇『夜の蔵書家』は、双葉社で『われ巷《ちまた》にて殺されん』というタイトルで新書ノヴェルス版として出た作品ですね。

紀田　あのときは長い題名がトレンドだっていわれて変えましたが、ずっとこの題名でいきたいと思ってたんです。

瀬戸川　なかなかスケールの大きな失踪スリラーで、プロットもこみいっていて、読みごたえがあった。印象としては、やはりアメリカの私立探偵小説。ロス・マクドナルドの後期の作品を想わせるものがある。

紀田　ぼくの知人が実際に失踪してしまった事件があって、それがもとになっていると思いますね。人間が一人、或る日突然に世の中から消えてしまうということは、とてつもなく不思議なことですよ。犯罪に巻きこまれたのでないとしたら、失踪理由は何か。政治的なものか、社会的なものか。とにかく細かい部分まで突きつめて考えましてね、事件と同時進行するようにプロットを考えていったんです。自分自身が失踪人を探すつもりになって。

瀬戸川 舞台が神田でなく横浜というのも変っている。あの野毛《のげ》あたりには古本屋が何軒も軒を並べてますものね。

紀田 ぼくは横浜生まれの横浜育ちなんですよ。河のほとりの古本屋の光景が目に焼きついていてねえ。

瀬戸川 戦後の出版業界の裏面史が描かれているのも興味深かった。とくに印刷の世界の暗い部分が。われわれは本を本として単純に楽しんでいるけれども、その陰にはこういう人間ドラマがあったんだぞ、と諭されているような感じ。

紀田 そういう部分の肉づけをしないと、書いていても筆が進まないのね。トリックとか動機とかいっても、それなりに説得力のあるものでないと。

瀬戸川 最後にもう一つ、須藤康平のモデルはいるんですか。

紀田 いません。全く架空の人物です。

瀬戸川 ワトスン役の小高根俚奈という女子大生は？　とても可愛らしく描かれてるけど？

紀田 これもいない。古書の世界に登場するのは男性ばかりなんで、どうしても色気がなくなってしまう。明るく華やかな雰囲気を出そうとして、苦労して作ったキャラクターなんですよ（笑）。

瀬戸川　確かに女性のコレクターって、いませんものね。どんな蔵書家でも、亡くなると、奥さんの手で蔵書は処分されてしまう。まさしく「蔵書一代」。

紀田　そう。それが結局、本書のテーマになってるということでしょうね。

（山の上ホテルにて）

初　出

殺意の収集　『幻書辞典』（一九八二、三一書房）
書鬼　　　　『幻書辞典』（一九八二、三一書房）
無用の人　　「別冊文藝春秋」一九八三年四月号

本書は『古本屋探偵の事件簿』（一九九一、創元推理文庫）収録の右記三編を再文庫化しました。

本書には、今日の人権意識に照らして誤解を招くと思われる語句や表現があります。しかしながら作品執筆当時の時代的背景をかんがみ、そのまま収録しました。

検 印
廃 止

著者紹介 1935年横浜市生まれ。評論家、作家。推理小説の主著として『夜の蔵書家』『古書収集十番勝負』、翻訳として『M・R・ジェイムズ全集』、評論として『乱歩彷徨』などがある。『幻想と怪奇の時代』により、2008年度日本推理作家協会賞を受賞。

古本屋探偵の事件簿
古本屋探偵登場

2023年9月29日 初版

著 者 紀《き》田《だ》順《じゅん》一《いち》郎《ろう》

発行所 (株) 東京創元社
代表者 渋谷健太郎

162-0814/東京都新宿区新小川町1-5
電 話 03・3268・8231-営業部
03・3268・8204-編集部
URL http://www.tsogen.co.jp
DTP 工友会印刷
暁印刷・本間製本

乱丁・落丁本は、ご面倒ですが小社までご送付ください。送料小社負担にてお取替えいたします。

ISBN978-4-488-40606-6 C0193

綿密な校訂による決定版

INSPECTOR ONITSURA'S OWN CASE

黒いトランク

鮎川哲也

創元推理文庫

◆

汐留駅で発見されたトランク詰めの死体。

送り主は意外にも実在の人物だったが、当人は溺死体となって発見され、事件は呆気なく解決したかに思われた。

だが、かつて思いを寄せた人からの依頼で九州へ駆けつけた鬼貫警部の前に鉄壁のアリバイが立ちはだかる。

鮎川哲也の事実上のデビュー作であり、
戦後本格の出発点ともなった里程標的名作。


本書は棺桶の移動がクロフツの「樽」を思い出させるが、しかし決して「樽」の焼き直しではない。むしろクロフツ派のプロットをもってクロフツその人に挑戦する意気ごみで書かれた力作である。細部の計算がよく行き届いていて、論理に破綻がない。こういう綿密な論理の小説にこの上ない愛着を覚える読者も多い。クロフツ好きの人々は必ずこの作を歓迎するであろう。——江戸川乱歩